雪地之血

BLOD PÅ SNØ

［挪威］尤·奈斯博 著　　车家媛 鲁锡华 译

JO NESBØ
STANDALONE THRILLER

湖南文艺出版社 HUNAN LITERATURE AND ART PUBLISHING HOUSE　博集天卷 CS-BOOKY

/ 目 录 Contents /

Blod på snø

雪地之血

午夜阳光

雪地之血

他希望没有爱她，因为他不想爱一个和他一样不完美，有缺点和失败的人……但同时，他也无法不爱她。

1

　　路灯下，雪像棉絮一般舞动着，漫无目的，仿佛难以决定是跃起还是落下，于是任由黑夜中袭来的刺骨寒风将它裹挟。巨大的黑暗笼罩着奥斯陆峡湾。码头周围，风携着雪在一间间大门紧闭的仓库之间的黑暗中旋转。直到风厌倦了，把舞伴丢落在墙边。墙边，被风吹过的干燥雪花落在刚被我射中胸膛和脖子的男人的鞋边。

　　血正从他的衬衫底部滴落到雪上。我对雪所知不多——当然，对其他东西也知之甚少——但我读到文章说极寒天气中形成的雪晶跟湿雪、大雪片或脆雪完全不同。文章还说，是雪晶的形状和雪的湿度使血液中的血红蛋白能保持深红色。不管怎样，他身下的雪都让我想起国王的长袍，通体深红，内里衬着貂，就像母亲常常给我读的挪威民间故事上画的那样。她喜欢童话故事和国王。也许就是因为这个，她才给我起了个国王的名字。

　　《晚报》上说如果寒冷天气一直持续到新年，1977 年将成为"二战"后最冷的一年，我们会记得，科学家预言多时的新冰河时代从此开启。但我又知道些什么呢？我只知道站在我面前的这个男人很快就会死。他的身体在颤抖，绝对错不了。他是费舍曼的手下。我跟他无冤无仇。我对他说了很多话，之后他倒了下去，在墙上留下一道血迹。如果我被射杀，我倒希望是出于私人恩怨。我说出这句话并不是为了防止他的鬼魂报复我——我不相信有鬼魂。我只是想不出其他的话了。显然，我本可以什么都不说。毕竟这也是我通常的做法。所以，一定是什么让我突然变得健谈起来。也许是因为再过几天就是圣诞节了。听说圣诞节期间人们应该彼此更加亲近。但我又知道些什么呢？

　　我原以为血会在雪上凝固，然后就留在表面上。但是相反，血滴到雪上后就被雪吸到了表面之下，藏了起来，仿佛有某种用途似的。走回家的路上，我想象着一个雪人从雪堆中站起来，苍白的冰肤下血管清晰可见。

　　回公寓的途中，我从公共电话亭打给丹尼尔·霍夫曼，跟他说活干完了。

　　霍夫曼说了句"很好"。像往常一样，他什么都没问。要么是他在我帮他摆平问题的四年里学会了信任我，要么就是根本不想知道。活干完了，他这种身份的人为什么还要自找麻烦问这种事呢？他花钱就是为了减少麻烦。霍夫曼让我第二天去他办公室一趟——说给我找了份新工作。

　　"新工作？"我问道，心里一惊。

　　"没错，"霍夫曼说，"就是一个新任务。"

　　"噢，好的。"

　　我挂了电话，松了一口气。除了完成任务，我几乎不做别的事，实际上也不太会做别的事。

　　有四件事我做不来。驾车逃逸。我能开得很快，这不成问题。但我没法开得不引人注意，而任何驾车逃逸的人两者都得做到。他们要开得像路上的普通人一样。就因为我没办法开得不惹眼，我把自己和另外两个人送进了监狱。我当时疯了似的开，在主干道和森林小道间来回切换，老早就把追兵甩在了身后，而且离瑞典边境只有几公里了。于是我放慢车速，像周日驾车出游的老爷爷一样，以平稳、合法的车速向前行驶。结果我们还是被一辆警车拦下了。后来警察说他们不知道这是抢劫用的车辆，我也没有超速或者违反什么交通规则。他们说是因为我的驾驶方式。我不明白他们指的是什么，他们只说就是令人起疑。

　　我干不了抢劫。我读到过，说经历过抢劫案的银行雇员，有半数以上后来都出现了心理问题，有些人终生无法治愈。我不知道为什么，我们进去时站在邮局柜台后面的那个老头那么快就出现了心理问题。很显然，他之所以崩溃，是因为我手里的霰弹枪枪口大致对着他。第二天，我从报纸上得知他正遭受心理问题的折磨。这算不上什么诊断，但不管怎样，如果有一样东西是你不想要的，那就是心理问题。所以，我去医院看望了他。显然，他没有认出我——在邮局时我戴着一个圣诞老人面具。（这是完美的伪装。在圣诞节拥挤的购物人群中，当三个穿着圣诞老人服装的年轻人背着袋子跑出邮局时，没人会多看他们一眼。）我在病房门口停下，看着那个老头。他在看《阶级斗争》，共产党人的报纸。并不是我个人对共产党人有什么芥蒂。好吧，也许确实有。但我不想抵触他们个人，只是觉得他们错了。所以，当我意识到自己因为这老家伙在看《阶级斗争》而感觉好多了的时候，内心还有一丝歉疚。但很显然，"有一丝歉疚"和"非常歉疚"大不相同。就像我说的，我当时感觉好多了。但我还是不再抢劫了。毕竟，你没法保证下一个还是个共产党人。

　　贩毒我也干不来，这是第三件事。我就是做不来。不是说我没办法从欠我雇主钱的人那里把钱要回来。瘾君子们只能怪他们自己，而且在我看来，人们应该为自己的错误付出代价，就是这么回事。问题在于我太过脆弱、敏感，就像我妈说过的那样。我猜她是在我身上看到了自己的影子。不管怎样，我不得不远离毒品。像她一样，我也是那种得屈从点什么的人。宗教，大哥，老板。酒精与毒品。另外，我算术也不行，几乎没办法集中精力从一数到十。这种情况下去贩毒或者讨债就有点愚蠢了——这点应该显而易见。

　　好了，最后一件。组织卖淫。同样的问题。我对女人用自己喜欢的方式挣钱没有任何意见，一个家伙——比如我——负责组织安排，好让她们专注于实际工作，并抽取三分之一的油水，这也没有问题。一个称职的皮条客绝对值那么多钱，我总是这么想。问题是我太容易堕入情网，然后就不再把它当生意看了。我没办法摇晃、殴打或者威胁女人，无论我有没有爱上她们。也许跟我的母亲有关，谁知道呢？可能就是因为这个，我看不了别人打女人。一看到就受不了。就说玛丽亚吧。她又聋又哑，还是个瘸子。我不知道这之间有什么关联——大概没什么关联——但这有点像一旦你有了坏牌，坏牌就接二连三地来。大概也是因为这个，玛丽亚最后找了个吸毒的白痴男友。他有个花哨的法国名字——米里哀，但他欠了霍夫曼一万三千挪威克朗的毒品钱。我第一次看到她是因为霍夫曼的首席皮条客派因，他指着一个穿着自己做的外套、头发在头顶盘成圆髻的女孩给我看，她看起来像刚从教堂里出来。她正坐在里德音乐厅前面的台阶上哭泣，派因告诉我她不得不靠卖身偿还男友的毒债。我想最好让她从简单的开始，就是打手枪。但是她上了第一辆汽车还不到十秒钟就跳了出来。派因对她大喊大叫，她站在那儿，哭成了泪人。也许他觉得只要他声音够大，她就能听到。也许就是因为这个——他的喊叫，还有我妈，不管怎样，我绷不住了，尽管我明白派因想利用巨大的声波往她的脑袋里塞进什么，我还是把他，我的顶头上司，揍翻在地。接着，我把玛丽亚带到一套空置的公寓，然后去告诉霍夫曼我干不了拉皮条的活。

但是霍夫曼说——我不得不同意他的看法——他不能放任人们有债不偿，因为这种事很快就会传到其他更重要的客户那里。所以，我很清楚派因和霍夫曼在寻找玛丽亚，因为她愚蠢地担起了男友的债务。我四处寻找，最后在法格堡一栋被非法占用的空房里找到了那个法国人。他被毒品弄得迷迷糊糊，而且一穷二白，我意识到无论怎么摇晃他，都不可能从他身上弄到哪怕一分钱。于是我告诉他，如果他胆敢再次接近玛丽亚，就把他的鼻子打进脑子里。说实话，我不确定他还剩多少鼻子或脑子。所以，我又去找霍夫曼，说她的男友设法弄到了一些钱，然后给了他一万三千克朗，并说我猜对女孩的搜捕行动结束了。

我不知道他们在一起时玛丽亚是否也吸毒，不知道她是不是那种乐意服从的人，但至少她现在看起来挺正派的。她在一间小超市里工作，我时不时去看她一下，以确保一切安然无恙，还有她那吸食毒品的男友没有突然冒出来再次毁掉她的生活。当然了，我确保她看不到我，我只是站在外面的黑暗中，看着灯光明亮的商店，看她坐在收银台旁，把东西装进袋子里，有人跟她讲话时，她就指指另一个人。我常常想，我们都需要感觉自己正在努力活成父母的模样。我不知道父亲有什么我能够当成榜样的地方，这可能更多地与母亲相关。比起照顾自己，她更擅长照顾别人，我猜我过去把这当成了一种理想。谁知道呢？不管怎样，从霍夫曼那里挣来的钱对我真的没有太多用处。所以，如果我给一个手气如此差劲的女孩发一张好牌，会怎样呢？

言归正传，总而言之，这么说吧：我不擅长开慢车，心肠太软，太容易陷入爱情，一生气就失去理智，而且数学很差。我读过一点书，但我知道的并不多，而且人们觉得有用的东西，我一概不知。钟乳石生长的速度都比我写字的速度快。

所以，丹尼尔·霍夫曼这样的人雇我这样一个人究竟能干什么呢？

答案是——你可能也已经猜到了——摆平问题。

我不用开车，而且我杀的人大多罪有应得，数字也不难数。至少目前还不难数。

有两件事需要计算。

首先，有一种随着时间的流逝始终在累积的计算：究竟是在什么时候你对老板了解太多，让他开始有了顾虑？你什么时候会意识到他考虑起摆平那个摆平问题的人？就像黑寡妇毒蜘蛛那样。并非我对蛛形动物学——还是叫其他的什么名字——有多少了解，而是我想到母蜘蛛让雄蜘蛛——体形比母蜘蛛小得多——跟它交配。等雄蜘蛛办完事，对母蜘蛛没用了，母蜘蛛就把它吃了。戴希曼图书馆里的《动物王国4：昆虫和蜘蛛》里有一张黑寡妇的照片，雄蜘蛛的须肢——看上去有点像蜘蛛的阴茎——还挂在黑寡妇的生殖器上。你可以看到母蜘蛛肚子上沙漏形状的血红色印记。因为沙子一直在漏，你这个可怜的、性兴奋的雄性小蜘蛛，需要留意分配给你的探访时间。或者，更准确地说，你需要知道探访时间什么时候结束。然后无论如何你都要赶紧离开，不管有没有播下种子——你必须离开，只有这样才能保住小命。

这就是我的看法。做该做的事，但不要靠得太近。

所以我才对霍夫曼给我的新任务这么担心。

他想让我摆平他老婆。

2

"我想让你做得像入室抢劫，奥拉夫。"

"为什么？"我问道。

"因为它需要看上去像另外一回事，奥拉夫，而不是它真实的样子。有平民被杀，警察总是不高兴。他们在调查中投入了太多的精力。而当一个有婚外情的女人死了，一切都会指向她的丈夫。很显然，百分之九十的案件确实如此。"

"百分之七十四，先生。"

"什么？"

"就是我读到的数字，先生。"

好吧，在挪威，我们并不经常用"先生"称呼人，无论他们地位多高。当然，除了对皇室成员，称呼他们要用"殿下"。丹尼尔·霍夫曼可能更喜欢这个称呼。"先生"是霍夫曼从英格兰学来的，一同带回的还有他的真皮家具，红木书柜以及皮面精装、纸页泛黄的旧书——他从未读过，大概是英国古典名著之类的。但我又怎么会知道呢？我只认得常见的人名：狄更斯、勃朗特、奥斯汀。不管怎样，这些已故作家让他办公室的空气发干，以至于我离开那里后许久还要咳出好些肺细胞。我不知道英格兰的什么地方让霍夫曼如此着迷，只知道他曾在那里短暂求学，回到家时，行李箱里塞满了花呢西装、雄心壮志以及带着挪威口音的牛津英语。没有学位，也没有证书，只有"金钱就是一切"的信念。他相信，如果想在商业上取得成功，就必须把精力集中在竞争最不激烈的市场。在当时的奥斯陆，这就意味着性交易行业。我觉得他当时的分析真的就这么简单。丹尼尔·霍夫曼发现，在一个由江湖骗子、白痴和外行经营的市场里，即便是一个显而易见的普通人也可能称王。你只要拥有每天招募女孩并让她们堕入娼门所必需的道德上的灵活性。对这个问题做适当考虑之后，丹尼尔·霍夫曼得出结论：自己拥有这种灵活性。当他若干年后把商业触角伸入海洛因市场时，已然把自己当成功人士看待了。由于奥斯陆的海洛因市场一直由小丑、白痴、外行，以及瘾君子经营，而霍夫曼也有足够的道德灵活性把人们送进毒品地狱，他再次获得了成功。霍夫曼现在面临的唯一问题是费舍曼。费舍曼是海洛因市场上的新对手，事实证明，他不是白痴。天知道，奥斯陆有足够的瘾君子让他们分，但他们总是斗得你死我活。为什么？呃，我想他们两个都没有我这种甘当下级的天分。当他们这样的人——必须掌权、必须坐在王位上的人——发现他们的女人不忠时，事情就会变得有点棘手。我认为，如果世界上的丹尼尔·霍夫曼们能学会换个视角，他们的生活会更美好、更简单，或许就能接受他们的妻子有一两次外遇了。

"我还考虑着圣诞期间去度个假，"我说，"找个人跟我一起，离开一段时间。"

"一个旅伴？我想你没有这么亲密的朋友吧，奥拉夫？你知道，这也是我喜欢你的一个地方。你找不到人来泄露秘密。"他露出笑容，敲掉雪茄上的烟灰。我并没有生气，他没有恶意。雪茄上印着"高斯巴"几个字。我在哪里读到过，说在世纪之交，西半球最常见的圣诞礼物就是雪茄。这会是个好主意吗？我甚至不知道他抽不抽烟。反正我没有看到他工作时抽过烟。

"我还没去找，"我说，"但是——"

"我付平时费用的五倍，"霍夫曼说，"这样，如果你愿意的话，之后可以带上你说的这个人去度一个没有尽头的圣诞假期。"

我努力算着数。但就像我说的那样，我的数学相当差。

"这是地址。"霍夫曼说。

我为他工作了四年，始终不知道他住在哪里。但话说回来，我有什么必要知道呢？他也不知道我住在哪里。我也从未见过他的第二任妻子，只听派因说她有多性感，要是他街上能有个这般模样的婊子，能赚多少钱。

"她一天中的大部分时间都是自己在家，"霍夫曼说，"至少她是这么跟我说的。你想怎么做都行，奥拉夫。我相信你。我知道的最少越好。明白吗？"

我点点头。是"我知道的越少越好"吧，我想。

"奥拉夫？"

"是的，先生，明白。"

"很好。"

"我考虑一下，明天答复您，先生。"

霍夫曼扬起一条修剪整齐的眉毛。我对进化论和诸如此类的东西知之甚少，但达尔文不是说过人类只有六种表达情感的面部表情吗？我不知道霍夫曼是否有六种人类情感，但我认为，他希望用扬起的眉毛——与他张着嘴凝视相反——来表达轻微的不耐烦，外加思考和智慧。

"我刚刚已经把细节告诉你了，奥拉夫。然后，也就是现在，你却在考虑拒绝？"

其中的威胁意味几乎听不出来。不，如果真是那样，我可能就不会接这个活了。在留意人们说话时的弦外之音方面，我完全是音盲。所以我们可以假设威胁是显而易见的。丹尼尔·霍夫曼有一双清澈的蓝眼睛和黑色的睫毛。如果他是个女人，我会说那是化妆。我不知道自己为什么要提这一点，它跟任何事都没有关系。

"在您刚才告诉我细节之前，我还没有时间回应，先生，"我说，"今晚您会收到答复，这样可以吗，先生？"

他看着我，朝我吹了口雪茄烟。我坐在那里，双手放在膝盖上，摆弄着实际上并不存在的劳工帽的帽檐。

"六点前，"他说，"那时我离开办公室。"

我点点头。

我在暴风雪中沿着街道走回家，时间已经到了下午四点。灰暗的天色仅持续了几小时，黑暗便再次笼罩了城市。寒风依然强劲，黑暗的角落里传来令人不安的呼啸声。但是，就像我说的，我不相信鬼魂这回事。雪在我的鞋底下嘎吱作响，就像落满灰尘的旧书书脊断裂的声音，但我在思考。我通常尽量避免这么做。在这个领域，我看不到任何可以通过练习来改善的希望，而且经验告诉我，思考很少能带来什么好结果。但我又回到了那两种计算的第一个。摆平问题本身应该没问题。老实说，这比我做过的其他工作要容易得多。而她即将死去的事实也没什么大不了的：就像我说的，我认为我们所有人——无论男女——都必须接受犯错的后果。让我担心的是之后会发生的事情。也就是，当我成为那个摆平丹尼尔·霍夫曼的老婆的家伙，当我成了那个知道所有事情，一旦警方开始调查，就能够决定丹尼尔·霍夫曼的命运的人，当我拥有了凌驾于他人的力量，而那人从来不懂得甘当人下。霍夫曼还欠着我五倍于平时的费用。他为什么要为一份比平常更简单的工作提供这样的报酬呢？

我觉得自己仿佛正和四个全副武装、生性多疑、牌品很差的输家坐在一张扑克牌桌旁。而我刚拿到四张 A。有时，好消息好到难以置信，以至于成了坏消息。

好吧，一个聪明的扑克玩家这时就会弃牌，接受损失，并希望在下一轮中有更好——更合适——的运气。我的问题是来不及弃牌了。我知道霍夫曼会是谋杀他妻子的幕后黑手，不管是我还是其他人去干。

我意识到脚步把我带到了什么地方，于是我向亮处望去。

　　她把头发挽成一个髻，我母亲以前也那样做。她正朝着和她说话的顾客点头微笑。他们中的大多数人可能知道她又聋又哑。他们祝她圣诞节快乐，感谢她。这是人们互相说的典型的客套话。

　　平时费用的五倍。没有尽头的圣诞假期。

3

　　我在比格迪大道上的小旅馆租了个房间，就在霍夫曼的公寓对面。计划是观察几天他妻子的一举一动，看看她丈夫上班时她是否去了什么地方，或者是否有访客。我并非想知道她的情人是谁，只是想找到一个最恰当、风险最小的行动时间——她独自在家，并且不太可能被打扰的时间。

　　这个房间位置绝佳，不仅可以观察科丽娜·霍夫曼的进出，还能看到她在公寓里干了些什么。显然，他们从不费心拉上窗帘。在这个城市，没有多少阳光需要遮挡，人们也不喜欢站在窗前看，而是更喜欢钻进温暖的室内，所以这里的大多数人都不会拉上窗帘。

　　起初的几小时，我没看见屋里有人。只有一间沐浴在灯光下的客厅。霍夫曼一家并不缺电。家具不是英式的，看起来更像是法式，尤其是客厅中央那张奇怪的沙发，只有一端有靠背。想必这就是法国人所说的"躺椅"，意思是"长椅"，除非我的法语老师骗我。华丽、不对称的雕刻，带有某种自然风的装潢。根据我母亲的艺术史书籍，这是洛可可风格，但也可能是由一个当地的工匠拼凑而成，再涂上挪威乡村的传统风格的油漆。不管怎样，这都不是年轻人会选择的家具，所以我猜是霍夫曼前妻的。派因说霍夫曼在她五十岁那年把她赶了出去。因为她五十岁了。还因为他们的儿子搬了出去，她在家里再没有任何作用了。据派因说，他当着她的面说了这一切，她也接受了，还接受了一套海景公寓和一张一百五十万克朗的支票。

　　为了打发时间，我拿出一直在写的纸。其实只能算是乱涂乱画。好吧，并不完全是这样，我想那更像是一封信。写给一个我不知道身份的人。事实上，也许我知道。但我不太擅长写字，所以有很多错误，很多内容必须删掉。老实说，我保留下的每一个字都曾耗费许多纸和墨。这次我写得实在太慢，终于放下了信纸，点了根烟，开始胡思乱想。

正如我所说，我从未见过霍夫曼一家的任何成员，但当我坐在那里看着街对面的公寓时，我能在脑海中看到他们。我喜欢观察别人。我也总是这么做。所以我做了我一直做的事，想象那里的家庭生活。一个九岁的儿子，放学回家，坐在客厅里读他从图书馆借的奇怪的书。母亲在厨房里准备晚餐，低声地唱着歌。当门上传出动静时，母子俩有过片刻的紧张。当门厅里的男人用清脆、欢快的声音喊出"我回来了"的时候，他们便立刻放下心来，跑出去迎接他，给他一个拥抱。

当我坐在那里沉浸在幸福的思绪中时，科丽娜·霍夫曼从卧室走进了客厅，接着一切都变了。

灯光。

温度。

计算。

那天下午我没有去超市。

我没有像平时那样等着玛丽亚下班，没有保持安全的距离尾随她进入地铁，没有站在她身后车厢中部的人堆里。即使有空座了，她也喜欢站着。那天下午我没有像个疯子一样站在那里，向她耳语只有我能听到的话语。

那天下午，我坐在一个黑暗的房间里，着了魔似的盯着街对面的女人。科丽娜·霍夫曼。我想说什么就说什么，想多大声就多大声，没有人能听到。我不必从后面看她，使劲看着她的头发，努力从中看到一个并不存在的美人。

　　走钢丝的人。这是科丽娜·霍夫曼走进客厅时我的第一反应。她穿着一件白色毛巾料睡袍，走起路来像只猫。我不是说她走路的样子像一些哺乳动物，比如猫和骆驼，一侧的前后腿同时移动后，再换另一侧的两条腿动。至少我听说的是这样。我的意思是猫——如果我没搞错的话——猫会踮着脚尖走路，后爪踏在前爪踏过的地方。科丽娜就是这样赤脚走路的。脚踝直着放下，然后另一只脚贴着第一只脚放下。就像在走钢丝。

　　科丽娜·霍夫曼的一切都透着美。她的脸颊，高高的颧骨，碧姬·芭铎式的嘴唇，凌乱、富有光泽的金发，从睡袍宽大的袖子里伸出来的修长手臂。她乳房的上部如此柔软，以至于她走路、呼吸的时候，它们都在抖动。她的手臂、脸庞、乳房、腿上的白皙皮肤——天啊，就像阳光下闪闪发光的白雪，能让一个男人在几小时内雪盲。基本上，我喜欢科丽娜·霍夫曼的一切。除了她的姓氏。

　　她看起来有些无聊。她喝了咖啡。打电话聊天。翻了一本杂志，却没碰报纸。她进了浴室，又走出来，仍然穿着睡袍。她放上唱片，心不在焉地跟着音乐跳舞。看起来像是摇摆舞。她吃了点东西。看了看时间。快六点了。她换上一件连衣裙，梳好头发，换了张唱片。我打开窗户想听清，但街上车太多了。于是我又拿起望远镜，努力聚焦在她放在桌上的唱片封套上。封套正面好像有一张作曲家的照片。安东尼奥·卢乔·维瓦尔迪？谁知道呢？关键是丹尼尔·霍夫曼六点一刻回到家时的那个女人和我观察了一整天的女人完全不同。

　　他们绕着对方走。没有碰过对方。彼此不说话。就像两个互相排斥的电子，因为它们都带负电荷。但他们最后还是进了同一间卧室。

　　我上了床，但睡不着。

　　是什么让我们意识到自己一定会死？那一天发生了什么，让我们意识到这不仅仅是一种可能，而是一个该死的不可避免的事实，即我们的生命必定结束？显然每个人都会有不同的原因，但对我来说，是看着父亲死去。

这个过程是多么乏味和现实，就像一只苍蝇撞在风挡玻璃上。更有趣的是：当我们意识到这一点后，又是什么让我们开始怀疑？是因为我们变得更聪明了吗？就像那个哲学家——叫戴维什么的——写的那样，不能仅仅因为某件事不断发生，就确保它一定会再次发生。如果没有逻辑上的证据，那我们就无法知道历史会重演。还是说，因为我们越老越害怕？又或者，完全是另一码事？就像是，有一天我们看到了之前不知道它存在的东西，感觉到了不知道自己能感觉到的东西。我们撞击墙壁时听到一个空洞的声音，然后意识到后面可能还有一个房间。一丝希望被点燃了，一个令人身心俱疲的可怕希望，它噬咬着你，让你无法忽视。一丝逃离死亡的希望，一条通往一个你不知道的地方的捷径。有意义。说得通。

第二天早上，我和丹尼尔·霍夫曼同时起床。他走的时候天还是漆黑一片。他不知道我在这里。他也不想知道，正如他特意指出的那样。

所以我关了灯，坐在窗边的椅子上，耐心地等科丽娜出现。我又拿出纸，仔细看了一遍我写的信。上面的文字比平时更让人难以理解了，少数我能理解的字也突然间显得毫不相干、死气沉沉。我为什么不把这些都扔掉？就因为我花了这么长时间写这些糟糕的句子？我放下信纸，研究起奥斯陆冬日人迹罕至的街道，直到她出现。

这一天过得很像前一天。她出去了一会儿，我跟着她。从跟踪玛丽亚的过程中，我学会了不被人发现的最佳跟踪方法。科丽娜在一家商店买了一条围巾，和一个人喝了咖啡——从她们的肢体语言判断，似乎是个女性朋友——然后就回家了。

才十点钟，我给自己煮了一杯咖啡。我看着她躺在客厅中央的躺椅上。她穿上了一条裙子，一条不一样的裙子。她移动时，布料也在她身体上移动。躺椅是一件奇怪的家具，四不像。当她挪动身体想找一个更舒服的位置时，动作缓慢、繁复而刻意。仿佛她知道有人在监视她。知道自己被人渴望。她看了看时间，翻了翻杂志，和前一天一样。然后她突然紧张了起来，让人几乎难以察觉。

我听不见门铃。

她站起身来，迈着慵懒、轻柔、猫一般的脚步走到门口，打开了门。

他深色头发，清瘦，和她年龄相仿。

他走进去，关上门，挂上外套，踢掉鞋子，说明这不是他第一次来。也不是第二次。毫无疑问。也从来没有任何疑问。那我为什么要怀疑呢？因为我想怀疑？

他打了她。

一开始我非常震惊，以为自己看错了。但接着他又打了一次。他用手掌狠狠地抽了她的脸。我从她的嘴部看出她在尖叫。

他一只手掐住她的喉咙，用另一只手脱下她的裙子。

在枝形吊灯下，她赤裸的皮肤是如此白皙，似乎是一个单一的平面，没有轮廓，只是一抹无法穿透的白色，就像阴天或雾天里暗淡光线下的雪。

他把她弄到躺椅上。他站在椅子前面，裤子落在脚边，而她躺在原始的、理想化的欧洲林地景观的苍白刺绣上。他很瘦。我能看到他的肌肉在胸腔下活动。他臀部的肌肉像水泵一样收紧、放松。他浑身颤抖，好像是愤怒于自己不能再……继续了。她躺在那里，双腿张开，被动，像一具尸体。我想把视线移开，却做不到。他们这样让我想起了什么。但我又想不出到底是什么。

也许那天晚上，等一切平静下来，我就记起是什么了。不管怎样，我梦到了小时候在一本书上看到的一幅画。戴希曼图书馆中的《动物王国 1：哺乳动物》。是一张坦桑尼亚塞伦盖蒂大草原的照片，或者类似的地方。三只瘦骨嶙峋的愤怒鬣狗要么自己设法放倒了猎物，要么把狮群从猎物旁赶走了。其中的两只臀部紧绷，嘴伸进斑马张开的肚子里。第三只鬣狗正盯着镜头。它的头上沾满了血，露出一排锯齿状的牙齿。但我记忆最深的是它的眼神。那双黄色的眼睛透过镜头和书页传递出的眼神。这是一个警告。这不是你的，这是我们的。滚开。否则我们也要了你的命。

4

    我在地铁里站在你身后时，总是等到车厢经过铁轨的连接处时才开口说话。也许是铁轨分岔的地方。不管怎样，在地下深处的某个地方，金属互相撞击，发出咔嗒声，这声音让我想起一些与文字有关的东西，声音停止，又让我想起一些与命运有关的东西。火车晃了一下，不常搭地铁的乘客会瞬间失去平衡，不得不伸手寻求支撑，任何能帮助他们保持直立的东西。变轨产生的噪声足以淹没我想说的任何话。我想说什么就说什么。那时，没人能听到我说话。反正你也听不到。只有我能听到。

    我都说些什么？

    我不知道。只是我脑海中浮现的话语。话语。我不知道它们从哪里来，也不知道它们是否出自真心。好吧，也许彼时彼地是吧。因为当我站在你身后的人堆中，看着你头上的发髻，想象着其他一切时，你也很漂亮。

    但我无法想象你黑发之外的模样，因为你就是一头黑发。你没有科丽娜那么美。你的嘴唇没有丰满得让我想咬。你背部的摆动和胸部的曲线也毫无韵律。你之所以在那里，只是因为没有其他人在。你填补了一个我从不知道它存在的真空。

    那次你邀请我回你那里吃晚饭，当时我刚帮你摆脱了麻烦。我以为你是为了感谢我。你把邀请写在便条上给了我。我答应了。我本打算写出来，但你笑了笑，让我知道你明白了。

    我没有来。

    为什么没来呢？

    如果我知道这种事情的答案就好了……

因为我是我，你是你？也许就是这样。

还是更简单的理由？比如你又聋又哑，走路一瘸一拐。我自己的缺陷已经够多了。就像我说的，除了一件事，其他我什么都干不来。我们又能对彼此说什么呢？毫无疑问，你会建议我们把要说的话写下来，而我——正如我所说的——有诵读困难症。如果我以前没说过，我现在说了。

你大概也可以想象，玛丽亚，一个男人不会因为他写出"你的眼睛真可爱"时出现了四个拼写错误，就会被你聋子特有的那种刺耳的大笑声搞得性兴奋。

无论如何，我没有去。就是这样。

丹尼尔·霍夫曼想知道为什么这么长时间了活还没干完。

我问他是否同意，在动手之前，我得注意不能留下任何可能追溯到我们任何一方的证据。他表示同意。

所以我继续监视公寓。

在接下来的几天里，那个年轻人每天都在同样的时间到访，三点钟，天刚黑的时候。进门，把外套挂起来，打她。每次都一样。一开始她会把双臂举在身前。从她的嘴和脖子上的肌肉可以看出她在对他大喊大叫，求他住手。但他没有停下。直到眼泪顺着她的脸颊流下来。然后，也只有到那时，他才把她的衣服脱掉。每次她都换一条新裙子。然后他会把她带到躺椅上。很明显他占了上风。我猜她一定是无可救药地爱上了他。就像玛丽亚爱上她那吸毒的男友一样。有些女人不知道什么对她们最好，她们只管给予爱而不要求任何回报。仿佛缺乏回报只会让她们变本加厉地付出。我想她们盼着有一天能得到回报，可怜的人啊。充满期待却注定失败的迷恋。应该有人告诉她们世界不是这么运作的。

但我不认为科丽娜恋爱了。她似乎对他并不感兴趣。好吧，她确实会在他们做爱后抚摸他，在他要离开的时候，也就是他到达四十五分钟之后，会跟着他到门口，然后以一种略显做作的方式抱住他，大概是在低声说些甜言蜜语。但他一走，她似乎立刻松了一口气。我知道爱是什么样子。那么，作为这个城市摇头丸的主要供应商的年轻妻子，她为什么愿意冒着一切危险和一个打她的男人保持下流关系呢？

第四天的晚上，我突然明白了过来。之后，我的第一个想法是，我竟然花了这么长时间才想明白。她的情人握有她的把柄。如果她不按他的想法行事，他就可以把它交给丹尼尔·霍夫曼。

第五天醒来时，我已经下定了决心。我想测试一下那条通往我们不知道的地方的捷径。

5

雪正轻盈地落下。

三点钟，那个家伙到了，他给她带了个东西。装在小盒子里。我看不出那是什么，只是她高兴了片刻。她照亮了客厅大窗户外的夜色。她看上去有点惊讶。我也很惊讶。但我向自己保证，她给他的微笑，也能给我。我只需要好好做。

他离开时四点刚过——他待得比平时久一点——我正站在街对面的阴影里。

我看着他消失在黑暗中，然后抬头看。她站在客厅的窗户前，就像在舞台上一样，举起一只手，研究手里的东西，我看不出是什么。然后她突然抬起眼睛，盯着我所在的阴影。我知道她不可能看到我，但还是……那是极具穿透力的探寻的眼神。突然，她脸上出现了一种恐惧、绝望、近乎恳求的神情。正如书中所说，"意识到命运不可违"，天知道是哪本书。我把手枪塞进上衣口袋。

等她从窗户边走开，我走出阴影，快速穿过路面。人行道上，能看到他在细碎的新雪上留下的脚印。我快步追了上去。

拐过下一个拐角时，我看到了他的背影。

很明显，我已经考虑了多种可能性。

他可能把车停在了什么地方。如果是这样的话，可能就在弗朗纳的一条小巷里。空寂无人，光线昏暗。完美。或者他可能要去某个地方——酒吧，餐馆。那样的话我可以等。我有大把的时间。我喜欢等待。我喜欢决定与执行之间的这段时间。时间只是我短暂生命中的分钟、小时、天。我是别人的命运。

　　他可能会坐巴士或出租车。这种情况的好处是我们会离科丽娜更远一点。

　　他正朝着国家剧院旁的地铁站走去。

　　周围几乎没有人，所以我走近了一些。

　　他走到一个西行的月台上。所以他来自城市的西区。那里我不常去。就像我爸爸常说的，钱太多，用处太少。我不知道他是什么意思。

　　这不是玛丽亚通常搭乘的地铁线，尽管它们前几个站共用轨道。

　　我坐在他身后的座位上。我们在隧道里，但这里和外面的夜色已经没有区别了。我知道我们很快就会到达那个地方。会有金属发出的咔嗒声，车厢也会发生轻微的颠簸。

　　我漫不经心地想象着把手枪的枪口抵在椅背上，然后在我们经过那一点时扣动扳机。

　　当我们经过那一点时，我第一次意识到它让我想起了什么。金属碰撞金属。一种井然有序、安排妥当的感觉。天命如此。这是我的工作的声音，是武器的可动部件活动的声音——撞针和击锤，枪栓和后坐力。

　　只有我们两个在温德伦站下车。我跟着他。雪踩在脚下嘎吱作响。我小心地使脚步和他的步调相匹配，这样他就听不到我的脚步声。两侧都是独栋别墅，不过依然只有我们二人，仿佛是在月球上。

　　我径直走到他身边，在他半转身的时候——也许是想看看是不是他的邻居——我朝他的脊椎根部开了一枪。他倒在一道篱笆旁边，我用脚把他翻了个身。他用呆滞的眼睛盯着我，有那么一会儿我以为他已经死了。但是他动了动嘴唇。

　　我本可以射穿他的心脏、颈部或头部。我为什么先朝他的背部开枪呢？我是有什么事想问他吗？也许吧，但我现在都忘了。或者觉得不重要。近看他也没有什么特别的。我朝他脸上开了一枪。一只鼻子沾着血的鬣狗。

我注意到一个男孩的头从篱笆上伸出来。他的手套和帽子上有雪块。也许他在堆雪人。雪这么像粉末，不容易堆。雪团会不断地散开，在手指间碎裂。

"他死了吗？"男孩低头看着尸体问道。也许某人刚死就称为尸体有点奇怪，但我一直都是这么看的。

"他是你爸爸吗？"我问。

男孩摇摇头。

我不知道我为什么这么想。为什么我会想到，仅仅因为这个男孩看起来很平静，死在那里的人就一定是他的父亲呢？好吧，实际上我知道原因。换作是我，这就是我的反应。

"他住在那里，"男孩说，一边用一只戴着手套的手指着，一边吃另一只手套上的雪，目光始终没有离开尸体。

"我不会回来找你，"我说，"但忘了我的模样。好吗？"

"好的。"他的脸颊贴着沾满雪的手套一紧一松，就像婴儿在吮吸乳头。

我转过身，沿着来时的路往回走。我擦了擦手枪的手柄，把它扔进了一个还未被细雪覆盖的排水沟里。它会被发现的，但是是被警察找到，而不是某些粗心的孩子。每当摆平某人后，我从来不坐地铁、巴士或出租车，这是被禁止的。正常、轻快地行走。如果看到一辆警车朝你开过来，就转身朝犯罪现场走去。听到警报声之前，我都快走到少校宫了。

6

　　那是差不多一周之前，像往常一样，超市打烊之后，我躲在超市后面停车场的垃圾桶边等着。我听到轻轻的咔嗒声，一扇门打开，然后又砰地关上。玛丽亚跛足的脚步声很好辨认。我又等了一会儿，就朝同一个方向出发了。在我看来，我不是在跟踪她。很明显她是决定我们去哪里的人，那天我们没有直接去地铁站。我们途经一家花店，然后去了阿克尔教堂的墓地。那里没有其他人，我在外面等着，免得她看见我。她出来时，手上没了那束黄花。她沿着地铁站的方向朝柯克路走去，而我则进了墓地。我在一个新挖但已经冻住的坟墓上发现了那些花。墓碑好看而且锃亮。一个熟悉、听起来像法语的名字。就是他，她的吸毒男友。我没想到他死了。显然，其他人也没有意识到。没有死亡日期，只有月份，十月，和年份。我原以为不确定的话，他们总会猜个日期，不至于看上去如此孤单。至少躺在一个被白雪覆盖的墓地里的死人中间时没那么孤单。

　　此刻，走回家的途中，我想我不用再跟着她了。她很安全。我希望她能觉得自己很安全。我希望他，她的瘾君子男友，曾在地铁车厢里站在她身后小声说："我不会回来找你的。但忘了我的模样吧。"是的，这是我所希望的。我不会再跟着你了，玛丽亚。你的生活从现在开始。

　　我在博格斯塔德路上的电话亭前停了下来。

　　我的生活也随着那通电话开始了。我需要从丹尼尔·霍夫曼手上脱身。这是开始。其余的还不确定。

　　"摆平了。"我说。

　　"很好。"他说。

"不是她，先生。是他。"

"你说什么？"

"我摆平了那个所谓的情人。"在电话里我们总是说"摆平了"。以防万一我们被偷听或窃听。"你不会再看到他了，先生。他们不是真正的情人关系。她是被他强迫的。我确信她不爱他，先生。"

我说得很快，比平时快得多，接着是一段长久的停顿。我能听到丹尼尔·霍夫曼用鼻子喘着粗气。吸着鼻子。

"你……你杀了本杰明？"

我已经知道不该打电话了。

"你……你杀了我唯一的……儿子？"

我的大脑接收并解读声波，把它们翻译成文字，然后开始分析。儿子。可能吗？一种想法开始形成。那个情人踢掉鞋子的样子。好像他以前去过那里很多次。好像他以前住在那里一样。

我挂了电话。

科丽娜·霍夫曼惊恐地盯着我。她穿了一件不一样的裙子，头发还没干。现在是五点一刻——和之前一样——她在丈夫回家前把那个死人的所有痕迹都冲洗干净了。

我告诉她我是奉命在这里杀她的。

她想把门关上，但我太快了。

我把脚伸进去，把门打开了。她跌跌撞撞地倒在客厅的灯光下，一把抓住长椅，就像舞台上的演员在利用道具。

"我求求你……"她说道，同时伸出一只胳膊。我看到有东西闪闪发光。一枚镶着钻石的大戒指。我之前没见过。

我走近了一步。

她开始大声尖叫。抓起台灯朝我扑来。这次袭击让我非常意外，所以我只能欠身，将将避开了她疯狂挥过来的台灯。巨大的力量和惯性使她失去了平衡，我抱住了她。我感觉到她潮湿的皮肤贴在我的手掌上，还有一股浓重的气味。我想知道她在淋浴时用了什么。除非是她自己身上的味道？我紧紧地抱着她，感受她急促的呼吸。上帝啊，我想要了她，就在此时此刻。但是不行，我跟他不一样。我跟他们不一样。

"我不是来杀你的，科丽娜。"我贴着她的头发低声说。我吸入她身上的味道。就像吸鸦片一样——我感觉全身变得麻木的同时，所有的感官都在颤抖。"丹尼尔知道你有情人。本杰明。他已经死了。"

"本杰明……死了？"

"是的。如果丹尼尔回家时你还在这里，他也会杀了你。你必须跟我走，科丽娜。"

她困惑地朝我眨着眼睛。"去哪儿？"

这是一个令我意外的问题。我本以为她会说"为什么？""你是谁？"或者"你在撒谎！"之类的话。也许她本能地意识到我说的是实话，事情紧急，也许这就是她直奔主题的原因。除非她太过困惑和逆来顺受，于是脱口说出了进入脑海的第一个念头。

"去房间之外的房间。"我说。

7

她蜷缩在我公寓里唯一的扶手椅上，盯着我看。

她这样更美了：害怕，孤独，脆弱。依赖人。

我解释说——其实不大必要——我的公寓没什么可夸耀的，基本上就是一个简单的单身汉公寓，有一个客厅和一个放床的壁龛。干净整洁，但不适合她这样的女人。但它有一个很大的优势：没人知道它在哪里。更准确地说：没有人——我的意思就是没有一个人——知道我住在哪里。

"为什么不呢？"她握着我递给她的咖啡，问道。

她本来要喝茶，但我告诉她得等到早上，商店一开门我就去买。我知道她早上喜欢喝茶。过去的五天里我看着她每天早上喝茶。

"干我们这行的，最好没人知道我们的地址。"我回答说。

"但现在我知道了。"

"对。"

我们默默地喝着咖啡。

"这是不是意味着你没有任何朋友或亲戚？"她问。

"我有妈妈。"

"她不知道？"

"对。"

"显然她也不了解你的工作。"

"对。"

"你告诉她你做什么？"

"修理工。"

"打零工？"

我盯着科丽娜·霍夫曼。她是真的感兴趣，还是没话找话？

"对。"

"好的。"她打了个寒战，把双臂交叉在胸前。炉子已经开足了马力，但由于窗户是单层的，零下二十摄氏度的气温已经持续了一周多，寒冷还是占据了上风。我摆弄着手里的杯子。

"你想做什么，奥拉夫？"

我从厨房的椅子里站起来。"看能不能给你找条毯子。"

"我是说，我们该怎么办？"

她没事。如果一个人能忽略掉他们无能为力的事情，然后继续前进，你就知道他没事。我希望我也能这样。

"他会来追杀我的，奥拉夫。追杀我们。我们不能永远躲在这里。因为他会一直寻找。相信我，我了解他。他宁愿死也不愿活在这种耻辱中。"

我没有问那个显而易见的问题：那你为什么找他的儿子当情人？

相反，我问了一个不太显而易见的问题。

"因为耻辱？不是因为他爱你？"

她摇了摇头。"这很复杂。"

"我们有足够的时间，"我说，"正如你看到的，我没有电视。"

她笑了。我还没去拿毯子。出于某种原因，我也没问那个我迫不及待想问的问题：你爱他吗？他儿子？

"奥拉夫？"

"怎么了？"

她压低了声音。"你为什么要这么做？"

我深吸了一口气。我已经准备好了这个问题的答案。实际上我准备好几个答案，以防我觉得第一个不管用。至少我认为自己准备了一些答案。但在那一刻它们都消失不见了。

"这样不对。"我说。

"什么不对？"

"他想做的事。试图杀了自己的妻子。"

"如果是你老婆在你家里幽会其他男人，你会怎么做？"

她问倒我了。

"我觉得你心地善良，奥拉夫。"

"如今善良不值钱了。"

"不，这不是真的。善良并不寻常。而且总是受人欢迎。你真不寻常，奥拉夫。"

"我不确定这是真的。"

她打了个呵欠，伸伸懒腰。像猫一样轻盈。它们的肩部非常灵活，所以不管是哪儿，只要能把头伸进去，它们就把整个身体挤进去。非常适合狩猎。适合飞行。

"要是你有条毯子，我想我就可以睡觉了，"她说，"今天太折腾了。"

"我去换床被褥，然后你就去那儿睡，"我说，"我和沙发是老朋友了。"

"真的吗？"她脸上露出笑容，眨着一只蓝色的大眼睛，"那是不是说我不是第一个在这里过夜的人？"

"不，你是。但有时我会在沙发上看书看睡着。"

"你都看什么？"

"没什么特别的。各种书。"

"各种书？"她把头歪到一边，调皮地笑着，好像发现了我的错误，"可是我只看到一本书。"

"图书馆。书占地方。另外，我正在努力减少开支。"

她拿起桌子上的书。

"《悲惨世界》？这是关于什么的？"

"很多东西。"

她扬起一条眉毛。

"主要是关于一个为自己的罪行请求宽恕的人，"我说，"他用余生做一个善良的人来弥补过往。"

"嗯。"她在手里掂了掂书的重量，"感觉有点沉。里面有爱情故事吗？"

"有。"

她把书放下。"你还没说我们该怎么办，奥拉夫。"

"做我们该做的，"我说，"在丹尼尔·霍夫曼摆平我们之前先摆平他。"

这句话在我脑海中成形的时候听起来很愚蠢。当我大声说出来的时候也一样愚蠢。

8

第二天一早我就去了旅馆。面对着霍夫曼公寓的两个房间都已经被占了。我走到外面，站在晨曦中，躲在一辆停着的面包车后面，抬头看着他的客厅。等待。把枪塞进上衣口袋。这是他正常离家去上班的时间。当然了，现在情况并不正常。灯亮着，但看不到里面有没有人。我猜霍夫曼意识到我不会和科丽娜一起趁机离开，例如现在躲在哥本哈根或阿姆斯特丹的一家酒店里。首先，那不是我的风格——我没有钱，霍夫曼也清楚这一点。我向他申请了预付款来支付这项任务的开销。他问我为什么这么穷，因为他刚付了我两项任务的钱。我说是因为一些不良习惯。

如果霍夫曼假设我还在城里，那么他也会认为我会在他抓到我之前先把他抓到。现在我们已经很了解对方了。但是，认为你了解某人是一回事，确切地了解是另一回事，而我以前在这方面犯过错。也许他正一个人在上面。如果真是这样的话，那我再也找不到比他走出大楼时更好的机会了。我只需等到他身后的锁咔嗒一声锁上，这样他就进不去了，然后跑过马路，从五米处向躯干开两枪，然后近距离朝头部开两枪。

这是个美好的希望。

门开了。是他。

还有布伦希尔德森和派因。布伦希尔德森的假发看起来像是用狗毛做的，铅笔那么细的小胡子看上去像个槌球环。派因穿着那件他一年到头都穿着的焦糖色皮夹克，无论冬夏。他戴着小帽子，香烟塞在耳朵后面，还有那张说个不停的嘴。不时有话传过来。"真他妈的冷""那个浑蛋"。

霍夫曼在门里面停了下来，这时，他的两只攻击犬走到人行道上，两手插在夹克口袋里，在街上四处察看。

然后，他们向霍夫曼挥挥手，开始朝汽车走去。

我把肩膀和头扭向相反的方向。好吧。正如我所说，这是个美好的希望。至少现在我知道他已经明白我想怎么解决这个问题了：是他死，而不是我死。

不管怎样，这意味着我必须回到 A 计划。

我先实施 B 计划的原因就是我一点都不喜欢 A 计划。

9

我喜欢看电影。虽然比不上看书，但一部好电影差不多也有着同样的功能。它鼓励你换个角度看待事物。可没有一部电影能说服我换个角度看待人数更多和装备更齐全的优势。在一个人对几个人的战斗中，如果双方都准备充分、全副武装，那个独自战斗的人会死。在只有一方拥有自动武器的战斗中，谁拥有自动武器谁就将获胜。这是从艰苦经历中得出的结论，我不会假装这不是真的，不然我就不用去见费舍曼了。这话没错。所以我要去见他。

就像我说过的那样，费舍曼和丹尼尔·霍夫曼共享奥斯陆的海洛因市场。市场不大，但因为海洛因是主打产品，价格很高，顾客又付得起钱，所以利润无比丰厚。这一切都始于俄罗斯路线——或者叫北方通道。二十世纪七十年代初，当霍夫曼和俄罗斯人建立这条路线时，大多数海洛因来自金三角，途经土耳其和南斯拉夫，即所谓的巴尔干路线。派因曾告诉我，他为霍夫曼当过皮条客，还说由于百分之九十的妓女都吸食海洛因，所以对大多数妓女来说，用毒品当报酬和挪威克朗一样好。所以霍夫曼想到，如果他能弄到廉价的海洛因，就能提高从她们的性服务中抽取的佣金。

获得廉价毒品的想法并非来自南方，而是来自北方——挪威和苏联共有的北极洲小岛斯瓦尔巴，两国各自在本国那一侧经营煤矿。那里的生活艰苦而单调，霍夫曼曾听过挪威矿工讲述俄罗斯人如何用伏特加、海洛因和俄罗斯轮盘赌来淹没他们的悲伤。于是，霍夫曼去见了俄罗斯人，然后带着一份协议回了家。未加工的鸦片被从阿富汗运到苏联，在那里提炼成海洛因，然后向北运到阿尔汉格尔斯克和摩尔曼斯克。鉴于共产党人如此严密地守卫着与北约国家挪威的边境——挪威这边也一样，本来是不可能把海洛因运到挪威的。但在斯瓦尔巴，边境的守卫只有北极熊和零下四十摄氏度的严寒，所以一点问题都没有。

霍夫曼在挪威方面的联系人通过每天的国内航班把货运到特罗姆瑟，在那里，他们从来不会对单个行李箱做过多的检查，尽管所有人都知道矿工们正把一升又一升的廉价免税烈酒运进来。就连当局都认为那是他们应得的奖励。显然也是他们充满后事之明地声称，那么多的海洛因能悄无声息地通过飞机、铁路和公路运到奥斯陆，这一想法太过天真。肯定还有一些信封最终到了政府官员手上。

但据霍夫曼说，他一克朗都没付。根本没有必要。警察不知道发生了什么事。直到一辆被遗弃的雪地摩托车在挪威一侧的朗伊尔城外被人发现。

北极熊留下的人类遗骸原来是俄罗斯人的，油箱里盛着用塑料袋装的四公斤纯海洛因。

当警察和官员像愤怒的蜜蜂一样蜂拥在该地区时，行动被搁置。奥斯陆爆发了海洛因恐慌。但是贪婪就像融雪水：当一个通道被阻塞时，它就会找到一个新的通道。费舍曼——他有很多身份，但首先是个商人——这样说：未得到满足的需求需要得到满足。他是一个快乐的、留着海象胡子的胖子，会让你想起圣诞老人，直到他觉得需要用斯坦利刀砍你为止。他花了几年时间走私俄罗斯的伏特加酒，这些酒被苏联渔船运出，转移到巴伦支海的挪威渔船上，然后卸在一个废弃的渔场，这个渔场不仅由费舍曼经营，也为他所有。全是他的。

在那里，成瓶的酒被装进鱼篓，然后用鱼车拉到首都。车里也有鱼。在奥斯陆，这些酒被存放在费舍曼店铺的地窖里，这店铺不是个幌子，而是费舍曼家族经营了三代的鱼铺，鱼铺从未赚过大钱，但也没有破产。

当俄罗斯人让他想象一下把伏特加换成海洛因时，费舍曼做了一些计算，看了一下法律处罚条例，考虑了一下被抓的风险，然后就干了。所以，当丹尼尔·霍夫曼重启斯瓦尔巴贸易时，他意识到自己有了竞争对手。而他一点也不喜欢竞争。

我就是这个时候出现的。

那时——我想我已经说得很清楚了——我有过一段不太成功的犯罪生涯。我抢劫过银行，做过派因的助理皮条客，并被霍夫曼解雇了，当时我一直在找一些称得上有用的事情做。这时霍夫曼又联系了我，因为他从可靠的消息源处得知，我摆平了一个走私犯，他在哈尔登港口被人发现，头部只有部分完好无损。霍夫曼宣称这是一场非常专业的买凶杀人。因为我没有更好的名声可用，便没有否认。

我第一份工作的对象是一个来自卑尔根的人。他曾是霍夫曼的经销商，偷了一些货，却否认自己偷过，并转而为费舍曼工作。他很容易追踪：来自西部的人比挪威其他地方的人说话声音大，而且他那卑尔根人特有的小舌音能穿透空气。当时他正在中央车站交易。我让他看到了我的枪，这让那小舌音戛然而止。他们说第二次杀人会更容易，我猜这话没错。我把那家伙带到集装箱码头，朝他头部开了两枪，让它看起来像是哈尔登案的手法。由于警方已经有了哈尔登案的嫌疑犯，所以他们从一开始就走错了方向，后来也没有来找我的麻烦。霍夫曼确认了我是一号杀手的想法，并给了我另一份工作。

这是一个年轻的家伙，他打电话给霍夫曼，说宁愿为他工作，也不愿为费舍曼工作。他希望能在某个秘密的地方见面，讨论一下细节，以免费舍曼知道。他说他再也受不了那个鱼贩子的臭味了。他应该在编故事方面再努力一点。霍夫曼找到我，说他认为是费舍曼叫那个家伙来杀他的。

第二天晚上，我在圣汉萨根公园的最高处等他。那里的视野很不错。人们说那里曾被用来祭祀，说有鬼魂出没。母亲告诉我印刷工人过去常在那里煮墨水。我只知道这里曾是焚烧城市垃圾的地方。天气预报说那天晚上气温将降至零下十二摄氏度，所以我知道到时只有我们两个人。九点钟，一个男人沿着通往塔顶的长长的小路走上来。尽管天气寒冷,他到塔顶时却是满头大汗。

"你来早了。"我说。

"你是谁?"他用围巾擦着眉头问道,"霍夫曼在哪儿?"

我们同时伸手去拿枪,但我动作更快。我射中了他的胸部和手肘上部。他丢掉手里的枪,向后倒去。他躺在雪里,朝我眨着眼睛。

我把枪抵在他胸口。"他付了你多少钱?"

"两……两万。"

"你觉得这就够杀一个人了吗?"

他张开嘴,又闭上了。

"反正我要杀了你,所以不必再想什么聪明的答案了。"

"我有四个孩子,我们住在一套两居室的公寓里。"他说。

"希望他提前付款了。"我说,然后开了枪。

他呻吟着,但依然躺在那里眨着眼睛。我盯着他夹克前面的两个洞。然后我把扣子撕开。

他穿着锁子甲。不是防弹背心,而是他妈的锁子甲,维京人以前穿的那种。反正他们在斯诺里·斯蒂德吕松的《挪威王列传》的插图中是这么穿的。那本书我读了太多遍,以至于图书馆最后拒绝让我再把它借出来。铁的。难怪爬上这座小山会让他汗流浃背了。

"这他妈是什么玩意?"

"我老婆做的,"他说,"为了那部戏,关于圣奥拉夫的。"

我用手指抚摸着那些互相勾连的金属环。能有多少个呢?两万?四万?

"我不穿上,她就不让我出门。"他说。

锁子甲,为一出谋杀圣王的戏剧而做的锁子甲。

我把枪抵住他的额头,开了枪。第三枪。本该更容易。

他的钱包里有五十克朗,一张老婆孩子的照片,还有一张写着他的名字和地址的身份证。

这两次刺杀是我想远离费舍曼的三个原因中的两个。

第二天一早我就去了他的商店。

艾勒特森与儿子的鱼铺位于青年广场上，距离莫勒加塔路十九号的中央警察局仅一步之遥。据说费舍曼还在卖走私的伏特加时，警察也是他的常客。

我蜷缩起身子，顶着刺骨的寒风，穿过铺满鹅卵石的路面。

我走进商店时，店铺刚刚开门，但是已经有很多顾客了。

有时费舍曼会亲自在店里服务，但那天不是。柜台后面的女人们继续为顾客服务，但一个年轻人——从他给我的眼神中可以看出，除了切割、称重和包装鱼肉，他还有其他职责——穿过一扇回转门出去了。

不久之后，老板进来了。费舍曼。从头到脚一身白色。围着围裙，戴着帽子。他甚至穿着白色的木底凉鞋，像个该死的救生员。他绕过柜台走到我跟前。他在围裙上擦了擦手，围裙就盖在他的大肚子上，然后朝门的方向点了点头，门还在铰链处来回摆动。每次出现空隙，我都能看到一个瘦骨嶙峋的熟悉身影。那个他们叫他克莱因的家伙。我不知道是不是用的德语中表示"小"的单词。或者挪威语"病了"。除非那真的是他的名字。也许三层意思都有。门每次打开，我的目光都会碰到他那死气沉沉、漆黑一片的眼睛。我还瞥见了挂在他脚边的那把锯断了的霰弹枪。

"把手从口袋里拿出来，"费舍曼面带圣诞老人式的笑容平静地说，"那你还可能活着离开这里。"

我点点头。

"我们在忙着卖圣诞节的鱼，小伙子，所以有话快说，然后快滚。"

"我可以帮你摆脱竞争对手。"

"你？"

"是的。我。"

"我没想到你是那种奸诈的人，小伙子。"

他叫我小伙子而不是叫我的名字，可能是因为他不知道，或者想表达对我的不尊重，或者是觉得没必要让我知道他对我了解多少——如果有了解的话。我猜是最后一个原因。

"我们能去后屋谈吗？"我问。

"这里就挺好，不会有人偷听的。"

"我开枪打死了霍夫曼的儿子。"

费舍曼一只眼睛眯着，另一只眼睛盯着我，这样看了很长一段时间。顾客们喊着"圣诞快乐！"走进门，一阵阵冷风吹进热气腾腾的温暖店铺。

"我们到后面去吧。"费舍曼说。

杀了三个人。你必须是一个冷酷无情的商人，才不会对一个干掉了你三个手下的人怀恨在心。我只希望我的报价足够好，并且费舍曼也如我预想的那般冷酷。他根本不知道我的名字。

我在一张破旧的木桌旁坐下。地板上放着结实的聚苯乙烯箱子，里面装满了冰块、冷冻鱼——如果霍夫曼说的没错的话——还有海洛因。房间的温度最高不过五六度。克莱因没有坐下，我说话的时候，他好像没有意识到手里拿着的那把凶残的霰弹枪，但从始至终，枪的枪管从未对准我之外的地方。我回顾了最近发生的事，没有说谎，也没有触及不必要的细节。

我说完后，费舍曼继续用他那该死的独眼巨人的眼睛盯着我。

"所以，你杀了他的儿子而不是他的老婆？"

"我不知道那是他儿子。"

"你怎么看，克莱因？"

克莱因耸耸肩。"报纸上说一个家伙昨天在温德伦被枪杀了。"

"我也看到了。也许霍夫曼和他的这位助手利用报纸上的报道编造了一个他们断定我们会相信的故事。"

"打电话给警察，问问他叫什么名字。"我说。

"我们会打的,"费舍曼说,"但你得先解释一下为什么放过霍夫曼的老婆,而且现在还把她藏了起来。"

"那是我的事。"我说。

"如果你打算活着离开这里,最好说出来。快说。"

"霍夫曼以前经常打她。"我说。

"哪个霍夫曼?"

"他们两个都是。"我撒谎了。

"所以呢?一个人被另一个更强壮的人打了,这并不意味着她不该被打。"

"尤其是那种婊子。"克莱因说。

费舍曼笑了。"看看这双眼睛,克莱因。这小子想杀了你!我想他可能是恋爱了。"

"没问题,"克莱因说,"我也想杀了他。是他干掉了毛。"

我不知道费舍曼的那三个手下哪一个是毛。但圣汉萨根的那个家伙的驾照上写着"毛里茨",所以可能是他。

"圣诞节的鱼可等着卖呢,"我说,"所以怎么说?"

费舍曼拽着海象胡子。我不知道他有没有把鱼腥味洗掉。然后他站了起来。

"'还有什么孤独比不信任更令人孤独?'知道这是什么意思吗,小伙子?"

我摇了摇头。

"不知道。这是卑尔根的那个家伙来找我们时说的话。说你对霍夫曼来说头脑太简单了,当不了经销商。他说你连二加二都不会算。"

克莱因大笑起来。我没有回应。

"这是 T. S. 艾略特的诗,孩子们,"费舍曼叹了口气,"说的是一个多疑的男人的孤独。相信我,所有领导者迟早都会遭受这种孤独。很多丈夫一生中至少会有一次这样的感觉。但大多数父亲都能成功避开。霍夫曼已经尝遍了三个版本的孤独。他的助手、妻子和儿子。几乎要让人为他感到难过了。"他走到回转门前，透过圆形窗户向店铺里看，"所以你需要什么？"

"你最好的两个手下。"

"你说的好像我们这里有一支军队随时待命一样，小伙子。"

"霍夫曼会料到的。"

"真的吗？他不认为现在是他在追捕你吗？"

"他了解我。"

费舍曼看起来像是想把胡子扯下来。"你可以带上克莱因和丹麦人。"

"不如换成丹麦人和——？"

"克莱因和丹麦人。"

我点点头。

费舍曼领我走进店铺。我走到门口，擦了擦玻璃内侧凝结的冰花。

歌剧通道旁边站着一个男人。我到的时候他不在那里。一个人独自站在外面的雪地里，可能有好几百个原因。

"你有电话号码吗？我好——"

"没有，"我说，"我需要他们的时候会告诉你的。有后门吗？"

沿着小巷回家的路上，我想到这不是一次糟糕的交易。我有了两个帮手，自己还活着，还学到了点新东西。T. S. 艾略特那句关于孤独的诗。我一直以为是那个女的，叫什么来着？乔治·艾略特？"受伤？他永远不会被伤害——他生来就是为了伤害别人。"① 我不相信诗人。就像我不相信有鬼一样。

---

① 出自乔治·艾略特《织工马南传》(*Silas Marner*)。——编者注

10

科丽娜用我买的食材做了一顿简单的饭菜。

"不错。"吃完后，我说道，边擦着嘴边往我们的杯子里倒了些水。

"你怎么会沦落至此？"她问道。

"什么意思，沦落？"

"我是说……你为什么要干这行？你为什么不从事你父亲的行当？我猜他不——"

"他死了。"我说，然后一口气喝光了杯子里的水。菜有点太咸了。

"哦，抱歉，奥拉夫。"

"不用。其他人都不会抱歉。"

科丽娜笑了起来。"你真有趣。"

她是第一个这么说我的人。

"那就听张唱片吧。"

我放上吉姆·里夫斯的唱片。

"你喜欢老歌。"她说。

"我没有多少唱片。"

"我猜你也不会跳舞吧？"

我摇了摇头。

"你冰箱里也没有啤酒吧？"

"你想喝啤酒？"

她苦笑着看着我，好像我又说了什么好笑的话。

"我们坐到沙发上好吗，奥拉夫？"

我煮咖啡的时候，她把桌子清理干净了。我觉得这很不错。然后，我们坐到沙发上。吉姆·里夫斯唱着他爱你，因为你懂他。白天天气暖和了一点，窗外飘落大片的雪花。

我看着她。我有些紧张，想坐到椅子上去，又想搂住她的细腰，把她拉到我身前。吻她的红唇。抚摸她光滑的头发。把她抱得更紧，都能感觉到空气从她体内挤出来，听到她喘气的声音，她的乳房和腹部紧贴着我。我感觉脑袋发晕。

这时唱针滑到了唱片中央，上升并向后收起，唱片也缓缓地停止了转动。

我用力咽了口唾沫。我想举起手，放在她的肩膀和脖子之间的皮肤上。但它在颤抖。不仅仅是我的手，还有我整个身体，仿佛得了流感一样。

"听着，奥拉夫……"科丽娜向我俯过身来。我搞不清这股强烈的香味是香水还是她身体的味道。我不得不张开嘴吸气。她拿起我面前的咖啡桌上的那本书。"你能读给我听吗？关于爱情的那一部分……"

"我想……"我说。

"那就开始吧，"她说着，把两腿盘在身下，一只手放在我的手臂上，"我喜欢爱情。"

"但我做不到。"

"你当然可以！"她笑着把打开的书放在我腿上，"别不好意思，奥拉夫，读吧！这里只有我……"

"我有字盲症。"

我的直言不讳使她措手不及，她对我眨着眼，好像我要打她似的。见鬼，我自己都有点惊讶。

"对不起，奥拉夫，但是……你说……我还以为……"她停了下来，陷入了沉默。我真希望那张唱片还在播放。我闭上眼睛。

"我确实看书。"我说。

"你看书？"

"是的。"

"但是如果你都看不到字，怎么看书呢？"

"我能看到。但有时会看错。然后就得再看一眼。"我睁开眼睛。她的手还放在我胳膊上。

"但是，你怎么……你怎么知道看错了？"

"主要是因为字母不能构成有意义的单词。但我偶尔会看成另一个词，直到很久以后才意识到自己的错误。有时候我看进脑子里的故事完全不同。所以我最后以一个故事的价格买到了两个故事。"

她笑了。响亮的笑声。她的眼睛在半昏半黑中闪烁。我也笑了。这不是我第一次告诉别人我有阅读障碍。但这是第一次有人继续往下问。我第一次试着向一个母亲或老师之外的人解释。她的手从我胳膊上滑了下来。像是无心的。我一直在等待这一刻。她正在从我身边溜走。但她的手却滑到了我的手心，而且握了握。"你真的很有趣，奥拉夫。而且很善良。"

窗户底部已经开始积雪了。雪晶互相勾连。像锁子甲上的金属环那样。

"告诉我，"她说，"跟我讲讲书里的爱情故事。"

"好吧。"我说，低头看着腿上的书。打开那一页讲的是冉·阿让强奸了那个备受摧残、注定会死的妓女。我改变主意了，讲了珂赛特和马吕斯的故事。关于爱潘妮，那个被培养成罪犯的年轻女孩，绝望地爱上了马吕斯，最后为了爱情牺牲了自己的生命。还有其他人的爱情。我又把那个故事讲了一遍，这次没有遗漏任何细节。

"哦，太棒了！"我讲完后，科丽娜喊道。

"是的，"我说，"爱潘妮……"

"……珂赛特和马吕斯最后在一起了。"

我点点头。

科丽娜握了握我的手。她一直没有松开。"跟我讲讲费舍曼的事。"

我耸耸肩。"他是个商人。"

"丹尼尔说他是个杀人犯。"

"那也是。"

"丹尼尔死了以后会怎么样?"

"那你就不用害怕谁了。费舍曼不想伤害你。"

"我是说,费舍曼会接管整个市场吗?"

"我想是的,他没有其他竞争对手了。除非你想……"我努力挤出一个苦笑。

她大笑起来,顽皮地推了我一把。谁会想到我内心深处是个喜剧演员?

"我们为什么不直接逃跑?"她问道,"你和我,我们联手,能过得很好。我可以做饭,你可以……"

这句话的下半段像一座修到一半的桥一样悬在空中。

"科丽娜,我很乐意和你一块逃走,但我手里一分钱都没有。"

"不可能吧?丹尼尔总是说他给手下的人很高的报酬。他说,忠诚是需要出高价购买的。"

"都被我花光了。"

"花在哪儿了?"她冲旁边点点头,意思是这套公寓,无论是房子本身还是里面的任何东西,都值不了多少钱。

我又耸了耸肩。"有个寡妇带着四个孩子。是我让她成了寡妇,所以我……好吧,我一时心软,把别人许诺她丈夫在摆平某人后可以得到的报酬装进信封里。结果那是我的全部积蓄。我没想到费舍曼给的报酬这么高。"

她怀疑地看了我一眼。我不认为这是达尔文所说的六种常见的面部表情之一,但我明白她的意思。"你……你把所有的积蓄给了一个要杀人的男人的遗孀?"

很明显,我已经意识到自己做的事相当愚蠢,即使我觉得自己也从中学到了一些东西。但从科丽娜嘴里听起来,完全是白痴行为。

"那他要杀谁？"

"不记得了。"我说。

她看着我。"奥拉夫，你知道吗？"

我不知道。

她把手放在我的脸颊上。"你真的非常非常不寻常。"

她看着我的脸，一点一点仔细地看，好像要吃掉它一样。我知道这是你应该懂得的时刻，你应该读出并理解对方想法的时刻。也许这是真的。我的阅读障碍也许可以解释这一点。我妈妈过去常说我太悲观了。也许这也没错。不管怎样，当科丽娜·霍夫曼俯身亲吻我时，我感到非常惊喜。

我们做爱了。我并非出于谦虚选择这个浪漫、纯洁的委婉语，而不是一个更直接、更具工具性的词。而是因为做爱是最贴切的描述。她的嘴紧贴着我的耳朵，她的呼吸挑逗着我。我极其小心地抱着她，就像偶尔在图书馆的书页里找到的干花一样，非常易碎，一碰就在我的手指下消散了。我害怕她会消失。每隔一段时间，我就用手臂撑起身子，确认她真的还在，而不是一个梦。我轻抚着她，轻如羽毛，非常温柔，以免弄坏了她。进入之前，我犹豫了一下。她惊讶地看着我——她不知道我在等待合适的时机。然后它来了，那一刻，我们融化在一起。你可以想象，对一个前皮条客来说，这种事是微不足道的，但感觉依然如此强烈，我感到喉咙发紧。她发出了一声低沉的呻吟，我在她耳边轻声说了些温柔而愚蠢的话。我意识到了她的不耐烦，但我希望这样，希望它是特别的。所以我用顽强的自制力控制着速度。但是她开始像急流的波浪一样翻滚，她那白皙的皮肤在黑暗中闪闪发光。我就像拥着一片月光，那般柔软，那般不可思议。

"和我在一起，我的爱人，"她在我耳边喘着气，"和我在一起，我的爱人，我的奥拉夫。"

　　我抽了支烟。她睡着了。雪已经停了。一直在排水沟上奏着哀伤曲调的风收起了乐器。房间里唯一的声音是她均匀的呼吸声。我听了又听。什么都没有。

　　就像我梦想的那样。也从未相信会是那样。我太累了，不得不睡一觉。但我太幸福了，不想睡去。因为当我睡着的时候，这个世界，这个在此之前我从未喜欢过的世界，会消失片刻。根据休谟那家伙的说法，我每天早上在同一个身体中醒来，进入同一个世界，发生的事情已经发生过了，但这并不能保证明天早上还会发生同样的事情。我有生以来第一次，闭上眼睛时感觉像是一场赌博。

　　所以，我继续听。继续守着我所拥有的。没有不该出现的声音。但我还是继续听着。

11

母亲太软弱了。所以她才不得不忍受哪怕最强壮的人都无法忍受的苦难。

比如说，她永远不会对我那个浑蛋父亲说不。这就意味着她不止要忍受性犯罪，还要忍受殴打。他特别喜欢掐她的脖子。每次我父亲放开母亲让她喘口气，好继续掐她时，我都能听到母亲在卧室里发出像牛吼叫一样的声音。她太软弱了，拒绝不了酒精，这意味着她喝下了足以放倒一头牛或大象的毒药，尽管她身材矮小。她是如此的软弱，以至于对我有求必应，哪怕她给我的东西是她自己真正需要的。

人们总是说我像母亲。

直到我最后一次凝视父亲的眼睛时，我才意识到我身上也有他的影子。就像病毒，像我血液里的一种疾病。

通常他只在需要钱的时候才会来找我们。通常他会拿走我们仅有的一点点钱。但他也意识到，要保持我们的这种恐惧——不管他是否领到了救济品——他必须展示出万一哪天她拿不出钱了会有什么样的后果。母亲会把她的黑眼圈和肿嘴唇怪到楼梯、门和湿滑的浴室地板上头。而当她喝了酒，确实会发生她主动摔倒或撞到墙上的事。

我父亲说我越学越白痴。我怀疑他可能和我一样有阅读和写作方面的障碍，不同的是他已经放弃了。他很早就辍学了，之后几乎没看过报纸，但奇怪的是，我其实很喜欢上学。除了数学。我说话不多，大多数人可能认为我是个傻子。但是批改我作业的挪威语老师说，在那些拼写错误的背后，我拥有某种特质，某种其他人没有的特质。这对我来说已经足够了。

但我父亲过去常问我读那么多书以后想做什么，如果我觉得自己比他和家里其他人都优秀的话。如果踏实地工作，他们能过得很好。他们从不通过学习花哨的词汇和沉迷于故事来装腔作势。十六岁的时候，我问他为什么不做一点踏实的工作。他把我打得遍体鳞伤。他说养活一个孩子已经够他整天忙活的了。

我十九岁那年，有一天晚上他来了。他因为杀害一名男子坐了一年牢，那天刚从博森监狱里出来。因为没有任何证人，因此法庭同意辩方的说法——那名男子的脑部损伤可能是他试图反击时在冰上滑倒造成的。

他说我长大了。愉快地拍拍我的背。我母亲说我在仓库工作，对吗？我终于醒悟了吗？

我没有回答，也没有说我是一边做兼职一边上职校，目的是存钱，以便在明年服完兵役去上大学时能买到一套小公寓。

他说我有份工作很好，因为现在我得交钱了。

我问为什么。

为什么？因为他是我父亲，一场误判的受害者，他需要家人的一切帮助才能重新站稳脚跟。

我拒绝了。

他难以置信地瞪着我。我可以看出他在想要不要打我。他在上下打量我。他的小男孩长大了。

然后他发出了一阵短促的笑声。说如果我不交出我那可怜的积蓄，他就杀了我母亲。让它看上去像个意外。我怎么想？

我没有回答。

他说我有六十秒的时间。

我说钱在银行里，得等第二天早上银行开门。

他歪着头，好像那样可以帮他弄清楚我有没有撒谎似的。

我说我不会逃跑，他可以睡我的床，我睡在母亲的房间里。

"你也接管了我在那里的位置，是吗？"他嗤笑道，"你不知道那是违法的吗？你的书里没有说吗？"

那天晚上，父亲和母亲把母亲剩下的酒喝光了。他们进了她的房间。我躺在沙发上，用厕纸塞住耳朵。但这挡不住她的吼叫声。随着一扇门砰的一声，我听见他进了我的房间。

我等到两点钟，起身，走进浴室，拿起马桶刷。然后我走到地下室，打开储物柜。十三岁时有人送了我一副滑雪板。是我母亲。天知道她干了什么而不必付滑雪板的钱。但现在它们太小了，我已经长大了。我取下一根滑雪杖上的雪轮，回到上面。我悄悄地走进我的房间。父亲正仰面躺着打鼾。我两脚跨站在两侧的窄床架上，把滑雪杖的末端抵在他的肚子上。我不想冒险抵着他的胸口，因为雪杖可能刺中他的胸骨或肋骨。我一只手穿过雪杖顶部的带子，另一只手放在上面，并确保雪杖的角度是正确的，以免弯曲或折断竹竿。我等待着。我不知道为什么要等，并不是我害怕。我不害怕。他的呼吸变得更不均匀了，很快他就会翻身。于是我跳起来，像跳台滑雪运动员一样屈膝，然后全身用力落下。他的皮肤造成了一些阻力，但一旦被刺破，雪杖就直接刺穿了他。竹竿把他T恤的一部分拽进了他的肚子，末端深深地钻进了床垫里。

他躺在那里盯着我，眼睛发黑，吓得目瞪口呆。我迅速坐到他的胸口上，这样他的双臂就被我的膝盖锁住了。他张开嘴尖叫。我瞄准目标，把马桶刷捅进他的嘴里。他发着咕噜咕噜的声音，但是动不了。当然，我他妈长大了。

我坐在那里，感觉到竹竿贴着我的后背，他的身体在我下面挣扎。我想我正骑在父亲身上。现在父亲是我的婊子。

我不知道我在那儿坐了多久他才停止挣扎，他的身体变得足够软弱无力，我才敢把马桶刷拿出来。

"他妈的白痴，"他闭着眼睛嘟囔道，"你该用刀割喉咙，而不是……"

"那样就太快了。"我说。

他笑了，咳嗽了起来。嘴角有血泡。

"对了，这才是我的儿子。"

那是他说的最后一句话。所以他最终还是下了定论。因为就在那儿，那一刻，我意识到他是对的，那个浑蛋。我就是他的儿子。说我不知道为什么要等那么久才把雪杖插进他的身体，这不是事实。这是为了延长我——只有我——有能力决定生死的神奇时刻。

这是我血液中的病毒。他的病毒。

我把尸体抬进地窖，然后用那个破旧的帆布帐篷裹起来。那也是母亲给我买的。她总想着，我们，她的小家庭，有一天会去野营。在一个太阳永远不会落山的湖边烹调新钓上来的鳟鱼。我希望她喝醉的时候到过那里。

一周后，警察来问我们在我父亲获释后是否见过他。我们说没见过。他们说会记下来。谢谢我们，然后就走了。他们似乎并不特别烦恼。那时我已经租了一辆厢式货车，把床垫和床上用品送进待焚烧的垃圾堆里了。那天晚上，我驱车去尼特达尔的边远地区，到了一个太阳永远不会落山的湖边，但是，要许久之后我才会在那里钓鳟鱼。

我坐在岸边，望着波光粼粼的湖面，想着这就是我们留下的，水面上的几道涟漪，存在片刻，然后就消失了。仿佛它们从未出现过。仿佛我们从未来过。

那是我第一次杀人。

几周后，我收到一封大学的来信："很荣幸地跟你确认，你已经被录取进入……"上面还有注册的日期和时间。我缓缓地把它撕成了碎片。

12

我被一个吻弄醒了。

我着实惊慌失措了片刻，直到我意识到这是一个吻。

然后我清醒过来，恐慌被一种温暖柔软的感觉所取代。我没有更好的词汇来形容，只能称之为幸福。

她把脸靠在我胸前。我低头看着她，她的头发披散在我身上。

"奥拉夫？"

"嗯？"

"我们不能永远待在这里吗？"

我想不出任何更想做的事。我把她揽得更近了。抱着她。计算时间。那是我们在一起的片刻，没有人能夺走，是我们此时此地共度的时光。但是，就像我说的，我没办法长时间数数。我吻了吻她的头发。

"他会找到这里来的，科丽娜。"

"那我们就去很远的地方。"

"我们得先对付他。我们不能把余生都用在逃跑上。"

她用一根手指顺着我的鼻子摸到下巴，仿佛那里有条缝。"你说的对。但是之后我们就可以离开了，是吗？"

"是的。"

"你保证？"

"是的。"

"去哪儿？"

"你想去哪儿都行。"

她的手指顺着我的脖子往下，滑过喉咙，从锁骨之间经过。"那样的话，我想去巴黎。"

"那就去巴黎。为什么去那里？"

"因为珂赛特和马吕斯是在那里在一起的。"

我笑了，把脚放到地板上，吻了她的前额。

"不要起床。"她说。

所以我没有起床。

十点钟，我正在餐桌旁边看报纸边喝咖啡。科丽娜睡着了。

破纪录的寒冷仍在继续。但是昨天天气转暖，道路变得像玻璃一样。一辆汽车滑到了特隆赫姆路的逆向一侧。一家三口正准备往北开，去过圣诞节。警方仍然没有关于温德伦谋杀案的线索。

十一点钟，我站在一家百货商店里。到处都是来买圣诞礼物的人。我站在窗边，假装在看餐具，实际上我正在监视路对面的大楼。霍夫曼的办公室。外面站着两个人。派因，还有一个我以前没见过的家伙。那个新来的家伙跺着脚，香烟冒出的烟正好飘到派因的脸上，派因正说着些他似乎不太感兴趣的话。他戴着一顶巨大的熊皮帽子，穿着大衣，但仍把肩膀耸到耳边，而派因穿着那件狗屎色的夹克，戴着那顶小丑帽，看上去挺放松。皮条客习惯了站在室外。那个新来的家伙把帽子拉得更低，遮住了耳朵。我认为这更多是因为派因的喋喋不休，而不是寒冷。派因从耳后取出烟给那个家伙看，他大概又在讲那个他自从戒烟那天起就把那支烟夹在耳后的故事了，说他这么做是在向烟展示谁说了算。我想他就盼着别人问他为什么要在耳朵后面塞一支烟，这样他就可以烦死他们了。

那家伙穿的衣服太多了，我看不清他有没有枪，但派因的夹克向一侧歪着。一个硕大的钱包，或是一把枪。太重了，不可能是他随身携带的那把凶残的刀。大概就是他用来说服玛丽亚为他工作的那把刀。他告诉她，如果她不靠卖身还清男友欠的钱，那把刀能对她和她的男友做什么。派因喋喋不休，玛丽亚则睁大眼睛盯着他的嘴，拼命想通过派因的嘴唇弄明白他想要的东西，我从那双眼睛里看到了恐惧。他现在就是这副模样。但是这个新来的家伙不理皮条客。熊皮帽子下面，他的黑色眼睛在街上四处张望。冷静，专注。一定是新招募来的。可能是外国人。他看起来很专业。

我从通往另一条街上的出口离开了商店，走进一个位于托格塔路上的电话亭，拿出我撕下的一页报纸。等待电话接通的当儿，我在电话亭起雾的窗户上画了一个心形。

"里斯教堂，教区办公室。"

"打扰了，我有一个花圈，想在后天霍夫曼的葬礼上送出。"

"殡仪员们可以……"

"问题是我住在城外，我明天深夜会开车经过市区，但那时您那儿已经过了开放时间。我想不如直接把花圈送到教堂。"

"我们没有人——"

"但是我想你们明天晚上会接收棺材吧？"

"正常情况下，是的。"

我等了一会儿，但他没再说什么。

"或许你可以帮我查一下？"

一声几乎听不见的叹息。"等一下。"纸张沙沙作响，"是的，没错。"

"那我明天晚上去教堂。我相信他的家人会想再见他最后一面，所以我也可以向他们转达我的慰问。他们可能已经和你约好了进入地下室的时间。我可以直接给他家人打电话，但又不愿意打扰他们……"

我等了片刻，听到电话另一头静悄悄的。我清了清嗓子："……在这个悲惨的时刻，离圣诞节那么近。"

"我看到他们要求明晚八点到九点之间来。"

"谢谢你，"我说，"但是我恐怕赶不上了。如果你不向他们提及我打算亲自去，那就好了。我会想其他办法送花圈的。"

"如你所愿。"

"谢谢你的帮助。"

我步行去了青年广场。今天没有人站在歌剧通道里。如果那天的那个男人是霍夫曼的手下，他一定看到了想看到的东西。

那个年轻人不让我到柜台后面去。说费舍曼在会面。我能看见回转门玻璃后面移动的影子。这时，其中一个影子站了起来，和我那天一样，从后门出去了。

"你可以过去了。"年轻人说。

"抱歉久等，"费舍曼说，"都是因为圣诞节，人们不依不饶的可不只是鱼的事。"

我一定是在闻到那股浓烈的气味后皱起了鼻子，因为他笑了起来。

"你不喜欢鳕鱼的味道吗，小伙子？"他朝我们身后柜台上的那条一部分被切成了片的鳕鱼点了点头，"你知道，在同一辆卡车上运送毒品和鳕鱼简直是天衣无缝。嗅探犬一点机会也没有。我喜欢把鳕鱼做成鱼丸，尽管很少有人这样做。"他朝我们中间贴着瓷砖的木桌上的一只碗点了点头。浅灰色的鱼丸漂浮在浑浊的液体中。

"那么那方面的业务进展如何？"我问，假装没听到他的邀请。

"需求方面没有任何问题，但俄国人开始变得贪婪了。当他们不能再让我和霍夫曼互相争斗的时候，他们会更容易对付。"

"霍夫曼知道咱俩在谈话。"

"他不傻。"

"没错，所以他这些天防卫森严。我们没办法过去把他除掉。我们需要一点想象力。"

"这是你的问题。"费舍曼说。

"我们需要从里面动手。"

"还是你的问题。"

"今天报纸上发了讣告。小霍夫曼后天下葬。"

"然后呢？"

"我们可以在那里干掉霍夫曼。"

"葬礼。不错。"费舍曼摇了摇头，"太冒险了。"

"不是葬礼。葬礼的前一天晚上。在教堂地下室。"

"解释一下。"

我解释了。他摇摇头。我接着说。他还是摇头。我举起一只手，继续说。他正摇着头，但接着咧嘴笑了。"好！你到底是怎么想到的？"

"我认识一个人，他就葬在那座教堂。当时就是这么操作成功的。"

"你知道我应该说不。"

"但你会答应的。"

"如果我不答应呢？"

"我需要钱买三口棺材，"我说，"基门葬礼公司有现成的。但你可能知道……"

费舍曼警惕地看着我。在围裙上擦了擦手指。拉一拉他的胡子。又在围裙上擦了擦手指。

"吃个鱼丸，然后我来看看收银台有多少。"

我坐在那里，看着鱼丸在液体里浮动，如果事先不知道，我会猜那是精液。事实上，我想了一下，也没有更好的答案。

我回家的路上经过玛丽亚的超市。我想还是在那里买点晚上吃的吧。我走进去，拿了个购物篮。她正背对着我为一位顾客服务。我沿着过道走着，挑了鱼条、土豆和胡萝卜。还有四罐啤酒。哈康国王巧克力有折扣，都用圣诞包装纸包好了。我往篮子里放了一盒。

我朝玛丽亚的收银台走去。超市里没有其他人。我看得出她看见我了。

她脸红了。该死。我想这并不奇怪，那次晚餐的事情很可能还没有完全过去，她可能不太常像那样邀请男人回家。

我走上前去，跟她快速打了个招呼。然后低头看着篮子，专心把食物——鱼条、土豆、胡萝卜和啤酒——放到传送带上。我手里拿着那盒巧克力。犹豫不决。科丽娜手上戴的戒指。霍夫曼儿子给她的那个。就像这样。我站在那里，想拿着一盒该死的巧克力当圣诞礼物，包得好像那是埃及艳后克利奥帕特拉皇冠上的珠宝。

"就，这，些？"

我惊讶地看着玛丽亚。她说话了。谁知道她能说话？这话显然听起来很奇怪。但那的确是话。和其他人说的话没什么两样。她拂去脸上的头发。雀斑。温柔的眼睛。有点疲惫。

"是的。"我说，咧开嘴，过分强调了这个词。

她微微一笑。

"就……这……些。"我慢吞吞地说，声音有点太大了。

她疑惑地指着那盒巧克力。

"给……你，"我伸出手，"圣诞……快乐。"

她用手捂住嘴。手后面，她的脸上出现了各种各样的表情。超过六个。惊讶、困惑、喜悦、尴尬，然后是扬起的眉毛（为什么？），垂下的眼皮和感激的微笑。当你不能说话的时候就会这样——你会有一张表情丰富的脸，并学会表演一种在不习惯的人看来略显夸张的哑剧。

我把盒子递给她。看到她长有雀斑的手靠近我的手。她想要什么？她想牵我的手吗？我把手缩了回来。快速向她点了点头，然后朝门口走去。我能感觉到她看着我的背影。该死。我所做的只是给她一盒巧克力，所以这个女人到底想要什么？

我进去时，公寓里一片漆黑。我能辨认出床上科丽娜的形状。

公寓里如此安静，一动不动，我几乎觉得有点奇怪。我慢慢地走到床边，站在她身边。她看起来如此宁静。如此苍白。时钟开始在我的脑袋里嘀嗒作响，好像在思考什么。我俯身靠近她，直到我的脸落在她嘴唇上方。有点不对劲。时钟的嘀嗒声越来越响。

"科丽娜。"我低声说。

没有反应。

"科丽娜。"我重复了一遍，声音大了一点。我从自己的声音里听到了一种从未听过的东西，一种微弱的无助感。

她睁开眼睛。

"过来，宝贝。"她低声说道，同时双臂抱住我，把我拉到床上。

"再用力点，"她低声说，"你知道，我坏不了。"

是的，我想，你不会坏的。我们，这个，坏不了。因为这是我一直在等待的，这也是我一直在练习的。只有死亡才能毁掉这一切。

"哦，奥拉夫，"她低声说，"哦，奥拉夫。"

她的脸上泛着红光，她在笑，眼睛里却闪着泪光。她的胸部在我身下发出光泽，那么白皙。即使在那时，她距离我那么近，是你跟一个人距离最近的时候，我仍然感觉像第一次看到她时那样，远远地，在街对面的一扇窗户后面。我想没有比那时更能赤裸裸地看一个人了，也就是当他们不知道自己在被监视、被调查的时候。她从没那样看过我。也许她永远不会那么做。我突然想到一件事。我还留着那几张纸，那封信，那封我还没写完的信。如果科丽娜发现了，可能会误解。无所谓，奇怪的是，我会因为这样的小事而心跳加快。那几张纸就在厨房抽屉里的餐具托盘下面，谁也不会去动它。但我还是下定决心尽早把它们处理掉。

"没错，奥拉夫，就是这样。"

后来，我内心有东西松弛了下来，之前被隔绝在那里的东西。虽然我不知道是什么，但是来自宣泄的压力把它抖了出来，让它泄露了。我躺下来，喘着气。我变了一个人，只是不知道在哪方面。

她靠在我身上，搔了搔我的额头。

"你感觉怎么样，我的国王？"

我回答了，但我的喉咙里满是口水。

"什么？"她笑了。

我清了清嗓子，重复了一遍："饿。"

她笑得更大声了。

"以及幸福。"我说。

科丽娜受不了鱼。她对鱼过敏，一直如此，是家族遗传。

超市现在都关门了，但我说我可以从中国比萨店点一份特餐。

"中国比萨？"

"中餐和比萨。我的意思是分开。我几乎每天都在那里吃晚饭。"

我重新穿好衣服，走到拐角处的电话亭。我从来没有在公寓里装过电话，也不想要。我不希望人们有办法偷听我说话、找到我、跟我谈话。

我从电话亭里可以看到四楼的窗户。我看到科丽娜站在那里，她的头周围有一圈灯光，仿佛光环一样。她低头看着我。我挥手。她也挥手。

接着硬币投进去，发出金属的声音。

"中国比萨，有什么可以帮你的吗？"

"嗨，林，我是奥拉夫。一份特餐中国比萨，外带。"

"不在这里吃，奥拉夫先生？"

"今天不了。"

"十五分钟。"

"谢谢。还有一件事。有人问起过我吗？"

"问起你？没有。"

"很好。有你见过的和我一起吃饭的人去过吗？有没有留着看着像画上去的滑稽的细胡子的？或者穿着棕色皮夹克，耳朵后面夹着烟的？"

"我想想。没有……"

店里只有大约十张桌子，所以我相信他。布伦希尔德森和派因都没在守我。他们和我去过那里不止一次，但他们大概不知道我多久去一次。很好。

我推开电话亭沉重的金属门，抬头望着窗户。她还站在那里。

步行到中国比萨店要十五分钟。比萨好了，装在一个野营桌大小的红色纸盒里。中国比萨特餐。奥斯陆最好的。我很期待看到科丽娜吃一口时的表情。

"晚点见，阿里嘎多①。"我出门时，林像往常一样喊道。我还没来得及用一个可以与"鳄鱼"押韵的词回答，门就在我身后关上了。

我沿着人行道匆匆往前走，转过街角。我在想科丽娜。我一定是在很努力地想着科丽娜。这是我仅剩的借口了，否则我怎么会没有看到他们，没有听到他们的声音，甚至没有想到那个显而易见的事实：如果他们想到了这是我经常出没的地方，那么他们也会想到我大概能料到他们知道这一点，以及我因而不会堂而皇之地接近它。所以，他们不会在温暖而亮堂的店里等待，而是在外面冰冷的黑暗中蹲守，我可以发誓，在寒冷的室外，即使是分子也很难移动。

我听到雪上嘎吱作响的脚步声，但那该死的比萨拖慢了我的速度，我还没来得及拔出手枪，就感到冰冷而坚硬的金属抵在了我的耳朵上。

"她在哪儿？"

是布伦希尔德森。他说话时，铅笔一般细的小胡子也跟着动。他身边有个年轻人，他看上去更像是害怕，而不是危险，也许夹克上还戴着"见

---

① 日语的"谢谢"，发音类似 alligator（短吻鳄）。——译者注

习"徽章,不过他还是仔细搜了我的身。我猜霍夫曼是想让这个年轻人在不带武器的情况下协助布伦希尔德森。也许他藏了把刀或什么东西。手枪是他得到认可时才能获得的礼物。

"霍夫曼说,把他老婆交给我们,你就能活命。"布伦希尔德森说。

那是个谎言,但换作是我也会说同样的话。我考虑了自己的选择。街上没有车辆,也没有人。除了错误的人。周围如此安静,我都能听到扳机上的弹簧被拉伸时轻微的抱怨声。

"好吧,"布伦希尔德森说,"你知道,没有你我们也能找到她。"

他是对的,没有虚张声势。

"好吧,"我说,"我带走她只是为了找点讨价还价的筹码。我不知道那家伙姓霍夫曼。"

"我对此事一无所知,我们只想要他老婆。"

"那我们最好去找她。"我说。

13

"我们得坐地铁,"我解释道,"听着,她以为我在保护她。我确实也是。除非我能在这样的交易中利用她。所以我告诉她,如果我半小时内不回家,肯定发生了什么严重的事情,她就要离开。在圣诞节的车流中,乘车去我的公寓至少要花四十五分钟。"

布伦希尔德森盯着我看。"那就打电话给她,说你要迟到一会儿。"

"我没有电话。"

"真的吗?那你到店的时候比萨怎么就准备好了呢,约翰森?"

我低头看了看那个红色的大纸盒。布伦希尔德森可不是白痴。"电话亭。"

布伦希尔德森用手指和拇指扯了扯胡须两端,好像试图把胡须拉长。然后看了看街上的情况。应该是在评估交通情况。并且想了想如果她跑了霍夫曼会说什么。

"中国比萨特餐。"这是那个年轻人说的,他朝盒子点点头,咧嘴一笑,"城里最好的比萨,对吧?"

"闭嘴,"布伦希尔德森说,他已经做了决定,也不拽胡须了。

"我们乘地铁去。我们从你的电话亭打电话给派因,让他到那里接我们。"

我们步行五分钟到达国家剧院旁的地铁站。布伦希尔德森把外套的袖子拉下来遮住手枪。

"你的票自己买,我不给你买。"我们站在售票处,他说道。

"我来时买的票有效期是一小时。"我撒谎了。

"这是真的。"布伦希尔德森笑着说。

我一直希望能有一次检票，那样他们会带我去一个安全的警察局。

地铁正如我希望的那样拥挤。疲惫不堪的通勤者，嚼口香糖的青少年，裹着御寒衣物的男男女女，圣诞礼物从塑料袋里露出来。所以我们不得不站着。我们站在车厢中间，各自用一只手扶着闪亮的钢柱。门关上了，乘客们呼出的水汽又开始在窗户上聚积起来。地铁开走了。

"胡夫塞特。我没想到你住在城西，约翰森。"

"你不该相信你所相信的一切，布伦希尔德森。"

"真的吗？你是说我应该想到你会在胡夫塞特买比萨，而不是千里迢迢跑进城吗？"

"这可是中国比萨特餐，"年轻小伙子盯着红色的盒子充满敬意地说，它在挤满人的车厢里占据了太多的空间，"你没法——"

"闭嘴。所以你喜欢冷比萨，约翰森？"

"我们会重新加热。"

"我们？你和霍夫曼的老婆？"布伦希尔德森从鼻子里发出冷笑，听上去像斧头落下的声音，"你说的对，约翰森。我们真的不该相信我们所相信的一切。"

确实，我想。比如，你不该相信像我这样的人会真的相信霍夫曼那样的人会给我留活路。而且，考虑到像我这样的人不会相信这一套，你就不应该认为我不会采取极端措施来改变局面。布伦希尔德森的眉毛几乎在鼻梁上方连到了一起。

很明显，我猜不到他脑子里的想法，但我猜他计划在公寓里枪杀科丽娜和我。然后把手枪放在我手里，让场面看起来像是我杀了她，然后自杀了。被爱情逼疯的追求者，老生常谈的故事。比把我们扔到奥斯陆郊外山谷中的湖里更好。因为如果科丽娜失踪了，她的丈夫就会自动成为主要嫌疑犯，而霍夫曼没有多少东西经得起严密的审查。好吧，如果我是布伦希尔德森，我会这么做。但布伦希尔德森不是我。布伦希尔德森有一个没有经验的助手，一只袖子里藏着一把手枪，另一只手轻握着一根金属杆，但没有空间让他把两条腿岔得足够开以保持平衡。当你第一次搭乘这条地铁线时就会是这种情况。我开始倒计时。我了解铁轨的每一次震动，车身的每一次移动，每一个逗号，每一个句点。

"拿着这个。"我说着把比萨盒塞到年轻人怀里，他自动接着了。

"嘿！"布伦希尔德森的叫喊声盖过了刺耳的金属声，他举起了握着手枪的手。与此同时，地铁到达了铁轨连接处。车厢的颠簸使布伦希尔德森本能地甩动握着手枪的手臂，以尽力保持平衡。于是我开始行动。我用双手抓住杆子，用尽全力把自己拉过杆子。我瞄准他鼻梁上方几乎拧成一条的眉毛中间。我读过一篇文章，说人的头重约四点五公斤，以每小时七十公里的时速撞击，造成的冲击力需要数学比我好得多的人才能算出来。当我缩回身体时，布伦希尔德森破了的鼻孔里冒出一小股血，他像企鹅一样僵硬地伸出双臂，眼睛里几乎全是眼白，只有眼睑下方可见一点虹膜。我看得出布伦希尔德森已经出局了，但为了防止他死灰复燃，我抓住他的双手，这样我的一只手就握住了他袖子里的手枪，我们看起来像是在跳某种民族舞。然后，考虑到它取得了这么好的效果，我又重复了上一步。我使劲把他拉向我，低下头，撞向他的鼻子。我听到了什么不应该折断的东西折断了。我放开了他，但没有松开手枪。他瘫倒在地上，站在我们周围的其他人则喘着粗气试图躲开。

我转过身来，把手枪对准了见习生，这时一个鼻音浓重、毫无感情的声音从扩音器里传来——"少校宫站"。

"我到了。"我说。

他的眼睛在比萨盒上方睁得大大的，嘴巴以一种反常的方式大张着，几乎有些挑逗的意味了。谁知道呢，也许几年后他会有更多的经验，用更好的武器来追杀我。注意，几年后？这些年轻人在三四个月内就能学会他们所需要的一切。

地铁进站时开始刹车。我朝身后的门退去。突然间我们有了大量的空间——人们贴着车厢内壁，盯着我们。一个婴儿在跟妈妈咿咿呀呀地说话，除此之外没有一点动静。地铁停了下来，车门开了。我又后退一步，在门口停了下来。我身后有人想上车，他们非常明智地选择了另一扇门。

"快点。"我说。

那个孩子没有反应。

"快点。"我加重了语气说。

他眨了眨眼，仍然不明白。

"比萨。"

他像梦游者一样无精打采地向前走一步，把红盒子递给了我。我走回到站台上。我站在那里，手枪指着那个年轻人，让他意识到只有我一个人能下车。我瞥了一眼布伦希尔德森。他平躺在地板上，一个肩膀在微微抽搐，像某个坏了但还未坏透的带电的东西。

门关上了。

那个孩子从肮脏、寒冷、盐渍斑斑的窗户后面盯着我。地铁朝胡夫塞特及其周边地区驶去。

"晚点见，阿里嘎多。"我低声说，放下了手枪。

我在黑暗中快速走回家，留意听着警笛声。一听到警笛声，我就把比萨盒放在一家关门了的书店台阶上，向车站走去。蓝色的灯光一过，我就转过身来，急匆匆地往回走。比萨盒原封不动地放在台阶上。就像我说的，我很期待看到科丽娜吃第一口时脸上的表情。

14

"你还没问呢。"她在黑暗中说。

"还没有。"我说。

"为什么不呢？"

"我想我不是一个很爱打听的人。"

"但你一定在想。父与子……"

"我以为你想说的时候就会告诉我。"

科丽娜转向我时，床吱吱作响。"如果我什么都不说呢？"

"那我就永远不会知道了。"

"我不明白你的意思，奥拉夫。你为什么要救我？因为我？你那么可爱，而我那么卑鄙。"

"你不卑鄙。"

"你怎么会知道？你甚至什么都不想问。"

"我知道你现在和我在一起。眼下这就够了。"

"以后呢？假设你能在丹尼尔抓到你之前抓住他。假设我们到了巴黎。假设我们设法凑够了钱活下去。你还是会想知道这个女人是谁，她做自己继子的情人。因为谁能真正信任一个这样的人？这么有背叛的天赋……"

"科丽娜，"我说，伸手去拿香烟，"如果你担心我想知道什么或不想知道什么，就尽管告诉我。我只想说，这取决于你。"

她轻轻地咬了我的上臂。"你害怕我要说的话，是吗？你害怕我会告诉你我不是你期待的那个人是吗？"

我掏出一支烟，但找不到打火机。"听着。我是一个选择靠杀人来过活的人。我倾向于在人们的行动和决定方面给他们一点回旋余地。"

"我不信。"

"什么?"

"我不相信你。我觉得你只是想隐藏。"

"隐藏什么?"

我听到她吞咽的声音。"你爱我。"

我转向她。

窗外照进来的月光在她湿润的眼眸里闪着光。

"你爱我,你这个傻瓜。"她温柔地打了一下我的肩膀,重复地说"你爱我,你这个傻瓜。你爱我,你这个傻瓜",直到眼里涌出泪水。

我把她拉过来。抱着她,直到我的肩膀因为她的泪水感到一阵温暖,接着是一阵凉意。现在我看到打火机了。它在那个空的红纸盒上。如果我有过任何疑问,现在全解开了。她喜欢中国比萨。她喜欢我。

15

平安夜的前一天。

天气又变冷了。温暖的天气暂时结束。

我从街角的电话亭给旅行社打了电话。他们告诉我去巴黎的机票要多少钱。我说我会再打过去。然后我打电话给费舍曼。

我开门见山地说，我需要钱来摆平霍夫曼。

"我们可是在开放线路上，奥拉夫。"

"你没有被窃听。"我说。

"你怎么知道？"

"霍夫曼付钱给电话公司的一个家伙，他知道哪些电话被窃听了。你们俩都不在名单上。"

"我在帮你解决问题，奥拉夫。我为什么要付你钱？"

"因为摆平了霍夫曼会让你挣很多钱，而我要的只是个零头。"

一阵停顿。但时间不长。

"多少钱？"

"四万。"

"好吧。"

"现金，我明天一早就去店里取。"

"好吧。"

"还有一件事。今天晚上我不想冒险去鱼铺，霍夫曼的人离得太近了。七点钟叫货车绕到毕斯雷特体育场后面接我。"

"好吧。"

"你弄到棺材和货车了吗？"

费舍曼没有回答。

"抱歉，"我说，"我习惯了自己安排一切。"

"还有别的事吗？"

我们挂了电话。我站在那里看着电话。费舍曼二话没说就答应给四万。本来一万五我就满足了。那个老浑蛋不知道吗？这说不通。好吧，那就说不通吧。我低估自己了。我应该要六万的。也许八万。但现在已经太晚了，我只需高兴地意识到，自己的确成功地重新就约定进行了一次谈判。

通常，干活的二十四小时之前我会开始紧张。然后随着时间的推移，我越来越不紧张。

这次也是一样。

我去旅行社订了去巴黎的机票。他们推荐了一家位于蒙马特尔的小旅馆。价格适中，但舒适又浪漫，柜台后面的女人如是说道。

"太好了。"我说。

"圣诞礼物？"那个女人笑着在预定系统上输入了一个和我很接近但不太一样的名字。还不到时间。我会在出发之前纠正过来。她那件梨绿色夹克衫前的徽章上印着她的名字，显然那是旅行社的制服。浓妆艳抹。她牙齿上有尼古丁渍。皮肤晒黑了。也许有补贴的阳光之旅也是工作的一部分。我说第二天早上会回来付全款。

我走到街上。左顾右盼。渴望黑夜的降临。

在回家的路上，我意识到自己在模仿她。玛丽亚。

就，这，些。

"你需要什么，我们可以在巴黎买。"我对科丽娜说，她看起来比我紧张得多。

到了六点钟，我把手枪拆开，清洗，涂油，又组装好。装满了子弹。我在浴室冲了澡，换了衣服。仔细考虑着即将发生的事。想到我得确保克莱因不会出现在我身后。我穿上黑西装，然后坐在扶手椅上。我出汗了。科丽娜冻僵了。

"祝你好运。"她说。

"谢谢。"我说，然后起身离开了。

16

黑暗中，我在老旧的溜冰场和足球场后面的斜坡上跺着脚。

《晚报》上说，当晚以及之后的几天，天气将非常寒冷，这次纪录肯定会被打破。

七点钟，那辆黑色的厢式货车准时停在了人行道边缘。一分不早，一分不晚。我觉得这是个好兆头。

我打开后门跳了进去。克莱因和丹麦人各坐在一口白色的棺材上。按照我的要求，他们都穿着黑西装、白衬衫，打着领带。丹麦人用他喉音般的嗓音咕哝着说了些打趣的话来欢迎我，克莱因却怒视着我。我坐在第三口棺材上，敲了敲驾驶室的窗户。今晚的司机是我第一次进鱼店时注意到我的那个年轻人。

通往里斯教堂的路蜿蜒穿过安静的居民区街道。我看不见它们，但我知道它们是什么样子。

我闻了闻。费舍曼用的是自己的运货车吗？如果是的，我希望他用了一个假车牌。

"货车是从哪里来的？"我问。

"车停在艾克贝格，"丹麦人说，"费舍曼要我们找辆适合葬礼的车。"他大声笑了起来，"适合葬礼。"

我没有追问为什么车里有鱼腥味。我这才意识到是他们身上的味道。我记得去了鱼店后面的房间之后，我身上也有股鱼腥味。

"感觉怎么样？"克莱因突然问道，"准备好修理自己的老板了吗？"

我知道我和克莱因之间话越少越好。"不知道。"

"你当然知道。怎么样？"

"算了。"

"不行。"

看得出克莱因不会善罢甘休。

"首先，霍夫曼不是我的老板。其次，我什么感觉都没有。"

"他当然是你的老板！"我能听到他话里的愤怒，就像低沉的隆隆声。

"如果你这么说的话。"

"他为什么不是你的老板？"

"这不重要。"

"快点，伙计。你想让我们今晚救你的命，也回报我们——"他的食指和拇指放在一起搓了搓，"——点东西怎么样？"

货车转弯很急，我们在光滑的棺材盖上滑来滑去。

"霍夫曼按目标为我的服务付费。"我说，"这让他成了我的客户。除此之外——"

"客户？"克莱因重复道，"毛只是一个目标？"

"如果毛是我摆平的人，那么他就是一个目标。如果你对他有感情，我很抱歉。"

"有感——"克莱因气急败坏地说道，接着声音断了，他停下来深吸一口气，"那么，你希望活多久，摆平者？"

"今晚的目标是霍夫曼，"我说，"我建议把精力集中在这上面。"

"等他被摆平了，"克莱因说，"另一个人就要成为目标了。"

他目不转睛地盯着我，毫不掩饰对我的仇恨。

"既然你喜欢有个老板，"我说，"也许我该提醒你费舍曼给你的命令。"

克莱因正要举起他那把丑陋的霰弹枪，丹麦人一只手放在了他的胳膊上。"别紧张，克莱因。"

货车减速了。年轻人透过玻璃说道："伙计们，该进棺材睡觉了。"

我们各自打开钻石形状的棺材的棺盖，挤了进去。我一直等到克莱因把棺材盖上，才放下我的棺盖。我们有两个螺丝从里面把盖子固定住。只需转上几圈。能把它们固定住就好。但不能封太紧，否则时间到了无法推掉。我不再紧张了。但我的膝盖在颤抖。奇怪。

货车停了下来，车门开了又关，我能听到外面有人说话。

"谢谢你让我们用地窖。"司机的声音。

"不客气。"

"我被告知有人可以帮我搬。"

"是的，别指望你会从死人那里得到多少帮助。"

一阵粗暴的笑声。我猜刚刚是一位掘墓人。货车的后门打开了。我离车门最近，感觉自己被人抬了起来。我尽可能一动不动地躺着。棺材底部和两侧都钻了气孔，当他们把我抬进通道时，我在黑漆漆的棺材中能看到光束。

"这就是在特隆赫姆路上死去的那家人？"

"是的。"

"在报纸上看到了。太惨了。他们会被葬在北边，对吧？"

"是的。"

我感觉到我们在往下走，我向后滑，头撞在了棺材的末端。妈的，我以为他们是脚冲前抬棺材的。

"圣诞节前你没时间开车把他们运过去吗？"

"他们将被葬在纳尔维克，开车要两天才到。"小碎步的声音。我们现在到了狭窄的石阶上。我记得很清楚。

"为什么不用飞机送去？"

"他们的亲属觉得太贵了。"年轻人说道。他做得很好。我告诉过他，如果问题太多，就说他刚开始在殡仪馆工作。

"他们还想把他们葬在教堂里？"

"是的。加上是圣诞节之类的。"

棺材又平了。

"嗯，这也可以理解。正如你看到的，这里有足够的空间。就只有那口棺材，明天就埋了。是的，棺盖打开了，他的家人很快就要来看。我们可以把这个放在支架上。"

"我们可以直接放在地上。"

"你想把棺材放在水泥地上？"

"是的。"

他们停止了移动。感觉他们好像在商议。

"随便你。"

我被放下了。我听到头上有刮擦声，然后脚步声渐渐消失。

只剩下我。我从一个洞里往外看。并非只有我自己。还有那具尸体。一个目标。我的尸体。上次我也是一个人在这里。母亲躺在棺材里看起来很小。枯瘦如柴。也许她的灵魂在身体里占据的空间比大多数人的都多。她的娘家人也去了。我以前从没见过他们。当母亲和我父亲交往时，她父母就跟她断绝关系了。家里竟有人嫁给一个罪犯，这是我的外祖父母、舅舅舅妈们不能容忍的。她和他一起搬到了城东，这是唯一的安慰：眼不见，心不烦。但在我眼前，在我的外祖父母、舅舅舅妈们眼前，他们是母亲喝醉或酗酒时才会谈起的人。我从父母之外的亲戚那里听到的第一句话是"很遗憾"。大约有二十个人在城西的一座教堂里说他们有多遗憾，那里离她长大的地方只有一箭之遥。后来我又回到了河对岸，之后再也没有见过他们。

我检查了一下螺丝是否还在原位。

第二口棺材到了。

脚步声又消失了。我看了看时间。七点半。

第三口棺材到了。

司机和掘墓人走了，他们谈论着圣诞食品，说话声渐渐消失在台阶上。

到目前为止，一切都在按计划进行。

当我代表纳尔维克的家属打电话询问教会是否介意在圣诞节期间把三口棺材放在地窖里时，神父显然没有反对。我们已经就位了，如果运气好的话，半小时后霍夫曼就到了。我们希望他把保镖留在外面。不管怎样，可以毫不夸张地说，我们会给他们来个出其不意，措手不及。

我手表的发光表盘在黑暗中发着光。

差十分钟。

正点。

过五分钟。

我突然冒出一个念头。那些纸。那封信。它还在餐具盘下面。我为什么没有把它处理掉？我只是忘了吗？为什么这么问自己，而不是问万一科丽娜发现了呢？我想让她发现吗？知道这类问题答案的人都是有钱人。

我听到外面有汽车的声音。车门关闭。

楼梯上传来脚步声。

他们到了。

"他看起来很安详。"一个女人平静地说。

"他们把他打扮得真的很漂亮。"一个年长的女人抽泣着说。

一个男人的声音："我把车钥匙忘在点火开关那里了，我去——"

"你哪儿也不能去，埃里克，"年轻女人说，"天啊，你真是个娘娘腔。"

"但是，亲爱的，那辆车——"

"它停在教堂墓地里，埃里克！你觉得能有什么事？"

我从旁边的一个洞里往外看。

我原希望丹尼尔·霍夫曼会一个人来。一共有四个人，都站在棺材的同一侧，面向我。一个秃顶的男人，和丹尼尔年纪差不多。长得不像他。可能是妹夫。跟他旁边的女人相配。她三十多岁，还有一个十一二岁的女孩。妹妹和侄女。这家人的长相有相似之处。那个年纪大些，头发花白的女人和丹尼尔的长相一模一样。大姐？还是年轻的母亲？

但丹尼尔·霍夫曼不在。

我努力说服自己，他会坐自己的车来，一家人坐同一辆车会很奇怪。

发际线逐渐后退的妹夫瞥了一眼手表，证实了这一点。

"按计划本杰明要接他父亲的班的，"年长些的女人吸着鼻子说，"丹尼尔现在可该怎么办？"

"妈妈。"年轻女人用警告的语气说。

"哦，别假装埃里克不知道。"

埃里克耸起又放下夹克衫的肩部，脚前后摇晃起来。"是的，我知道丹尼尔做什么生意。"

"那你也知道他病得有多严重。"

"埃莉斯说过，是的。但我们和丹尼尔没什么关系。以及这位……呃……"

"科丽娜。"伊丽莎白说。

"那么，也许是时候让你多见见他了。"年长女人说。

"妈妈！"

"我只是说，我们不知道丹尼尔还能活多久。"

"我们无意与丹尼尔的生意产生任何关系，妈妈。看看本杰明的遭遇吧。"

"嘘！"

台阶上传来脚步声。

两个人走了进来。

其中一个拥抱了年长的女人。向妹妹和妹夫简单地点点头。

丹尼尔·霍夫曼。跟他一起的是第一次闭上嘴的派因。

他们背对着我们，站在我们和那口棺材之间。完美。如果我认为需要摆平的目标可能带有武器，我会不遗余力地让自己处于一个可以从后面射杀他们的位置。

我握紧了枪柄。

等待。

等那个戴熊皮帽子的家伙。

他没有来。

他一定在教堂外面。

这使得事情起初容易些，但他可能是我们过一会儿不得不处理的潜在问题。

我给丹麦人和克莱因的信号很简单：我大喊。

我没有任何合理的理由不立刻开始大喊。但我仍然感觉好像有一个正确的时机，特定的某一秒。就像用滑雪杆刺我父亲时那样。就像在一本书中，作者决定什么时候会发生什么，你知道某件事一定会发生，因为作者已经说过它会发生，但它还没有发生。故事中有一个恰当的位置，所以你必须等一等，这样事情才能按正确的顺序发生。我闭上眼睛，感觉时钟在倒计时，弹簧绷紧，水珠仍然挂在冰柱的末端。

接着那一刻到来了。

我大叫一声，把棺材盖推开。

17

明亮。明亮而舒适。妈妈说我发了高烧，来看的医生说我要卧床几天，多喝水，但这没什么好担心的。那时我便知道她很担心。但我并不害怕。我很好。即使当我闭上眼睛，灯光也能透过我的眼皮，一种温暖的红色的光。我被放在妈妈的大床上，感觉房间里经过了四季。温和的春天变成了滚烫的夏天，汗水像夏天的雨一样从我的前额流到床单上，床单粘在我的腿上，接着秋天到了，清爽的空气，清爽的感觉。直到又突然进入冬天，牙齿在打战，我在睡眠、梦境和现实中漂流。

她去图书馆给我借了一本书。《悲惨世界》。维克多·雨果。封面上写着"简明版"，上方是一幅珂赛特小时候的画像，这是埃米尔·巴亚尔画的原版插图。

我一边读，一边做梦。做梦，读书。添加和剪切场景。最后都不知道有多少是作者的创造，有多少是我自己的虚构了。

我相信这个故事是真的。我只是觉得维克多·雨果讲的不是实情。

我不相信冉·阿让偷了面包，不相信这就是他赎罪的原因。我怀疑，如果作者说了实话，读者将不再为英雄喝彩，维克多·雨果不想冒这个险。事实是冉·阿让杀了人，他是个杀人犯。冉·阿让是个好人，所以他杀死的人一定是活该。是的，就是这样。冉·阿让杀了一个做了坏事，且必须为此付出代价的人。偷面包的事让我很恼火。所以我重写了这个故事。我让故事变得更好了。

所以，冉·阿让是个致命的杀手，全法国都在通缉他。他爱上了芳汀，那个可怜的妓女。爱使得他愿意为她做任何事。他为她所做的一切，都是出于爱，疯狂，奉献，而不是为了拯救自己不朽的灵魂，也不是出于对他同伴的爱。他屈从于美。是的，他就是这么做的。屈服于这个被毁掉了的、生病的、垂死的、没有牙齿和头发的妓女的美。他在无人能想象的地方看到了美。所以这美只属于他。他也只属于它。

过了十天高烧才开始减轻。对我来说，仿佛才一天，我醒来的时候，妈妈坐在床边，抚摸着我的额头，轻轻地啜泣着，跟我说情况多么危急。

我告诉她我去了一个我想回去的地方。

"不，不要这么说，奥拉夫，亲爱的！"

我看得出她在想什么。因为她有一个总想回去的地方，一个她喝醉时会去的地方。

"但我不想死，妈妈。我只想编故事。"

18

我双膝跪地，双手握着手枪。

我看见派因和霍夫曼转过身来，几乎像是慢动作。

我射中了派因的后背，加速了他的旋转。两枪。白色的羽毛从他的棕色夹克上跳起，像雪花一样在空中起舞。他已经从夹克里掏出手枪并开了枪，但没能抬起胳膊。子弹击中地板和墙壁，在石头砌的地窖里轰鸣着反弹。我用余光看到克莱因已经推开了我旁边的棺材盖，但还没有爬出来。也许他不喜欢枪林弹雨。丹麦人从棺材里出来了，瞄准了霍夫曼，但由于他们把他的棺材放在了地窖的尽头，我处在霍夫曼身后，刚好在他的射击路线上。我向霍夫曼挥动手枪的同时猛地后仰。但他出奇地快。他一跃翻过棺材，朝那个小女孩扑了过去，他落在了地窖的长墙边，同时把她带倒在地。他其余的家人都像盐柱一样目瞪口呆地站在他前面。

派因躺在桌子下面的地板上，桌子上是本杰明·霍夫曼的棺材。他握着手枪的手僵硬地向外伸着，就像一个他无法控制的油标尺。它一个劲乱转，胡乱发射子弹。血液和脊髓液淌到水泥地上。格洛克手枪。里面装了很多子弹。迟早会有人中弹。我又向派因开了一枪。我再次向霍夫曼举起手枪，同时踢了一脚克莱因的棺材。我瞄准了他。他正坐在地板上，背靠着墙，女孩坐在他的腿上，他一只胳膊紧紧地搂着她瘦骨嶙峋的胸腔，另一只手拿手枪对准她的太阳穴。她一动不动地坐在那里，用棕色的大眼睛看着我，眼睛一眨也不眨。

"埃里克……"是他妹妹。她看着哥哥，对她的丈夫说。

那个半秃的男人终于反应过来了。他颤颤巍巍地朝大舅子迈了一步。

"别再靠近了，埃里克，"霍夫曼说，"这些人不是来找你的。"

但埃里克没有停下，他迟疑着继续前行，像个僵尸一样。

"操！"丹麦人喊道，摇晃着扣动扳机。显然没成功。子弹可能卡住了。该死的门外汉。

"埃里克！"霍夫曼重复道，同时把手枪对准了他妹夫。

父亲向女儿伸出双臂，湿了湿嘴唇。"贝蒂娜……"

霍夫曼开枪了。妹夫踉踉跄跄地退了回来。他的肚子中枪了。

"出来，不然我开枪打死这个女孩！"霍夫曼喊道。

我听到身边一声长叹。是克莱因，他站了起来，面前的短枪瞄准了霍夫曼。

但是桌子和小霍夫曼的棺材挡住了路线，所以他不得不向棺材靠近一步，以获得更开阔的射击路线。

"回去，不然我就开枪打死她！"霍夫曼现在正用假声尖叫。

霰弹枪枪口朝下，大约是四十五度，同时，克莱因将身体后倾，远离霰弹枪，好像是害怕它会炸掉他的脸。

"克莱因，"我说，"别开枪！"

我看到他闭上了眼睛，就像你知道某样东西要爆炸，但不知道什么时候会爆炸时那样。

"先生！"我喊道，试图和霍夫曼进行眼神交流，"先生！请放了那个女孩！"

霍夫曼盯着我，好像在问我是不是把他当成了傻瓜。

该死。不该发生这样的事。我伸出手，向克莱因走去。

霰弹枪的爆炸声在我耳边回响。一团烟向天花板升起。枪管短，烟的播撒面积大。

女孩的白上衣上现在布满了圆点，脖子的一侧被撕开了，霍夫曼的脸看起来像在燃烧。

但他们都还活着。当霍夫曼的手枪在地板上滑开时,克莱因俯身趴在桌上的棺材上,伸出手臂,枪管靠住女孩的肩膀,枪口伸到了霍夫曼的鼻子前面。

他又开了一枪。这一枪把霍夫曼的脸轰回了脑袋里。

克莱因朝我转过身来,脸上露出疯子般的兴奋表情。"一个目标!你这个浑蛋,这够得上你一个目标了吗?"

我已经准备好了,如果克莱因把霰弹枪朝我举起来,我就要朝他的头开枪,即使我知道枪里除了两个空弹壳外什么也没有。我瞥了霍夫曼一眼。他的头中部凹陷,像一个从内部腐烂,被风吹落的苹果。他被摆平了。那又怎么样?他最终都会死。我们最终会死。但至少我活得比他长。

我搂住女孩,抓起霍夫曼脖子上的羊绒围巾,缠在她的脖子上,脖子有鲜血不断涌出。她一个劲盯着我,瞳孔似乎占据了整个眼睛。她一句话也没说。我让丹麦人去楼梯把风,同时让孩子的外祖母按住她脖子上的伤口,以尽量减少出血。我用眼睛的余光看到克莱因给那把丑陋的枪装上了两颗子弹。我紧紧抓住手枪。

妹妹跪在丈夫身边,丈夫低声、单调地呻吟着,双手捂着肚子。我听说胃酸进入伤口会很痛苦,但我猜他会活下来。但这个女孩……该死。她何曾伤害过谁?

"我们现在该怎么办?"丹麦人问道。

"我们静静地坐着等。"我说。

克莱因哼了一声。"等什么?那些猪?"

"一直等到我们听到一辆汽车启动并开走了。"我说。我记得熊皮帽下那镇定的神情。我只能希望他不是真的那么忠于职守。

"掘墓人……"

"闭嘴!"

克莱因瞪着我。霰弹枪的枪口微微上扬。直到他注意到我的手枪指向哪里，然后才又放下了枪。他也闭嘴了。

但有人没有闭嘴。声音是从桌子底下传来的。

"他妈的，他妈的，他妈的，他妈该死的浑蛋……"

有那么一会儿，我以为这家伙已经死了，但是他的嘴却不肯停下来，就像一条被砍成两半的蛇的尸体。我读到过，被砍断之后，蛇的身体可以继续蠕动一天。

"该死的，该死的，该死的，该死的，该死的婊子养的。"

我在他旁边蹲下来。

派因这个绰号是从哪里来的，还有争议。有人说源于挪威语"痛苦"一词，因为他知道如果手下的女人没做好本职工作该去割哪里，割哪里更痛而不致毁容，哪里的伤疤不会对商品造成太大损害。还有人说是源自英语单词"松树"，因为他有一双大长腿。但现在看来他要把这个秘密带到坟墓里去了。

"啊，该死的浑蛋！天啊，真他妈的疼，奥拉夫！"

"看来不会疼很久了，派因。"

"不会？该死。你能把烟递给我吗？"

我从他耳后取出香烟，塞在他颤抖的嘴唇之间。它忽上忽下，但他设法叼住了。

"火——火？"他结结巴巴地说。

"对不起，我戒了。"

"明智。你会活得更久。"

"保证不了。"

"对，当然了。你明天可能会被巴——巴士撞到。"

我点点头。"谁在外面等着？"

"你好像出汗了，奥拉夫。衣服穿厚了还是压力使然？"

"回答我。"

"那么，我说——说了能得到什么呢？"

"一千万克朗，免税。或者给你点烟。你来选。"

派因笑了。咳嗽。"只有那个俄国人。但我觉得他很厉害。职业军人之类的。不知道，可怜的家伙不怎么说话。"

"有武器吗？"

"老天，是的。"

"什么武器？自动步枪？"

"你找到火柴了吗？"

"先说完，派因。"

"可怜一下一个垂死的人吧，奥拉夫。"他咳出一些血，落到我的白衬衫上，"你会睡得更好的，你知道。"

"你强迫那个聋哑女孩上街卖身来还债后睡得好吗？"

派因向我眨了眨眼睛。他的眼神异常清晰，好像有什么东西缓和了。

"哦，她啊。"他平静地说。

"是的，她。"我说。

"你一定是误会了，奥拉夫。"

"真的吗？"

"是的。是她来找我的。她想偿还他的债务。"

"真的吗？"

派因点点头。他似乎感觉好点了。"其实我拒绝了她，我是说，她没那么漂亮，谁愿意为一个听不到你要她做什么的女孩买单呢？是因为她坚持我才答应。然后，一旦她承担了债务，那就是她的了，不是吗？"

我没有回答。我没办法回答。有人改写了这个故事。我的版本更好。

"嘿，丹麦人！"我朝入口喊道，"你有火吗？"

他把手枪移到左手上，用右手掏出打火机，眼睛始终没有离开台阶。我们真是很受习惯影响的奇怪生物。他把打火机扔给我。我在空中接住了。

粗糙的刮擦声。我把黄色的火焰凑近香烟。我等着它被吸进烟草里，但它继续竖直燃烧着。我举着打火机停了片刻，然后抬起了拇指。打火机灭了，火焰也消失了。

我环顾四周。鲜血和呻吟。每个人都专注于自己的事。除了克莱因，他正关注着我。我看着他。

"你先走。"我说。

"嗯？"

"你先上台阶。"

"为什么？"

"你想让我说什么？因为你有霰弹枪？"

"你可以拿着霰弹枪。"

"这不是原因。因为我说你应该先走。我不想让你跟在我后面。"

"这他妈的怎么了？你不相信我，还是怎么了？"

"让你先走算我很信任你了。"我甚至懒得假装自己没有用手枪指着他。"丹麦人！挪一挪！克莱因要走了。"

克莱因目不转睛地盯着我。"我会跟你算账的，约翰森。"

他踢掉鞋子，迅速走到石阶的底部，弯着腰爬上石阶。

我们盯着他。我们看到他停了下来，然后挺直身子往最上面的台阶上方快速看了一眼，然后马上又趴下。显然他没看见任何人，因为他站起来继续走了，两手把霰弹枪举到胸口，仿佛那是一把他妈的救世军吉他似的。他停在台阶的顶端，回头朝我们挥手。

当丹麦人打算跟上去时，我拦住了他。

"等等。"我低声说。然后开始从一数到十。

我还没数到二就听到了枪响。

子弹击中了克莱因，他从台阶边缘摔下来。

他摔到了台阶中部，滑向我们。他已经没命了，重力把他像刚屠宰的尸体一样沿着台阶一级一级往下拽的时候，他的肌肉甚至没有任何反应。

"该死。"尸体停在了我们脚边，丹麦人盯着尸体，低声说道。

"你好！"我用英语喊道。问候声在墙壁间跳跃，好像有人回答了。"你的老板死了！工作结束了！回俄罗斯去吧！今天没人会为这里的工作付钱了！"

我等着。小声让丹麦人去找派因的车钥匙。他把钥匙拿过来，我把它们扔到台阶上方。

"我们会等到听到车开走了才出来！"我喊道。

等待。

最后有人用蹩脚的英语回答："我不知道老板是不是死了，可能是被抓住了。把老板给我，我就走，你们就能活命。"

"他死透了！你下来看看！"

他笑了，然后说："我要老板和我一起走。"

我看着丹麦人。"我们现在该怎么办？"他低声说，好像他是某个该死的合唱团的。

"我们割掉他的头。"我说。

"什么？"

"回去把霍夫曼的头割下来。派因有一把锯齿刀。"

"呃……哪个霍夫曼？"

他是傻吗？"丹尼尔。他的头就是我们离开这里的通行证，明白吗？"

我看得出他没听懂。但至少他按我的要求做了。

我站在入口处盯着台阶。我能听到身后轻微的说话声。似乎每个人都平静下来了，所以我借此机会评估一下自己的想法。和往常紧张的情况下一样，这是一些奇怪的事情的随机混合。比如，从台阶上摔下来后，克莱因的西服外套已经缠到一起，我从里面的标签可以看出衣服是租的，但现在上面布满了弹孔，他们不太可能想要回去了。比如，霍夫曼、派因和克莱因的尸体已经在教堂里了，而且每个人都有备用的棺材，刚好合适。比如，我订了飞机机翼前面的座位，科丽娜的位置是靠窗的，这样我们降落时她就能看到巴黎了。然后是一些更有用的想法。我们的货车司机此刻在干什么？他还在教堂下面的路上等我们吗？如果他听到了枪声，他会听出最后几声是自动步枪，而我们的武器库中没有自动步枪。当你听到的最后一阵枪声来自敌人，这总是个坏消息。他收到的命令很清楚，但他能保持冷静吗？附近有人听到枪声了吗？掘墓人又会有何反应呢？这项工作所花的时间比计划要长得多。我们还有多长时间必须离开那里？

丹麦人回到入口处。他脸色苍白。但没有他手里拎着的脑袋那么苍白。我检查了一下，是那个霍夫曼，然后指示他把它扔上台阶。

丹麦人做了一个短距离的助跑，像在保龄球馆里一样在身体一侧甩动手臂，然后松手。但角度太陡，它撞到了天花板，然后掉到台阶上，又弹了下来。

"只需要瞄准一下。"丹麦人咕哝着，又抓住脑袋，动了动脚，闭上眼睛，聚精会神地做了几次深呼吸。我意识到自己快绷不住了，因为我马上要大笑起来。然后他睁开眼睛，向前走了两步，挥舞手臂。放手。

丹麦人带着胜利的神色轻推了我一下，但什么也没说。

我们等着。等着。

然后我们听到了汽车启动的声音。加速。齿轮嘎吱作响。倒车。再加速。一挡油门踩得太过了。汽车尖叫着开走了，由一个不习惯驾驶它的人开的。

我看着丹麦人。他鼓起腮帮子向外吹气，同时甩着右手，好像刚拿了什么烫手的东西似的。

我听着。仔细听。好像我在听到之前就能先感觉到。警笛声。声音在冷空气中传得很远。他们到这里还需要很长时间。

我回头看了一眼。看到小女孩坐在她外祖母的膝上。很难说她是否还有呼吸，但从脸色来看，她已经失血过多。离开前我把整个房间看了一遍。那家人，死亡，鲜血。它让我想起了一张照片。三只鬣狗和一只肚子被撕开的斑马。

19

要说我不记得在地铁车厢上对她说了什么，这不是真的。我不记得自己是否说过不记得，但我确实想过这么说。我也确实记得。我跟她说过我爱她。只是想看看对别人说出这句话是什么感觉，就像对着人形靶标射击一样。这显然不一样，但感觉仍然不同于向普通的圆形靶标射击。显然我不是认真的，就像我不是真想杀死靶标上的假人一样。那是训练。是排练。也许有一天我会遇到一个我爱且爱我的女人，那时，如果我的话没卡在喉咙里就好了。好吧，所以我还没告诉科丽娜我爱她。还没有大声地说出来，像那样，真诚，破釜沉舟，努力争取，让回声填满真空，填充寂静，让它膨胀得使墙壁鼓起来。我只在铁轨相遇或分岔的点上对玛丽亚说过这句话。但一想到很快就要对科丽娜说这句话，我就觉得心脏仿佛要爆炸。我要那天晚上说吗？在去巴黎的飞机上？在巴黎的酒店？或者吃晚饭的时候？没错，再完美不过了！

这就是我和丹麦人一起走出教堂，呼吸着冬日的寒冷空气时的想法，即使峡湾上已经结了冰，空气中仍然弥漫着海盐的味道。警笛现在听得很清楚了，但它们来来往往的，就像一台没调好音的收音机，离得还很远，根本无法分辨是从哪个方向传来的。

我能看见教堂下面马路上那辆黑色货车的前车灯。

我微微弯曲膝盖，小步快速地穿过冰冻的小路。这是你在挪威孩提时就会学到的东西。也许在丹麦不会这么早——因为那里没有这么多冰和雪——我感觉丹麦人正在落后。但这可能不是真的。也许丹麦人走过的冰比我多。我们彼此知之甚少。我们看到一张漂亮的圆脸和灿烂的笑容，听到我们并不总是听得懂的欢快的丹麦语句，但它们能抚慰耳朵，安抚神经，并向我们讲述丹麦香肠，丹麦啤酒，丹麦的阳光以及南方平坦农田上温柔、宁静的生活。一切都很美好，让我们放松警惕。但我知道什么呢？也许丹麦人摆平的人比我还多。为什么我会突然冒出这个想法？也许是因为突然觉得时间又在等待某事发生，某一秒钟，一根弹簧压紧了。

我正要转身，但没能成功。

我不能怪他。毕竟——正如我说过的——我通常愿意不遗余力地设法从背后射杀一个带有武器的人。

枪声在教堂墓地上回响。

我感到第一颗子弹顶到了我的背上，下一颗子弹像下颌紧紧地咬在了大腿上。他瞄准了躯干下方，就像我对本杰明做的那样。我向前倒下。下巴撞到冰面上。我翻过身，抬头盯着他的手枪枪口。

"对不起，奥拉夫，"丹麦人说，我看得出他是认真的，"我对你没有任何敌意。"他瞄准了躯干下方好告诉我这个。

"费舍曼这招妙啊，"我低声说道，"他知道我会盯着克莱因，所以他把这个任务交给了你。"

"差不多是这么回事，奥拉夫。"

"但为什么要杀我？"

丹麦人耸了耸肩。警笛声越来越近了。

"我想还是惯常的原因吧，"我说，"老板不希望有人握着他的把柄。这点值得铭记。你得知道什么时候该停下。"

"不是这个原因，奥拉夫。"

"我知道。费舍曼是老板，老板们害怕那些准备摆平自己老板的人。他们认为自己就是下一个目标。"

"不是这个原因，奥拉夫。"

"看在老天的分上，你没看见我正要失血而亡了吗？我们跳过猜谜游戏怎么样？”

　　丹麦人清了清嗓子。“费舍曼说你必须是一个冷酷无情的商人，才不会对一个杀了你三个手下的人怀恨在心。”

　　他瞄准了我，手指紧扣扳机。

　　“你确定没有子弹卡在弹夹里？”我低声说。

　　他点点头。

　　“最后一个圣诞愿望。不要打脸。拜托答应我。”

　　我看到丹麦人犹豫了。然后他又点了点头。手枪稍稍往下。我闭上眼睛。听到了枪声。感觉到子弹打在我身上。两颗铅弹。瞄准的是正常人的心脏的位置。

20

"我老婆做的，"他说，"为了那部戏。"

金属环，互相连在一起。会有多少个呢？就像我说过的，我觉得从和寡妇的交换中得到了一些东西。一副锁子甲。派因以为我出汗也就不足为奇了。在西服和衬衫里面，我穿得像个中世纪的国王。

金属圈很好地应对了打在我后背和胸口的子弹。我的大腿就没那么幸运了。

我一动不动地躺在那里，看着那辆黑色货车的尾灯在夜幕中闪烁并逐渐消失，我能感觉到血液在向外涌。然后我努力站起身来。我差点昏过去，但还是设法站了起来，跟跟跄跄地朝停在教堂门前的那辆沃尔沃走去。警笛声越来越近了。其中至少有一辆救护车。掘墓人给他们打电话的时候一定已经弄清楚发生了什么事。也许他们能救那个女孩。也许不能。也许我能救下自己，我这么想着，猛地打开沃尔沃的车门。也许不能。

但那位妹夫对他妻子说的话不假：他把钥匙忘在了点火器里。

我坐到方向盘后面，转动钥匙。发动机抱怨着发出嗡鸣声，然后停了下来。妈的。我松开钥匙，然后又试了一次。更多的嗡鸣声。快启动啊，看在老天的分上！如果在这个冰天雪地的鬼地方造车有任何意义的话，那肯定是汽车发动得起来啊，即使是零下几度的天气。我一只手重重地捶着方向盘。我能看到蓝色的灯光，就像冬日天空中的北极光。

好了！我踩下油门，松开离合器踏板，车轮在冰面上打滑，直到镶有防滑钉的轮胎咬住了地面，载着我朝教堂墓地的大门驶去。

我在别墅群之间开了几百米，然后掉转车头，以蜗牛般的速度向教堂开去。我刚出发就看到后视镜里的蓝光。我顺从地打转向灯靠边停车，拐进了其中一栋别墅的车道。

两辆警车和一辆救护车开了过去。我听到至少还有一辆警车在赶来的路上，我等着。我意识到以前来过这里。该死。我就在这栋房子的正前方杀了本杰明·霍夫曼。

客厅的窗户上有圣诞装饰品和看上去像蜡烛的塑料管子。一幕温馨的家庭生活映在花园里的雪人身上。所以那个男孩成功了。也许他得到了父亲的帮助，或许是用了点水。雪人堆得很好。戴着一顶帽子，咧着石头做的嘴巴空洞地笑，用棍子做的双臂似乎想要拥抱这个腐朽的世界以及其中的疯狂。

那辆警车开过去了，我又倒车上路，离开了。

幸运的是没有警车了。没有人看到那辆沃尔沃拼命正常行驶，但在圣诞夜的前一天，它行驶的样子看起来仍然——你不太可能知道为什么——跟行驶在奥斯陆街道上的所有其他汽车都不一样。

我把车停在电话亭旁边，关掉了引擎。我的裤腿和椅套都被血浸透了，感觉大腿里好像有一颗邪恶的心，正喷出黑色的血、牺牲的血、撒旦的血。

当我打开公寓的门，摇摇晃晃地站在那里时，科丽娜惊恐地睁大了蓝色的大眼睛。

"奥拉夫！天啊，发生了什么事？"

"搞定了。"我关上身后的门。

"他……他死了？"

"是的。"

房间开始慢慢旋转起来。我到底失了多少血？两升？不，我读到过，说我们有五到六升的血液，如果失血超过百分之二十就会晕倒。那大概是……×。无论如何不到两升。

我看到她的行李箱放在客厅的地板上。她已经收拾好了，准备去巴黎，就是她从丈夫公寓里带出来的行李。前夫。我可能打包太多行李了。我从没去过比瑞典更远的地方。十四岁那年夏天，我和妈妈一起去的瑞典。坐邻居的车。在哥德堡，就在我们进入里瑟本游乐园之前，他问我是否可以和我妈妈调情。第二天我和妈妈坐火车回家了。妈妈拍着我的脸颊，说我是她的骑士，全世界仅存的一名骑士。我之所以认为她话里有话，可能是因为这个病态的成人世界太让我困惑了。但是，就像我说的，我完全是一个音盲，我从来都分不清纯音和假音。

"你裤子上是什么，奥拉夫，是……血吗？天啊，你受伤了！怎么搞的？"她站在那里显得既困惑又不安，我差点笑了出来。她给了我一个怀疑，几乎是愤怒的眼神。"是怎么回事？你觉得你站在这里血流如注很有趣吗？你哪里中枪了？"

"只有大腿。"

"只有？如果动脉被击中，你很快就会失血过多而亡，奥拉夫！脱掉裤子，坐到餐椅上。"我走进公寓，她脱下了身上的外套，进了浴室。

她又出来了，把绷带、膏药、碘酒什么的都拿了出来。

"我得把伤口缝起来。"她说。

"好吧，"我说着把头靠在墙上，闭上了眼睛。

她开始了，努力清理伤口并止血。她一边弄一边发表评论，解释说她只能临时性地缝合伤口。子弹还在里面某个地方，但眼下不可能处理它。

"你从哪里学来的？"我问。

"嘘，坐着别动，不然线会开的。"

"你真是个像样的小护士。"

"你不是第一个被子弹打中的人。"

"哦。"我平淡地说道。作为一种陈述，而不是一个问题。不用着急，我们有足够的时间来讲这样的故事。我睁开眼睛，低头看着她脑后的发髻，她跪在我身前。我呼吸着她的气味。这气味中有某种不同的东西，混合着我身边的科丽娜身上的香味，赤身裸体、热情的科丽娜，汗水流到我手臂上。不浓，某种淡淡的气味，氨，也许吧，几乎不存在，但确实存在。当然了。不是她，是我。我能闻到伤口的气味。我已经感染，已经开始腐烂。

"好了。"她说着咬断了线头。

我低头看着她。她的上衣从一侧的肩上滑了下来，那一侧的脖子上有块淤伤。我之前没注意到，一定是本杰明·霍夫曼给她弄的。我想对她说些什么，比如以后再也不允许发生这种事，再也不会有人敢碰她。但时机不合适。当一个女人坐在那里给你缝合伤口，以免你在她面前流血而死的时候，你没法向她保证跟你在一起会安全无虞。

她用湿毛巾把血洗掉，然后在我大腿上缠上绷带。

"感觉你发烧了，奥拉夫。你得上床睡觉。"

她脱掉了我的夹克和衬衫。盯着锁子甲。"这是什么？"

"铁。"

她帮我取下锁子甲，然后抚摸着丹麦人的子弹留下的伤痕。充满爱意。着迷。她吻了它们。我躺到床上，感觉一阵冷战，她把羽绒被裹在我身上，我感觉像以前一样躺在妈妈的床上。几乎不再疼了。感觉好像我能逃过这一切，但这不是我决定得了的。我是河上的一条船，而掌舵的是河水。我的命运，我的目的地已经确定，剩下的只是旅途本身，是一路所花的时间，以及一路上看到和经历的事情。当你奄奄一息时，生活似乎很简单。

我滑进了一个梦幻世界。

她把我扛在肩上跑，脚边溅起水花。天很黑，有一股混杂着污水、感染的伤口、氨水和香水的味道。从我们头顶的街道上传来枪声和叫喊声，一道道光线从排水沟盖的洞里透进来。但她势不可当，勇敢而强壮。强壮到足够扛着我跑。她知道离开这里的路，因为她以前来过这里。故事是这样发展的。她在下水道的一个交叉口停下，把我放下，说她得四处看看，但很快就会回来。我仰卧在那里，透过排水沟仰望月亮，听着老鼠在我身边乱蹦乱跳。水珠挂在格子图案的盖子上，旋转着，在月光下闪闪发光。又大又红又亮的水滴。它们落下了，朝我俯冲过来。打在我的胸口上。穿过锁子甲，直达我的心脏。温暖，寒冷。温暖，寒冷。这气味……

我睁开眼睛。

我喊了她的名字。没有回应。

"科丽娜？"

我在床上坐起来，感到大腿阵阵剧痛。我费力地把脚从床上放下来，打开灯。我跳着起来了。我的大腿肿得厉害，有些恐怖。看上去好像一直在流血，但所有的血都聚在了皮肤和绷带之间。

月光下，我看到她的箱子放在客厅地板中间。但是她放在椅子上的外套不见了。我站了起来，一瘸一拐地朝厨房走去。我打开抽屉，拿出餐具盘。

那几张纸还在信封里，没有动过。

我把信封拿到窗边。玻璃外面的温度计显示温度还在下降。

我往下看。

她在那里。她刚出去了一会儿。

她弓着腰站在电话亭里，肩膀对着街道，听筒贴在耳边。

我挥了挥手，尽管我知道她看不见我。

天啊，我的大腿好痛！

然后她挂了电话。我从窗边向后退了一步，这样我就不会站在灯光下了。她从电话亭出来，我看见她抬头朝我看。我一动不动地站着，她也一样。几片雪花在空中飘荡。然后她开始走路。脚踝直直的，一只脚贴着另一只脚放下。就像走钢丝的人。她穿过马路朝我走来。我能看见雪上的脚印。猫的脚印。后脚踩在前脚脚印上。在微弱的路灯灯光下，每个脚印的边缘都投下一片小小的阴影。仅此而已。只是……

当她悄悄溜回公寓时，我正闭着眼睛躺在床上。

她脱下外套。我本希望她能把剩下的衣服也脱掉，然后上床和我睡觉。抱我一会儿。没别的了。零钱也是钱。因为现在我知道她不会带我穿过下水道了。她不会救我。我们也不会去巴黎了。

她没有上床，而是坐在黑暗中的椅子上。

她在观察。在等待。

"他会花很长时间到这里吗？"我问。

我看见她在椅子上一个激灵。"你醒了。"

我重复了这个问题。

"你说谁，奥拉夫？"

"费舍曼。"

"你发烧了，奥拉夫。好好睡一觉吧。"

"刚才你在电话亭里是给他打的电话。"

"奥拉夫……"

"我只想知道我还有多长时间。"

她低着头坐在那里，所以她的脸藏在阴影中。当她再次说话的时候，她的声音完全变了。更冷酷了。但在我的耳朵里，这些声音也更纯净了。"二十分钟吧。"

"好的。"

"你怎么知道……"

"氨。鳐鱼。"

"什么？"

"氨的味道，在你接触过鳐鱼之后，这味道会钻进你的皮肤，尤其是在鱼还没准备好之前。我在哪里读到过，说这是因为鳐鱼像鲨鱼一样，把尿酸储存在肉里。但我知道什么呢？"

科丽娜冷冷地笑着看我。"明白了。"

又一次停顿。

"奥拉夫？"

"嗯。"

"这不是……"

"针对我？"

"没错。"

我感到缝线撕裂了。一股发炎和脓液的恶臭喷涌而出。我把手放在大腿上。纱布绷带湿透了。它仍然绷得很紧——还有更多的脓液要流出来。

"那是为什么？"我问。

她叹了口气。"这重要吗？"

"我喜欢听故事，"我说，"我有二十分钟。"

"这和你无关。是关于我自己的。"

"那你在干什么？"

"是的。我在干什么？"

"丹尼尔·霍夫曼快死了。你知道的，不是吗？而本杰明·霍夫曼会接班？"

她耸耸肩。"我也不太清楚。"

"为了追逐金钱和权力而毫无内疚地欺骗她需要欺骗的人？"

科丽娜突然站了起来，走到窗前。看着下面的街道。点了根烟。

"除了内疚那一点，其他的都没错。"她说。

我听着。周围很安静。我意识到时间已经过了午夜，现在是圣诞夜了。

"你只给他打了电话？"我问。

"我去了他的店里。"

"他同意见你了？"

我能看到她吐烟时噘着的嘴映在窗上的轮廓。"他是个男人。就像其他男人一样。"

我想到了磨砂玻璃后面的阴影。她脖子上的淤伤。很新鲜。你有多瞎？那些殴打。屈服。羞辱。是她想要这样的。

"费舍曼是个已婚男人。他给了你什么？"

她耸耸肩。"没什么。暂时没有。但他会给的。"

她是对的。美貌胜过一切。

"我回家时，你看起来那么震惊，不是因为我受伤了，而是因为我还活着。"

"两者都是。不要以为我对你没有感情，奥拉夫。你是个好情人。"她发出短促的笑声，"一开始我以为你不是那种人。"

"哪种人？"

她只是笑着。狠狠地吸了一口烟。烟的头部在窗边的半明半暗中发着红光。我想如果在那一刻，下面的街上有人抬头望，他们可能会以为自己正看着一个塑料管，试图模仿温馨的家庭生活，幸福的家人，圣诞的氛围。他们可能会想象上面的人拥有自己希望的一切。他们过着人们应该过的那种生活。我不知道。我只知道我会这么想。

"哪种人？"我重复了一遍。

"强势。我的国王。"

"我的国王？"

"是的，"她笑了，"我还以为得阻止你一段时间。"

"你在说什么？"

"这个。"她说着往下拉上衣，露出肩，指着那块淤伤。

"那不是我弄的。"

她把往嘴里送的烟停在半空中，怀疑地看着我。

"不是你？你觉得是我自己弄的吗？"

"我告诉你，不是我。"

她轻轻地笑了起来。"得了吧，奥拉夫，这没什么好羞愧的。"

"我不打女人。"

"不，让你这么做更难，这个我承认。但你喜欢掐我。等我让你开始这么做之后，你真的很喜欢。"

"不！"我用手捂着耳朵。我能看到她的嘴唇在动，但什么也听不见。不值得听。因为故事不是这么发展的。从来不是这样的。

但她的嘴一直在动。就像海葵一样，我曾经学过，它的嘴也是肛门，反过来说也对。她为什么在说话，她想要什么？他们想要什么？我现在又聋又哑，我再也没有工具来解读他们——正常人——不断产生的声波，像冲刷珊瑚礁而后消失的海浪。我凝视着一个毫无意义、毫无连贯性的世界，人们只是拼命地过着每个人得到的生活，本能地满足每一个病态的欲望，抑制着对孤独的焦虑以及意识到自己必死后的垂死挣扎。我知道她的意思。就，这，些？

我抓起床边椅子上的裤子穿上。其中一条裤腿因为血和脓液而变得僵硬。我猛地从床上站起来，拖着伤腿穿过房间。

科丽娜一动不动。

我俯下身子穿鞋，感到一阵恶心，但还是设法穿上了。我的外套。内袋里有护照和去巴黎的机票。

"你走不了多远。"她说。

沃尔沃的钥匙在我的裤兜里。

"你的伤口裂开了，看看你自己。"

我打开门，走进楼梯间。我抓住扶手，用小臂把自己一点一点地往下抬，心里想着那只性兴奋的小雄蛛太晚才意识到探访时间已经结束。

我到楼下的时候，鞋里已经淌满了血。

我朝汽车走去。警笛声。它们一直都在。就像狼群在远处环绕着奥斯陆、被白雪覆盖的群山中呼啸。升高，降低，嗅着血的气味。

　　这一次沃尔沃马上就启动了。

　　我知道要去哪里，但街道好像失去了本来的形状和方向，变成了狮鬃水母轻轻摇曳的触角，我只有不断转向才跟得上。在这座一切都不愿意止步不前的橡胶城市里，你很难看清自己的位置。我看到了红灯，就刹车了。想弄清楚自己的方位。我一定是打瞌睡了，因为交通灯变色之后，后面一辆车按了喇叭，把我吓了一跳。我踩下油门踏板。这是哪里，我还在奥斯陆吗？

　　母亲从没说过我父亲被谋杀的事。就好像从来没有发生过一样。这对我来说很好。然后四五年后的一天，我们正坐在餐桌旁，她突然问道："你觉得他什么时候会回来？"

　　"谁？"

　　"你父亲。"她从我身上看过去，目光越过我，"他已经离开很久了。不知道这次去哪儿了？"

　　"他不会回来了，妈妈。"

　　"他当然会回来，他总是会回来的。"她又举起酒杯，"你知道，他很喜欢我。还有你。"

　　"妈妈，是你帮我把他搬……"

　　她砰的一声放下杯子，洒出来一些杜松子酒。

　　"哦，"她毫无感情地说，眼睛盯着我，"把他从我身边带走的人一定是个可怕的人，你不觉得吗？"

　　她用一只手擦去桌布上闪闪发光的液体，然后继续揉搓，好像要擦掉什么东西似的。我不知道该说什么。她给自己编了一个故事。我也有自己的版本。我没办法跳进尼特达尔的湖里去看看谁的版本更真实。所以我什么也没说。

　　但是认识到她可以爱一个那样对她的男人，这教会了我关于爱的一件事。

不，事实上没有。

没有。

它没有教会我任何关于爱的事。

从那以后我们再也没有提起过父亲。

我转动方向盘沿着道路行驶，尽可能顺着道路的方向，但它好像一直试图把我甩开，突然转向，好让我和车撞到一堵墙，或者撞上对从面驶来的一辆车，汽车司机按着喇叭消失在我身后，喇叭的音量逐渐衰减，就像一架筋疲力尽的管风琴。

我向右转，发现自己行驶在更为安静的街道上。灯光更少。车辆也少了。夜幕正在降临。然后，天就完全黑了。

我一定是晕倒了，才把车开到了马路外面。车速不快。我的头撞在了风挡玻璃上，但风挡玻璃和我的头都没有受损。被汽车水箱盖夹住的灯柱甚至没有弯曲。但是引擎停了。我转动了几次钥匙，但它只是"抱怨"，热情越来越低。我打开车门爬了出来。我像虔诚的教徒一样跪在地上祈祷，新落的雪刺痛了我的手掌。我靠拢双手，想捧起粉状的雪花。但是粉状雪就是这样。它洁白美丽，但很难做成什么持久的东西。它给你很大的希望，但最终你要做的一切都会崩塌，在你的手指间碎裂。我抬头环顾四周，看看自己这是开到了哪里。

我扶着车站了起来，然后摇摇晃晃地走到窗边。我把脸贴在玻璃上，让它贴着我灼热的额头，玻璃显得既可爱又凉爽。里面的货架和收银台沐浴在闪烁的昏暗灯光中。我来晚了，商店关门了。当然关门了，已经半夜了。门上甚至有一块牌子，上面写着他们比平时早关门："十二月二十三日十七点关门盘点"。

盘点。当然。毕竟这是平安夜的前一天。年底。也许是该盘点了。

角落里，一小排手推车后面有一棵圣诞树，小小的。但它仍然配得上那名称——无论多小，它都是一棵圣诞树。

我不知道为什么开车来这里。我本来可以开车去旅馆，在那里订个房间。就在我们刚摆平的男人的街对面。对着那个要摆平我的女人。没人会想到去那里找我。我的钱够住两个晚上。我可以早上打电话给费舍曼，要求他把剩下的钱存入我的银行账户。

我听到自己在笑。

感觉到一滴温暖的泪珠从脸颊上流下，看到它落下，钻进了新落的雪里。

接着又一滴。不见了。

我看到自己的膝盖。血从裤腿里渗出来，滴在雪地上，上面粘着一层蛋清似的黏液。我以为它会消失，像我的眼泪一样融化、消失。但它留在了那里，红红的，颤抖着。我感觉沾满汗水的头发粘在了窗玻璃上。现在提及可能有点晚了，但以防我没说过，我有一头又长又密的金发，蓄着胡须，中等身高，一双蓝眼睛。差不多就是这些。长发和胡须有一个好处：如果干活时有太多目击证人，你可以迅速改变容貌。正是因为这种迅速改变容貌的潜力，现在我觉得自己被冻在了窗户上，扎了根，就像我一直在讲的珊瑚礁一样。不管怎样。我想成为这扇窗户的一部分，变成玻璃，就像《动物王国5：海洋》中的无脊椎动物海葵一样：实际上变成了它们赖以生存的珊瑚礁的一部分。到了早上，我就可以看着玛丽亚，整天看着她，而不让她看见我。对她说我想说的话。喊出来，唱出来。我当时唯一的愿望就是消失——也许这是我唯一想要的东西。消失，就像妈妈喝未掺水的酒，把自己喝到消失一样。把消失的愿望揉擦进身体，直到把她擦除。她现在在哪里？不记得了。我没法记住很长时间。奇怪的是，我能说出父亲在哪里，但我的母亲呢？她给了我生命，把我养活。她真的死了，埋在里斯教堂里了吗？还是说她还在外面的某个地方？显然我知道答案，只是一时记不起来了。

我闭上眼睛，把头靠在窗户上。完全放松。太累了。我很快就会想起来。很快……

夜幕降临。无边的黑暗，像一件巨大的黑色斗篷，向我走来，把我拥入怀中。

周围是如此安静，我能听到轻轻的咔嗒声，好像是从我身旁的门上传来的。接着我听到了脚步声，熟悉的、一瘸一拐的脚步声，逐渐靠近。我没有睁开眼睛。脚步声停了下来。

"奥拉夫。"

我没有回答。

她走近了。我感到一只手放在我的胳膊上。

"你……在……这……里……干……什……么？"

我睁开眼睛。凝视着玻璃，从里面看到她站在我的身后。

我张开嘴，但说不出话来。

"你……在……流……血。"

我点点头。她怎么会半夜出现在这里？

当然了。

盘点。

"你……的……车。"

我用嘴和舌头说"是"，但没有声音出来。

她点点头，好像在说她明白了，然后抬起我的胳膊，放在她的肩上。

"走。"

我一瘸一拐地走向汽车，靠在她身上，靠在玛丽亚身上。奇怪的是，我没有注意到她的跛足，就好像它不见了。她让我坐到副驾驶座上，然后绕到驾驶员一侧，车门还开着。她探身过来，撕开我的裤腿，裤腿被撕开时一点声音也没有。她从包里拿出一瓶矿泉水，拧开瓶盖，往我大腿上倒水。

"子弹？"

我点点头，低头看着。已经不疼了，但弹孔看起来像张开的鱼嘴。玛丽亚扯下了围巾，叫我抬起腿，然后把围巾牢牢地系在上面。

"手……指……放……在……这……里……用……力……按……住……伤……口。"

她转动钥匙，钥匙还插在点火器上。汽车启动时发出一阵柔和的、友好的轰鸣声。她挂倒挡，把车从灯柱上倒出去，开到了路上。

"我……叔……叔……是……外……科……医……生……马塞尔……米里哀。"

米里哀。和瘾君子同姓。她和他的叔叔怎么都姓……

"不是……在……医院，"她扭头看着我，"在……我家。"

我向后靠在头枕上。她说话不像聋哑人。古怪而短促，但不像一个不会说话的人，更像是……

"法国人，"她说，"对不起……但是……我……不……喜欢……说……挪威语。"她笑了，"我……更……喜欢……写……一直……都是……这样。小……的……时候……我……只……会……读。你……喜欢……读书吗……奥拉夫？"

一辆警车驶过，蓝色的警灯在车顶上缓缓转动。我看着它在镜子里消失。如果他们在找这辆沃尔沃，那他们根本没注意到。也许他们在找别的东西。

她的兄弟。那个瘾君子是她兄弟，不是男友。大概是弟弟，所以她才准备为了他牺牲一切。但为什么外科医生，他们的叔叔，当时没有帮助他们呢，为什么她一定要……好了，先这样吧。我可以以后再找出答案，弄清楚是怎么回事。但此时她把暖气开大了，温暖的气流让我昏昏欲睡，我得使劲集中精神，才不会睡着。

"我……觉得……你……喜欢……看书……奥拉夫……因为……你……像个……诗人……你……在……地铁……上……说……的……话……是那么……美丽。"

地铁？

我闭上眼睛，慢慢地明白了。她能听到我说的每一句话。

地铁上的那些下午，我以为她聋了，她只是站在那里让我说。日复一日，假装听不见。好像这是一个游戏。所以她才会在商店里伸手拉我的手——她以为她知道了我爱她。那盒巧克力是我终于准备好从幻想步入现实的标志。事情是这样吗？我真的盲目到以为她又聋又哑吗？或许我早就知道，只是一直否认自己知道真相？

是不是我一直都在来找玛丽亚·米里哀的路上？

"我……确定……叔叔……今晚……可以……过来……而且……如果……你……觉得……可以……的话……还有……法式……圣诞……食物……明天……鹅肉……圣诞节……前夜……弥撒……过后……一会儿……"

我把手伸进上衣内袋，找到了那封信。我把它拿出来，依然闭着眼睛。我感觉到她接过了信，把车停到路边。我太累了，太累了。

她开始读。

读着沾上了我的血的文字，我擦掉重写以便措辞恰当的语句。

那些语句一点也不显得死板。相反，很生动。真实。那么真实，听起来"我爱你"是唯一该说的话。如此生动，以至于每个听到的人一定都能看到他，一个描述他每天去拜访的女孩的人，那个坐在超市里的女孩，他所爱的女孩，但他希望没有爱她，因为他不想爱一个和他一样不完美，有缺点和失败的人，一个只顾自我牺牲，可怜的爱情的奴隶，顺从地读别人的唇语，但从不表达自己，卑躬屈膝并从中得到回报。但同时，他也无法不爱她。她是他不想要的一切。她是他的耻辱。也是他所知道的最好、最仁慈、最美丽的人。

我懂的不多，玛丽亚。只有两件事，真的。一是我不知道怎样才能让你这样的人开心，因为我是那种只会破坏，而不会创造生活、发现意义的人。我知道的第二件事是我爱你，玛丽亚。所以那次我没来吃饭。奥拉夫。

当她念最后几句话时，我听到她在抽泣。

我们静静地坐在那里。就连警笛也安静了。她吸了吸鼻子。然后开口说话了。

"现在……你……让……我……很……开心……奥拉夫……这……就……够了……你……不……明白……吗。"

我点点头，深吸一口气。我现在可以死了，妈妈，我想。我不再需要编故事了。这个故事再好不过了。

21

天气极度寒冷，下了一整夜的雪。当第一批在清晨醒来的人在黑暗中眺望奥斯陆时，这座城市已经披上了一条柔软的白毯子。汽车在雪地里缓慢行驶，人们微笑着绕过人行道上的冰堆，因为没有人赶时间——今天是平安夜，一个和平与反思的时刻。

广播里，他们不停地谈论着这破纪录的寒冷以及之后更低的温度，而在青年广场的鱼铺里，他们包好最后几公斤鳕鱼，用那奇怪的挪威口音唱起了《圣诞快乐》，让一切都显得那么快乐和善，无论歌词是什么意思。

温德伦的教堂外，警戒线的带子在飘动，而在教堂内，牧师在和警察讨论当天下午所有人到达时如何举行圣诞仪式。

在奥斯陆市中心的国家医院，外科医生从手术室里的小女孩身边径直走到走廊里，摘下手套，朝坐在那里的两个女人走去。他看到恐惧和绝望还未从她们僵硬的脸上散去，他意识到自己忘了摘下口罩，以便她们能看到他脸上的笑容。

玛丽亚·米里哀从地铁站走上山坡朝超市走去。今天上班时间不长，他们原定两点关门。然后就是平安夜。平安夜！

她在脑子里默唱着一首歌。一首关于再见到他的歌。她知道她会再见到他。从他带她离开的那天起——离开她不愿再想起的一切——她就知道了。他金色长发后面那双善良的蓝眼睛，浓密胡须后面那笔直的薄嘴唇。还有他的手。它们是她想得最多的。比其他人想得都多，但这也自然。它们是男人的手，但很温柔。大而略微方正，雕塑家想象中的英勇的工人的双手。但她只能想象着它们抚摸着她，抱着她，拍拍她，安慰她。就像她的手对他一样。她时常为自己爱的力量感到害怕。它就像一条被大坝拦住的溪流，她也知道让一个人在爱情中沐浴和溺死的微小区别。但她不用再担心这个了。因为他看起来能接纳，而不仅仅是给予。

她看到一群人聚集在商店前面。那里有一辆警车。有人入室抢劫吗？

不，看起来只是撞车了。路灯柱子嵌到一辆车的车头里了。

但当她走近时，她发现人群似乎对窗户比对汽车更感兴趣，所以也许是有人入室抢劫了。

一名警察从人群中走出来，走向警车，他掏出无线麦克风开始讲话。她读他的嘴唇。"死了""枪伤"和"同一辆沃尔沃"。

这时，另一名警察挥着手命令人群后退，当他们挪开时，她看到了一个身影。起初她以为是个雪人。但之后她意识到那是因为他被雪覆盖了，是一个人靠着窗户立在那里。他被冻结在玻璃上的金色长发和胡须拉着。她本不想，但还是走近了。警察对她说了些什么，她指着自己的耳朵和嘴，然后指了指商店，出示了身份证上的名字。她偶尔会想把它改回玛丽亚·奥尔森，但最后得出结论，除了毒债，他给她留的唯一东西就是一个比奥尔森更令人兴奋的法国姓氏。

警察点头示意她可以打开商店，但她没有动。

她脑海中的圣诞颂歌已经沉寂下来。

她凝视着他。他仿佛长出了一层薄薄的冰皮肤，下面是细细的蓝色静脉。就像一个吸了血的雪人。他那结了霜的睫毛下面，支离破碎的目光凝视着商店里面。盯着她马上就会坐的地方。坐着把商品价格敲入收银机，对着顾客微笑，想象他们是什么样的人，过着怎样的生活。之后，那天晚上，她会吃他送给她的巧克力。

警察把手伸进那人的夹克里，掏出一个钱包，打开，拿出一本绿色的驾照。但玛丽亚没看那个。她正盯着警察掏出钱包时掉在雪里的黄色信封。

正面用华丽、漂亮、几乎女性化的笔迹写着字。

给玛丽亚。

警察拿着驾照大步走向警车。玛丽亚弯下腰，捡起信封。把它放在口袋里。似乎没人注意到。她看着它掉落的地方。雪和血。那么白。那么红。如此异样的美。像国王的长袍。

午夜阳光

　　这是一个很好的决定，对外界没有任何影响。没有人会为我哭泣、想念我，也不用承受任何苦难。

1

我们该怎么开始这个故事？我希望我能说从头开始。但我不知道它是从哪里开始的。就像其他人一样，我也不是十分清楚生活中因与果的真正顺序。

故事是从我意识到自己只是班上踢球第四好时开始的吗，还是我的外公巴塞给我看他自己画的圣家堂时？是我第一次抽烟，听自己拥有的第一张感恩至死乐队的唱片时，还是我大学读康德并以为自己读懂了的时候？是我卖第一份大麻时，还是从我亲吻博比——其实是个女孩——时开始的？是我第一次看到这个个子小小的、满脸皱纹、最后改名为安娜的家伙冲着我尖叫的时候，还是我坐在费舍曼那间臭烘烘的后屋，听他对我说想让我做什么的时候。我不知道。我们用编造的逻辑来储存各种各样的故事，好让生活看似有某种意义。

所以我不妨从这里开始，在困惑之中，在一个命运似乎稍事休息、屏住呼吸的时间和地点。这一刻，我以为自己不仅在路上，而且已经到达。

我在午夜下了巴士。眯起眼睛看着太阳。它正扫过一座岛屿，朝着大海，朝北落去。又红又暗。像我一样。它的北边还是海。再北一点就是北极。也许到那里，他们就找不到我了。

我环顾四周。指南针的另外三个方向上，低矮的山脊朝着我倾斜下来。红绿色的帚石南、岩石，几丛矮小的桦树。东边，陆地滑入大海，被石头覆盖，像薄煎饼一样平坦，而在西南方向，陆地像是在大海开始的地方被刀切过。在平静的海面上方大约一百米的地方，是一片开阔的高原，朝内陆延伸。芬马克高原。尽头，就像外公常说的那样。

我脚下这条坚硬的碎石路通向一群低矮的建筑物。唯一突出的建筑是教堂的塔楼。我在巴士座位上醒来时，车正好经过一个牌子，上面写着"考松"，在海岸边的一个木制栈桥附近。于是我想，为什么不呢？于是我拉了车窗上方的绳子，点亮了巴士司机上方的停车信号灯。

我穿上西服外套，抓起皮箱，开始步行。外套口袋里的手枪撞击着我的大腿。正撞在骨头上——我一直都太瘦了。我停下来，把藏钱的腰包塞到衬衫下面，这样钞票就能减轻撞击。

天上一朵云也没有，空气非常清澈，我感觉可以看到很远的地方。就像那句话说的，一眼望不到头。他们说芬马克高原很美。纯粹是胡扯！这不正是人们形容不适合居住的地方所用的词汇吗？要么想让自己显得坚韧，要么想表明自己拥有某种洞察力或优越感，就像人们吹嘘自己喜欢无法理解的音乐或难懂的文学作品一样。我自己就这么干过。我曾经认为这至少可以弥补我的一些不足。或者，只是为了安慰少数不得不生活在那里的人："这里太美了。"其实这片平坦、单调、荒凉的陆地有什么好美的，就像火星一样。红色的沙漠。不宜居住。残酷无情。完美的藏身之地。希望如此。

前面路边树丛里的树枝动了起来。过了一会儿，一个人影跃过水沟，跳到路上。我的手自动地去摸手枪，但我阻止了它：这不是他们中的一员。这人看起来像是从扑克牌里跳出来的小丑。

"晚上好！"他向我喊道。

他以一种奇怪的步态摇摇晃晃地向我走来，膝盖向外弯曲，我可以从他两腿之间看到这条路一直延伸到村子。当他走近时，我看到他头上戴的不是宫廷小丑的帽子，而是一顶萨米帽。蓝色、红色和黄色——只是没有铃铛。他穿着一双浅色的皮靴，蓝色的防水夹克上贴着黑色的胶带，上面有几处裂口，露出了黄色的衬垫，里面看起来更像是保温棉，而不是羽毛。

"冒昧问一下，"他说，"你是谁？"

他至少比我矮两个头。方脸，宽嘴，一双眼睛有点歪斜。如果你把奥斯陆人关于萨米人或拉普兰人长相的陈词滥调加起来，最终就会得出这个家伙的模样。

"我是坐巴士来的。"我说。

"我看到了。我叫马蒂斯。"

"马蒂斯。"我重复了一遍，以便有几秒钟时间来思考如何回答他必定要问的下一个问题。

"那你是谁？"

"乌尔夫。"我说。它似乎是个好名字。

"你来考松干什么？"

"我只是来拜访一下。"我朝那片房子点点头说。

"你来拜访谁？"

我耸耸肩。"不是来拜访谁。"

"你是农村委员会的，还是牧师？"

我不知道农村委员会的人长什么样，所以摇了摇头，用手抚过我那嬉皮士式的长发。也许我该剪掉，那样就不那么显眼。

"冒昧问一下，"他又说，"那你是干什么的？"

"一个猎人。"我说。可能是因为他提到了农村委员会。这既是实话，也是谎话。

"哦？你要在这里打猎吗，乌尔夫？"

"看起来是个不错的狩猎区。"

"是的，但是你来早了一周。狩猎季要到八月十五日才开始。"

"这里有旅馆吗？"

萨米人笑容满面。他咳嗽了一声，吐出一坨褐色的东西，我希望是咀嚼烟草或类似的东西。它吧嗒一声落到了地上。

"出租房？"我问。

他摇了摇头。

"露营小屋？出租的房间？"在他身后的电话线杆上，有人贴了一张海报，上面说一支舞蹈乐队将在阿尔塔演出。所以城市不会太远。也许我应该待在车上，直到它到达那里。

"你呢，马蒂斯？"我说着赶走了一只咬我额头的小虫，"今晚你不会碰巧有张床可以借我用吧？"

"早在五月份我就把床扔到炉子里烧了。五月很冷。"

"那有没有沙发？床垫？"

"床垫？"他朝布满帚石南的高原摊开双手。

"谢了，但我喜欢屋顶和墙壁。我得去找个空狗窝。晚安了。"我朝那片房子走去。

"你在考松能找到的唯一的狗窝就是那个。"他哀怨地喊道，声音逐渐降低。

我转过身来。他指着那片房子前面的建筑。

"教堂？"

他点点头。

"半夜开门吗？"

马蒂斯歪着头。"你知道为什么在考松没有人偷东西吗？因为除了驯鹿没什么值得偷的东西。"

这个胖乎乎的小个子跳过水沟，动作出奇地优雅，开始穿过帚石南向西走去。我的向导是北方的太阳以及如下事实——据我外公说，无论你去世界上的哪个地方，教堂的塔楼都在西侧。我用手遮住阳光，看着他前面的地势。他这是要去哪里？

尽管已经午夜，阳光依然照耀，一切都静悄悄的。但也许是因为这个原因，村子里弥漫着一股奇怪的荒凉感。这些房子看起来像是匆忙建成的，马马虎虎，没用心。不是说它们看起来不坚固，只是给人一种印象：它们只是遮风避雨的屋顶，而不是一个家。以实用为主。一块块经得起风吹雨打的免维护板材。一些被撞坏的汽车停在花园里，其实算不上花园，只是用篱笆围起的一片片帚石南和桦树而已。有婴儿车，但没有玩具。只有少数房子的窗户上有窗帘或百叶窗。其他光秃秃的窗玻璃反射着阳光，阻止了任何人往里看。就像一个不想透露太多内心世界的人戴的太阳镜。

果然，教堂是开着的，但门有些膨胀，因此不像我去过的其他教堂那么容易打开。教堂中殿很小，陈设朴素，简约而好看。午夜的阳光照亮了彩色玻璃窗，在祭坛上方，耶稣挂在惯常的十字架上，三联画的中间是圣母玛利亚，两边分别是大卫与歌利亚和婴儿耶稣。

我在祭坛后的一侧找到了圣器室的门。我在橱柜里找了个遍，找到了衣服、清洁设备和水桶，但没有祭坛酒，只有奥尔森面包店的几盒华夫饼。我嚼了其中的四五个，就像吃吸墨纸一样；它们让我的口变得很干，最后我不得不把它们吐到桌上的报纸上。报纸上说——如果那是当天的《芬马克日报》的话——当天是一九七八年八月八日；反对开发阿尔塔河的抗议活动正在增加，还有一张当地的议会领导人阿努尔夫·奥尔森的照片；作为挪威唯一一个与苏联接壤的区域，现在间谍贡沃尔·加尔通·哈维克[1]死了，芬马克感觉更安全了；这里的天气终于比奥斯陆好了。

圣器室的石头地板太硬了，长椅又太窄，我就把圣坛栏杆里的法衣都拿了进来，把外套挂在栏杆上，头枕着皮箱躺在地板上。我感觉有湿东西打在了脸上。我用手擦掉，然后看了看指尖。是锈红色的。

我抬起头看着上方那个被钉在十字架上的人。然后我意识到它一定是从倾斜的屋顶上落下来的。漏水，潮湿，被泥土或铁染了色。我翻了个身，

<hr>

[1]　贡沃尔·加尔通·哈维克(Gunvor Galtung Haavik, 1912—1977)，前挪威外交部雇员。于一九七七年一月二十七日被捕，被控为在苏联从事间谍活动和犯有叛国罪。她供认了这些罪行，并于案件审理前死于心脏衰竭。

这样就不会压在那个有伤的肩膀上了，然后把法衣拉到头上挡住阳光。我闭上眼睛。

好了。不要思考。把一切都关在外面。

把自己封闭起来。

我把法衣拽到一边，大口喘着气。

×。

我躺在那里盯着天花板。葬礼过后睡不着的时候，我开始服用安定。我不知道是不是上瘾了，但是没有它就很难入睡了。现在唯一有效的办法就是精疲力竭。

我又把法衣拉到身上，闭上眼睛。已经逃了七十小时。一千八百公里。只在火车和巴士上睡了几小时。我应该已经筋疲力尽了。

现在——轮到快乐的想法。

我试着回想以前的一切。以前的以前。没用。其他的一切都冒出来了。那个穿白色衣服的人。鱼腥味。黑色的手枪握把。玻璃破碎，坠落。我把它推到一边，伸出手，低声念着她的名字。

接着，她终于来了。

我醒了。一动不动地躺在那里。

有什么东西推了我一下。一个人。轻轻地，不是为了叫醒我，而是想确认有人躺在法衣下面。

我集中精力，尽力保持均匀的呼吸。也许还有机会，也许他们还没发现我醒了。

我把手滑到身边一侧，然后才想起我把装着手枪的外套挂在了祭坛的栏杆上。

这对专业人士来说非常不专业。

2

　　我继续缓慢、均匀地呼吸，感觉脉搏平静了下来。我的身体已经意识到了我的脑袋还没弄明白的事情：如果是他们，便不会戳我，而是会扯掉法衣，检查一下是不是对的人，然后给我撒上比五香炖羊肉更多的胡椒。

　　我小心翼翼地拉开脸上的法衣。

　　那个低头看着我的人脸上有雀斑，塌鼻梁，额头上贴着膏药，苍白的睫毛围绕着一双蓝得不寻常的眼睛。上面是一头浓密的红头发。他多大了？九岁？十三岁？我不知道，我在和孩子有关的任何事上都没有希望。

　　"你不能在这里睡觉。"

　　我环顾四周。他好像是一个人。

　　"为什么不能？"我用嘶哑的声音说。

　　"因为妈妈要打扫那里。"

　　我站起来，卷起法衣，从祭坛栏杆上取下外套，发现手枪还在口袋里。当我穿上外套时，左肩膀一阵刺痛。

　　"你从南方来吗？"男孩问。

　　"那要看你说的'南方'指什么了。"

　　"当然是指这里以南的地方。"

　　"所有人都是从这里以南的地方来的。"

　　男孩歪着头。"我叫克努特，我十岁了。你叫什么名字？"

　　我正要说个别的名字，然后想起了前一天说过的话。"乌尔夫。"

　　"你多大了，乌尔夫？"

　　"很大了。"我伸长了脖子说道。

"三十多岁？"

圣器室的门开了。我转过身来。一个女人进来了，然后停下来盯着我。令我惊讶的第一点是她那么年轻就做了清洁工。她看起来很强壮。你可以看到她小臂以及提着水桶的手上的静脉，水桶里装满了水。她肩膀宽阔但腰肢很细。双腿藏在一条过时的黑色褶裙下。让我吃惊的另一点是她的头发。头发又长又黑，被一个简单的发卡束在脑后，从高高的窗户透进来的光线使它闪闪发光。

她又开始移动，朝我走来，她的鞋子在地板上咯咯作响。当她走得足够近时，我看到她有一张漂亮的嘴，但上唇有一道疤痕，可能是矫正唇裂的手术造成的。考虑到她黝黑的肤色和头发，她竟然有一双这么蓝的眼睛，几乎有些不自然。

"早上好。"她说。

"早上好。我昨晚乘巴士到了这里。没有地方可……"

"没关系，"她说，"这里的门很高，大门很宽。"她说这话时声音里没有一丝温情。她放下水桶和拖把，伸出一只手。

"乌尔夫。"我说着伸出手和她握手。

"法衣。"她说着推开我的手。我低头看着另一只手里的那团衣服。

"我没找到毯子。"我说着把法衣递给她。

"除了我们的圣餐饼，没什么吃的。"她一边说，一边打开沉重的白色衣服检查。

"对不起，我肯定会付——"

"不管有没有得到许可，都欢迎你来。但是下次请不要吐在我们议会领袖的照片上，如果你不介意的话。"我不确定自己是否看到了一丝微笑，但她上唇的伤疤抽搐了一下。她没再说什么，转身进了圣器室。

我拿起箱子，跨过祭坛的栏杆。

"你要去哪儿？"男孩问。

"外面。"

"为什么？"

"为什么？因为我不住在这里。"

"妈妈没有看上去那么生气。"

"替我说再见。"

"替谁？"她喊道。她又朝祭坛栏杆走过来。

"乌尔夫。"我开始习惯这个名字了。

"你来考松干什么，乌尔夫？"她在水桶上方拧着一块布。

"打猎。"我觉得在这么小的社区里，最好还是坚持同一个说法。

她把布固定在拖把的末端。"打什么？"

"松鸡，"我冒险说道。这么靠北的地方有松鸡吗？"或者任何有脉搏的东西，真的。"我补充道。

"今年对老鼠和旅鼠来说是糟糕的一年。"她说。

我哼着歌。"其实，我想的是比这大的猎物。"

她扬起眉毛。"我的意思是松鸡没那么多。"

一阵停顿。

最后克努特打破了沉默。"当食肉动物抓不到足够的老鼠和旅鼠的时候，就会吃松鸡蛋。"

"当然。"我点头说道，同时意识到背上出了汗。我需要洗个澡。我的衬衫和钱袋该洗了。我的西装外套也该洗了。"我敢说我会找到猎物的。更大的问题是我来早了一周。毕竟，狩猎季要到下周才开始。在此之前我得一直练习。"我希望萨米人的信息是准确的。

"我不知道有什么狩猎季，"女人说着，使劲把拖把推过我睡过的地板，拖把头吱吱作响，"是你们南方人想出的主意。需要的时候我们就去打猎。不需要的时候就不去。"

"说到需要，"我说，"你知道村子里有什么地方我可以住吗？"

她停止打扫，靠在拖把上。"你只需要去敲门，他们会给你一张床的。"

"随便哪里都行？"

"是的，我会这么说。当然现在没有那么多人在家。"

"当然，"我朝克努特点点头，"暑假？"

她面带微笑，歪着头。"暑期工作。养驯鹿的睡在海边牧场上的帐篷和面包车里。一些人去钓鳕鱼了。很多人都去了凯于图凯努的集市。"

"我明白了。我有没有可能从你那里租张床？"当她犹豫不决时，我很快补充道，"我会付可观的费用，很可观。"

"这里没人会让你付很多钱。但我丈夫不在家，所以真的不妥当。"

"妥当？"我看着她的裙子。她的长发。

"我明白了。有什么地方不这么……呃，靠近中心？可以享受安宁的地方，有不错的视野。"我的意思是可以看到有没有人来。

"好吧，"她说，"既然你要打猎，我想你当然可以待在狩猎小屋里。每个人都会用。有点偏远，有点局促和摇摇欲坠，但你肯定会得到你想要的安宁的。四面八方一览无余，这一点是肯定的。"

"听起来不错。"

"克努特可以给你带路。"

"他没必要这么做。我相信我能——"

"不！"克努特说，"求你了！"

我低头看着他。暑假。所有人都离开了。厌倦了跟着妈妈打扫卫生。终于有点事做了。

"好的，"我说，"那我们走吧？"

"好的！"

"困扰我的是，"黑发女人说着把拖把蘸进桶里，"你要用什么枪来打猎。你箱子里应该没有猎枪。"

我低头看着箱子，仿佛在目测它的尺寸，看是否同意她的说法。

"我把它落在火车上了，"我说，"我给他们打了电话，他们答应过几天把它放在巴士上送过来。"

"但是你会需要枪来练习的，"她说，然后露出了微笑，"在狩猎季开始之前。"

"我……"

"你可以借用我丈夫的猎枪。你们两个可以在外面等我干完，不会花很长时间的。"

猎枪？见鬼，为什么不呢？因为她的问题都不是疑问式的，所以我只是点点头，然后朝门口走去。我听到身后急促的呼吸，稍稍放慢了脚步。那个少年绊到了我的脚后跟。

"乌尔夫。"

"嗯。"

"你会讲笑话吗？"

我坐在教堂的南边抽烟。我不知道为什么抽烟。因为我并没有烟瘾。我是说，我的血液并不渴求尼古丁。不是这个。是另一回事。是抽烟这个行为本身。它让我平静下来。我还不如抽点稻草碎屑。我对尼古丁上瘾吗？不，我肯定不是。我可能是酒鬼，但我也不太确定。但我喜欢兴奋、迷醉、酒醉，这是显而易见的。我很喜欢安定。或者说，我真的不喜欢不服用安定。所以它是我唯一觉得必须主动戒掉的药物。

我开始分销毒品的时候，主要是为了补贴自用的钱。这既简单又合乎逻辑：你买入的足够多，就可以讨价还价，然后以更高的价格分小份卖出三分之二，瞧，你就得到了免费的毒品。之后没用多久，贩毒就变成了全职工作。但我的第一次销售之路很漫长。又长又复杂，还有一些本不必出现的曲折。但我站在皇宫花园里，咕哝着简洁的推销语（"毒品？"），向我认为头发够长或者衣着够古怪的路人兜售。就像生活中的大多数事情一样，第一次总是最糟糕的。所以当一个平头、穿蓝衬衫的家伙停下来要两克时，我直接被吓跑了。

我知道他不是卧底警察——他们头发最长、衣服最怪异。我很害怕他是费舍曼的手下。但渐渐地，我意识到费舍曼不在乎我这样的小人物。你只需要确保规模别太大，也没有冒险进入他的安非他命和海洛因市场。不像霍夫曼。霍夫曼的结局很糟糕。再也没有霍夫曼了。

我把烟头弹进面前的墓地里。

你被分到一段时间，你燃烧到过滤嘴，然后就结束了，永远地。但关键是要燃烧到过滤嘴，在那之前不要灭掉。好吧，也许这不是全部的意义，但这是我的目标。我真的不在乎什么意义。自从葬礼过后，有很多天我对这个目标也不太确定。

我闭上眼睛，专注于太阳，专注于感受它温暖我的皮肤。专注于享乐。赫多涅。希腊神。或者偶像，考虑到我身在神圣的土地上，她应该被称为偶像。称所有其他的神——除了你想出的那个——为偶像，这种做法相当傲慢。除了我以外，你不可有别的上帝。当然，这是每个独裁者对臣民的命令。有趣的是，基督徒自己看不到，他们看不到这种机制，看不到其再生、自我实现、自我强化的一面，这意味着这样一种迷信可以存活两千年，而其中的关键——救赎——仅限于那些有幸出生在相当于人类历史一眨眼的工夫里，并恰好生活在这个星球上唯一一小块能听到这条戒律并能对简洁的推销语（"天堂？"）表达观点的地方的人。

热度消失了。一片云从太阳前面经过。

"那是我奶奶。"

我睁开眼睛。不是云。太阳在小男孩的红头发周围形成了一个光环。里面的女人其实是他的祖母吗？

"你说什么？"

他指了指。"你刚才扔烟头的坟墓。"

我从他身边看过去。我能看见一缕烟从一块黑色石头前面的花坛升起来。"对不起。我瞄准的是小路。"

他交叉双臂。"真的吗？那么，如果你连一条路都打不着的话，你要怎么打松鸡呢？"

"问得好。"

"那你有没有想到什么笑话？"

"没有，我说了这要花一段时间。"

"已经——"他看了看自己并没有的手表，"——二十五分钟了。"

还没有。我开始意识到去狩猎小屋要走很长一段路。

"克努特！别烦人家了。"是他妈妈。她走出教堂，朝大门走来。

我站起来跟着她。她的步伐很快，走路方式让我想起天鹅。那条碎石路经过教堂，一直延伸到被称为考松的那片房子。寂静几乎使人不安。到目前为止，除了这母子俩和昨晚的萨米人，我还没见过其他人。

"为什么大多数房子都没有窗帘？"我问。

"因为莱斯塔迪乌斯教我们让上帝的光照进来。"她说。

"莱斯塔迪乌斯？"

"拉尔斯·莱维·莱斯塔迪乌斯。你不知道他的教诲吗？"

我摇了摇头。我想我读过关于这位二十世纪的瑞典牧师的文章，他致力于清理当地人的放荡行为，但我不能声称知道他的教诲，我想我曾想象这种过时的东西已经消失了。

"你不是一个莱斯塔迪乌斯教徒吗？"男孩问，"那你会在地狱里被烧死的。"

"克努特！"

"可外公就是这么说的！他知道，因为他是芬马克和北特罗姆瑟的巡回传教士，所以没错！"

"外公还说你不应该在街角大声嚷嚷你的信仰。"她一脸苦恼地看着我，

"克努特有时会有点过分热心。你是奥斯陆人？"

"土生土长的奥斯陆人。"

"家人呢？"

我摇了摇头。

"确定？"

"什么？"

她笑了。"你犹豫了。离婚了吧？"

"那你肯定会被烧死的！"克努特喊道，他扭动着手指，我猜那应该代表着火焰。

"没有离婚。"我说。

我注意到她侧过脸看了我一眼。"一个远离家乡的孤独猎人。你其他时候做什么？"

"修理工。"我说。一个动作让我抬起头来，我瞥见了窗帘重新拉上之前窗户后面的一张脸。"但我刚刚辞职。我想找份新工作。"

"新工作。"她重复道。听起来像是一声叹息。

"而你是个清洁工？"我问道，主要是为了说点什么。

"妈妈还是教堂执事，也是教堂司事，"克努特说，"外公说她本可以接任牧师的。我是说，如果她是个男人的话。"

"我以为他们已经通过了关于女牧师的法律。"

她笑了起来。"考松的女牧师？"

男孩又开始摆动手指。

"我们到了。"她转身朝一栋没有窗帘的小房子走去。煤渣砖铺的车道上停着一辆没有轮子的沃尔沃，旁边有一辆带两个生锈轮圈的手推车。

"那是爸爸的车，"克努特说，"那辆是妈妈的。"他指着停在车库里阴凉处的一辆大众甲壳虫。

我们走进这栋没有上锁的房子，她领我进客厅，说她去拿猎枪，留下我和克努特待在那里。房间里陈设简陋，干净利落，整洁。坚固的家具，但没有电视和音响。没有盆栽植物。墙上只有耶稣抱着一只羊的画和一张结婚照。

我走近了。是她，毫无疑问。她穿着结婚礼服看起来很甜美，几乎算得上美丽了。她旁边的男人身材高大，肩膀宽阔。不知为什么，他那带着笑容但冷漠的脸让我想起了刚才在窗户里瞥见的那张脸。

"过来，乌尔夫！"

我顺着声音，经过一条过道，穿过一扇敞开的门，走进一个貌似工作间的房间。他的工作间。用生锈的汽车零件做的木匠长凳，坏了的儿童玩具，看上去放在那里有一段时间了，外加其他几个半成品。

她掏出了一盒子弹，指着挂在墙上的一把猎枪，旁边用两颗钉子托着一把来复枪。枪挂得太高了，她够不着。我怀疑她让我先在客厅等着，是想先把里面的什么东西清理干净。我环视四周寻找瓶子，错不了，我闻到了自制啤酒、酒精和香烟的味道。

"你有来复枪子弹吗？"我问。

"当然，"她说，"但你不是要去猎松鸡吗？"

"用来复枪更有挑战性。"我边说边伸手把枪拿下来。我瞄准窗外。隔壁房子的窗帘动了一下。"而且也不用费力把所有的子弹从猎物身上取出来了。这枪怎么装弹？"

在向我演示之前，她目不转睛地看着我，显然不知道我是不是在开玩笑。考虑到我的工作性质，你会认为我很了解枪，但我只懂一点手枪。她插入一个弹匣，向我演示装弹动作，并解释说这把来复枪是半自动的，但狩猎法规定，当枪膛里有一颗子弹时，弹匣里还有三颗以上子弹是违法的。

"当然。"我边说边练习装弹动作。我喜欢枪润滑的金属声，精密工程的声音。但仅此而已。

"你会发现这个也很有用。"她说。

我转过身来。她正拿着一副双筒望远镜要递给我。是苏联 B8 军用望远镜。我外公设法弄到过一副,用来研究教堂建筑的细节。他告诉我,在第二次世界大战之前和期间,所有优秀的光学工程都出自德国,而俄国人占领德国东部后,做的第一件事就是窃取德国人的工业机密,并造出更便宜但质量上乘的复制品。天知道他们是怎么弄到这副 B8 双筒望远镜的。我放下来复枪,举起望远镜往外看。对着露出脸的那栋房子。现在那里没人了。

"显然我会付租借费的。"

"胡说八道,"她把我面前的那盒子弹换成一盒来复枪子弹,"但如果你能承担所用弹药的费用,雨果可能会乐意的。"

"他在哪儿?"

这显然是一个不合适的问题,因为我看到她的脸抽搐了一下。

"在钓鳕鱼。你有带吃的、喝的吗?"她问道。

我摇了摇头。我真的没想过。自从离开奥斯陆,我到底吃了多少顿饭?

"我给你准备些食物,剩下的你可以从皮尔约的店里买。克努特会带你去。"

我们回到台阶上。她看了看时间。大概是为了确认我在里面待的时间还不算长,不会让邻居讲什么。克努特在花园里跑来跑去,像只小狗一样急切地想走。

"要花三十分钟到一小时才能到小屋,"她说,"取决于你走多快。"

"嗯。我不知道我自己的猎枪什么时候会到。"

"不用着急。雨果不怎么打猎。"

我点了点头,然后调整好来复枪背带,把它挂在肩上。我没问题的那一边肩膀。该走了。我努力想一些告别时要说的话。她像她儿子一样,微微地歪着头,拂去脸上的几缕头发。

"你不觉得它很漂亮吗?"

　　我一定是看起来有点困惑，因为她短促地笑了一声，高高的颧骨涨红了。"我是说考松。我们的房子。以前这里很好。大战之前。但 1945 年俄国人来了，德国人逃走了，他们撤退时烧毁了留下的一切。除了教堂以外的一切。"

　　"焦土战术。"

　　"人们需要房子。所以他们建得很快。根本没考虑过外观。"

　　"哦，它们也没那么糟。"我撒谎说。

　　"不，是很糟，"她笑着说，"房子很难看。但住在里面的人并不丑陋。"

　　我看着她的伤疤。"我相信你。好了，该走了。谢谢。"我伸出了手。这次她握住了。她的手坚定而温暖，像一块被阳光晒暖和了的光滑石头。

　　"上帝安康。"

　　我盯着她。她看起来好像是认真的。

　　皮尔约的商店在其中一所房子的地下室里。室内一片漆黑，克努特喊了三次她的名字，她才出现。她身材又大又圆，戴着头巾。她嗓音尖利：

　　"Jumalan terve。"

　　"什么？"我说。

　　她扭过头去，看着克努特。

　　"上帝安康，"他说，"皮尔约只会说芬兰语，但她知道自己店里东西的挪威语说法。"

　　商品都在柜台后面，我一边说，她一边把它们拿出来。驯鹿肉丸罐头。鱼丸罐头。香肠。奶酪。薄脆饼干。

　　很明显，她在默默地心算，因为我说完后，她就在一张纸上写了个数给我看。我意识到我本应该在进去之前先从放钱的腰包里拿出几张钞票。因为不想将自己带着一大笔钱（大约有十三万克朗）的事实广而告之，我转过身背对着他们两个，解开衬衫底部的两个扣子。

"你不能在这里撒尿，乌尔夫。"克努特说。

我半转身看着他。

"我在开玩笑。"他大笑着说。

皮尔约做了个手势，说她找不开我给她的一百克朗钞票。

"别担心，"我说，"剩下的当小费。"

她用刺耳的声音说了句我听不懂的话。

"她说你回来时可以再拿点东西。"克努特说。

"也许她应该把未结清的金额写下来。"

"她会记得的，"克努特说，"走吧。"

克努特一蹦一跳地走在我前面。帚石南拂着我的裤腿，蠓虫在我们头上嗡嗡作响。高原。

"乌尔夫。"

"嗯？"

"你为什么留这么长的头发？"

"因为没有剪。"

"哦。"

二十秒后。

"乌尔夫。"

"嗯？"

"你懂芬兰语吗？"

"不懂。"

"萨米语呢？"

"一个字都不懂。"

"就只会挪威语？"

"还有英语。"

"奥斯陆有很多英国人吗？"

我斜视着太阳。如果是中午的话，那意味着我们差不多是在朝着正西方向走。"不是很多，"我说，"但它是一种全球性的语言。"

"是的，一种全球性的语言。外公也是这么说的。他说挪威语是通俗语言。但萨米语是心灵的语言。芬兰语是神圣的语言。"

"如果他这么说的话。"

"乌尔夫。"

"嗯？"

"我知道一个笑话。"

"讲吧。"

他停下来等我追上来，然后跟我并排穿越帚石南丛。"什么东西一直在走，却始终走不到门口？"

"这是个谜语，不是吗？"

"我能告诉你答案吗？"

"是的，我想你只能告诉我答案。"

他用手遮住阳光，朝我咧嘴一笑。"你在撒谎，乌尔夫。"

"什么？"

"你知道答案！"

"是吗？"

"每个人都知道这个谜语的答案。为什么你们所有人都一直撒谎？你最后会——"

"在地狱里被烧死？"

"是的！"

"'你们所有人'是谁？"

"爸爸。还有奥韦叔叔。还有妈妈。"

"真的吗？你妈妈撒了什么谎？"

"她说我没必要担心爸爸。现在轮到你讲笑话了。"

"我不太会讲笑话。"

他停下来，身体前倾，双臂朝着帚石南丛晃来晃去。"你击不中目标，对松鸡一无所知，还不会讲笑话。那你能做什么？"

"哦，对了。"我说，这时我看见一只孤独的鸟在我们头顶上方的高空中翱翔。观察。狩猎。它那坚硬、倾斜的翅膀让我想起一架战斗机。"我会躲藏。"

"好啊！"他猛地抬起头，"我们玩捉迷藏吧！谁先开始？石头，剪刀，布……"

"你跑到前面躲起来。"

他跑了三步，然后突然停了下来。

"怎么了？"

"你这么说只是因为你想甩掉我。"

"甩掉你？没有的事！"

"你又在撒谎了！"

我耸耸肩。"我们可以玩不出声游戏。谁先出声就一枪爆头。"

他滑稽地看了我一眼。

"不是真开枪，"我说，"好吗？"

他点点头，嘴巴紧闭。

"现在开始。"我说。

我们走啊走。之前从远处看来单调乏味的景色开始不断变化，覆盖着绿色和红棕色帚石南的柔软的褐色土地，变成了覆盖着石头、裸岩的月球景观，突然——在太阳光的照耀下，自从我来到这里，太阳已经转了半圈，像一个金红色的铁饼——它看起来像在发光，好像熔岩从缓坡上流下。这一切的上方是一片辽阔的天空。我不知道为什么这里的天空看起来那么大，也不知道为什么我感觉能看见地球的弧度。也许是因为睡眠不足。我读过一篇文章，说人两天不睡觉就可能精神错乱。

克努特默默地走着，布满雀斑的脸上神情坚定。现在蠓虫群更多了，最后它们形成了一大团，把我们牢牢罩住。它们落在我身上，我也不再打了。它们用带有麻醉剂的嘴叮咬我的皮肤，整个过程很温和，我就任由它们咬。重要的是，我在一米又一米地远离文明社会，直到它离我无数米远。即便如此，我还是需要尽快想出一个计划。

费舍曼总能找到他要找的东西。

到目前为止的计划就是不做计划，因为他能预测出我能想到的每一个合乎逻辑的计划。我唯一的机会就是不可预测性。我表现得如此不循常规，以至于我都不知道自己下一步要做什么。但在那之后我得想出点什么。如果还有"之后"的话。

"时钟，"克努特说，"答案是时钟。"

我点点头。只是时间早晚的问题。

"现在你可以朝我的头开枪了，乌尔夫。"

"好的。"

"开枪吧！"

"为什么？"

"为了结束这一切。没有什么比不知道子弹什么时候来更糟糕的了。"

"砰。"

"你在学校会被人取笑吗，乌尔夫？"

"为什么这么问？"

"你说话的方式很奇怪。"

"在我长大的地方，每个人都这样说话。"

"哇。那他们都被取笑了吗？"

我忍不住笑了起来。"好吧，我被人取笑过。我十岁的时候，我的父母去世了，我从奥斯陆的东部搬到了西部，和我的外公巴塞住在一起。其他孩子叫我'雾都孤儿'和东区垃圾。"

"但你不是。"

"谢谢。"

"你是南部垃圾,"他大笑着说,"这是个玩笑!你现在欠我三个了。"

"我真想知道你从哪儿学的这些笑话,克努特。"

他闭上一只眼,眯着眼看着我。"我能拿来复枪吗?"

"不行。"

"这是我爸爸的枪。"

"我说了不行。"

他咕哝着,垂下头和胳膊几秒钟,然后又挺直了身子。我们加快了速度。他自顾自地小声唱着歌。我不敢确定,但听起来像是赞美诗。我想问问他妈妈叫什么——知道了她的名字,我回村子的时候也许能派上用场。例如,如果我记不起她家房子的位置了。但由于某种原因,我不敢主动去问。

"那就是小屋。"克努特指着说。

我拿出望远镜,调整好焦距,用 B8 时,你必须同时调两个镜头。飞舞的蠓虫群后面,有一个看上去更像是小柴棚而不是小木屋的东西。就我目前所见,没有窗户,只有一些未上漆的干枯灰色木板,堆放在一根又细又黑的烟囱周围。

我们继续往前走,我的思绪一定完全飘到了别处,这时,我看到什么东西在动,一个比蠓虫大得多的东西,在我们前面大约一百米的地方,突然从单调的风景中冒了出来。我的心跳仿佛停了片刻。那只长着大大的鹿角的动物钻进帚石南丛并跑开时,发出一种奇怪的咔嗒声。

"一头雄鹿。"克努特喊道。

我的脉搏慢慢平静下来。"你怎么知道那不是一头……呃,另一种性别的鹿?"

他又用滑稽的眼神看了我一眼。

"在奥斯陆没有多少驯鹿。"我说。

"母鹿。因为雄鹿的角更大，不是吗？看，它在用角蹭那棵树。"

驯鹿停在小屋后面的树丛中，用鹿角摩擦桦树的树干。

"是在刮树皮吃吗？"

他笑了。"驯鹿吃地衣。"

当然了，驯鹿吃地衣。我们上学时学过生长在北极附近的苔藓的种类。还学过"joik"是萨米语中即兴的叫喊，"lavvo"是一种印第安圆锥形帐篷，以及芬马克到奥斯陆比到伦敦或巴黎还要远。我们还学了一种记忆峡湾名字的方法，尽管我怀疑现在是否还有人记得那是什么方法。反正我是不记得了——我十五年的学生生涯，甚至有两年是在大学里，都是在"隐约记得"中度过的。

"驯鹿摩擦鹿角是要清洁它们，"克努特说，"它们会在八月这么做。我小时候听外公说是因为它们的角痒得厉害。"

他像个老头似的咂着嘴，好像在哀叹自己曾经多么天真。我本可以告诉他，我们中的一些人从来没有停止过天真。

小屋坐落在四块大石头上。门没有上锁，但我不得不使劲拉门把手，让它从门框上松开。里面有两张铺着毛毯的上下铺，还有一个烧木头的炉子，两个加热板上分别放着一个有凹痕的水壶和一个砂锅。一个橘黄色的壁橱，一个红塑料桶，两把椅子和一张向西倾斜的桌子，不是因为桌子本身有点歪，就是因为地板不平。

小屋肯定是有窗户的。我之所以没有看到，是因为它们只是一个个射击孔，除了有门的那堵墙，所有的墙上都有这样的窄缝。但是已经能透进足够的光线，而且有东西从任何方向靠近时你都能看到。尽管我三步就能从一头走到另一头，感觉整个小屋像法国咖啡桌一样摇晃，也没有改变我最初的结论：小屋再完美不过了。

我环顾四周，想起外公把我的皮箱抬到他家并打开门锁后说的第一句话："Mi casa es tu casa。[1]"尽管一个字都听不懂，但我还是猜出了它的意思。

"回去之前要不要喝咖啡？"我一边漫不经心地问，一边打开烧柴的炉子。细细的灰烬吹了出来。

"我才十岁，"克努特说，"我不喝咖啡。你需要木头。还有水。"

"我明白了。那要不要来片面包？"

"你有斧头吗？或者一把刀？"

我看着他，没有回答。他的回应是抬头看房顶。一个没有刀的猎人。

"你可以暂时借用这个。"克努特说着，伸手从背后拿出一把大刀，刀身很宽，带一个黄色的木柄。

我在手里把弄着那把刀。很重，但不会太重，而且刀身重量很平衡。很像握着一把手枪的感觉。

"这是你爸爸给你的吗？"

"是外公给我的。这是一把萨米刀。"

我们说好了，我去打水，他去收集木头。他显然很喜欢被分派一个大人的任务，于是把刀夺走，跑了出去。我在墙上发现了一块松动的木板。在木板后面的两堵墙之间，是一种用苔藓和草皮做成的隔热材料，我把装钱的腰包塞了进去。我在离木屋只有一百米远的小溪往塑料桶里装水时，能听到树丛中钢铁撞击木头的声音。

克努特往炉子里放了些引火材料和树皮，我清理掉壁橱里的老鼠屎，把食物放好。我把火柴借给他，不久炉子就点着了，水壶发出咝咝声。一些烟漏了出来，我注意到蠓虫在退缩。我趁机脱掉衬衫，从桶里往脸上和上身泼了点水。

---

① 西班牙语，意为"我家就是你家"。

"那是什么？"克努特指着问道。

"这个？"我说着抓起挂在脖子上的"狗牌"，"把名字和出生日期刻在防弹金属上，这样他们就知道自己杀了谁。"

"他们为什么要知道这个？"

"这样他们就知道要把尸骨送到哪里了。"

"哈，哈，"他冷淡地说，"不算个玩笑。"

水壶的咝咝声被警告似的隆隆声所代替。当我往两个带豁口的咖啡杯中的一个倒满咖啡时，克努特已经把第二片抹着鹅肝酱的厚面包片吃了一半。我朝咖啡油腻的黑色表面吹了吹。

"咖啡的味道怎么样？"克努特问，嘴里塞满了东西。

"第一次总是最糟糕的，"我说着喝了一小口，"吃完，然后你最好在妈妈担心你去哪儿了之前出发。"

"她知道我在哪儿。"他把两只胳膊肘放在桌子上，双手托着头，把脸上的肉往上推，遮住了眼睛，"笑话。"

咖啡的味道很好，杯子暖和了我的手。"你听过那个挪威人、丹麦人和瑞典人打赌，看谁能把身子探出窗外最远的笑话吗？"

他从桌子上收起胳膊，满怀期待地盯着我。"没有。"

"他们正坐在窗台上。突然挪威人赢了。"

随后一阵寂静，我又喝了一口咖啡。从克努特呆头呆脑的表情来看，他还没猜到这就是这个笑话的结尾。

"他是怎么赢的？"他问道。

"你觉得呢？挪威人从窗户上掉了下去。"

"所以挪威人把赌注押在了自己身上？"

"很明显。"

"不明显。你应该一开始就说明的。"

"好吧，但你理解了，"我叹了口气，"所以你感觉如何？"

　　他把一根手指放在长满雀斑的下巴下，若有所思地凝视着半空。接着发出两声响亮的笑声。然后是更加深沉的凝视。

　　"有点短，"他说，"但这可能就是它好笑的地方。砰—— 一切都结束了。好吧，把我逗笑了。"他又笑了一阵。

　　"说到事情结束了……"

　　"当然，"他站起来说，"我明天再来。"

　　"真的吗？为什么？"

　　"蚝油。"

　　"蚝油？"

　　他把我的手放在我的额头上。就像气泡纸，一个包接一个包。

　　"好吧，"我说，"带蚝油来。还有啤酒。"

　　"啤酒？然后你会——"

　　"在地狱里烧死？"

　　"得去阿尔塔买。"

　　我想到了他父亲工作间里的气味。"烈酒。"

　　"什么？"

　　"家酿啤酒。私酿酒。就是你父亲喝的那种。他从哪儿弄来的？"

　　克努特晃了几次身子。"马蒂斯。"

　　"嗯。那个穿破夹克、罗圈腿的小个子？"

　　"是的。"

　　我从口袋里掏出一张钞票。"看看你用这个能买到多少，另外，给自己拿个冰激凌。当然，除非吃冰激凌也是罪过。"

　　他摇摇头，接过钞票。"再见，乌尔夫。把门关上。"

　　"哦，这里可能也容不下蠓虫了。"

　　"不是蠓虫，是狼。"

　　他在开玩笑吗？

他走后，我拿起来复枪，放在其中一个窗台上。我通过瞄准器扫视地平线。我看到克努特沿着小路蹦蹦跳跳地走了。我把视线对准那片小树林。我发现了那头驯鹿。这时，它抬起头来，好像能感觉到我的视线。据我所知，驯鹿是群居动物，所以这只肯定是被驱逐了。像我一样。

我到小屋外面坐下来，把剩下的咖啡喝了。炉子里冒出的热气和烟使我头痛得厉害。

我看了看时间。现在差不多过去一百小时了。我本应该已经死了。我已经赚了一百小时。

当我再次向外看时，那头驯鹿走近了一些。

3

一百小时前。

但故事早在那之前就开始了。就像我说的，我不知道它是怎么开始的。比方说，故事再往前推一年，布伦希尔德森来皇宫花园找我的那天。我当时压力很大，我刚发现她病了。

布伦希尔德森是个有着鹰钩鼻，留着笔尖式的胡子，年纪轻轻就秃顶了的家伙。他曾为霍夫曼工作，那是在费舍曼接手霍夫曼的其他财产和他这个手下之前。霍夫曼的其他财产，换句话说，就是他在海洛因市场的份额，他的女人，以及比格迪大道上的一套大公寓。布伦希尔德森说费舍曼想和我谈谈，叫我去鱼店报到。然后他就走开了。

外公非常喜欢他住在巴塞罗那画圣家堂时学的西班牙谚语。我经常听到的一句是："我们家里人不多，然后奶奶怀孕了。"它跟这句话的意思相似："好像我们的问题还不够多似的。"

尽管如此，第二天我还是出现在了青年广场上费舍曼的鱼店里。不是因为我想去，而是因为另一种选择——不露面——是不可能的。费舍曼太强大了。太危险。每个人都知道那个故事，他一边砍下霍夫曼的头，一边说这就是有不切实际的想法的下场，也知道他手下两个毒贩子在私吞一批货后突然失踪的故事。再也没有人见过他们。有人声称，在那之后的几个月里，他店里的鱼丸格外美味。他没有试图阻止谣言。费舍曼这样的商人就是这样保护自己的地盘的，他用谣言、半真半假的传言和确凿的事实来表明那些试图欺骗他的人会是什么下场。

我没有试图欺骗费舍曼。即便如此，当我站在他的店里告诉柜台后面一个年长的女人我是谁时，依然汗流浃背。我不知道她是按下了蜂鸣器还是什么东西，费舍曼立刻从他们身后的回转门走了出来，他笑容灿烂，从头到脚的白色行头——白帽子、白色的衬衫和围裙、白裤子、白色的木鞋，向我伸出一只湿漉漉的大手。

我们走进后面的房间。地板和墙壁上都贴着白瓷砖。沿着墙壁排开的长凳上放满了金属盘子，盘子里是浸在盐水中的苍白的鱼片。

"抱歉，味道有点大，约恩，我在做鱼丸。"费舍曼从房间中央的金属桌子下面抽出一把椅子，"坐下。"

"我只卖大麻，"我说，正如他告诉我的那样，"从来没卖过安非他命或者海洛因。"

"我知道。我想和你谈谈是因为你杀了我一个手下。托拉夫·约恩森。"

我盯着他，说不出话来。我死定了。我就要变成鱼丸了。

"你很聪明，约恩。让它看上去像是自杀——每个人都知道托拉夫可能有点……阴沉。"费舍曼撕下一片鱼放进嘴里。"连警察都不认为他的死存在疑点。我不得不承认我也以为他是开枪自杀了。直到警察局的一个熟人悄悄告诉我们，说在他旁边找到的手枪登记在你名下。约恩·汉森。所以我们仔细调查了一下。然后托拉夫的女朋友告诉我们他欠你钱。说他死前几天你想把钱要回去。这点没错，不是吗？"

我吞了口唾沫。"托拉夫抽了很多。我们很熟，是从小到大的朋友，一块住过一段时间的公寓，诸如此类。所以我就让他欠着了。"我努力笑了笑，然后意识到这看起来一定很可笑，"在这一行里为朋友坏了规矩总是愚蠢的，不是吗？"

费舍曼也露出了微笑，拽着一根肌腱吊起一片鱼肉，仔细端详着它在空气中慢慢转动。"你不应该让朋友、家人或员工欠你钱，约恩。永远。好的，所以你让他欠了一段时间，但归根结底，你知道必须遵守规则。你跟我一样，约恩。是有原则的人。那些惹怒你的人必须受到惩罚。不管冒犯程度是大是小。不管是你不认识的辍学者还是你的亲兄弟。这是保护你的地盘的唯一方法。即使是像你这样在皇宫花园的小生意。你能挣多少钱？一个月五千？六千？”

我耸耸肩。“差不多吧。”

“我尊重你的所作所为。”

“但是——”

“托拉夫对我来说非常重要。他是我的收债人。如果有需要的话，还是我的修理工。他愿意修理欠钱不还的家伙。在当今社会，并不是每个人都愿意这么做。人们变得如此软弱。软弱也能活下来。这——”他把整片鱼片塞进嘴里，“——有悖常理。”

他咀嚼的时候，我考虑了自己的选项。站起来穿过鱼店跑到广场上似乎是其中最好的选项。

“所以，你也能理解，你给我出了道难题。”他说。

很明显，他们会追上来抓住我，但如果他们必须在街上要我的命的话，也许我还可以避免变成鱼丸的肉馅。

“我在想，我认识的人里谁有能力做必须做的事？谁能杀人？我只知道两个。一个很有效率，但太喜欢杀戮了，这种快乐在我看来——”他剔着门牙，“——有悖常理。”他端详着自己的指尖，“另外，他指甲也剪得不好。我不需要一个娘娘腔的变态，我需要一个能和人交谈的人。先谈，然后，如果不管用，就修理他们。你要多少钱，约恩？”

“什么？”

“我想知道多少能让你满意。一个月八千？”

我眨了眨眼。

“不行？那一万呢？此外，每修理一个有三万的奖金。”

“你在问我——”

“一万二。该死，你真是个难对付的家伙，约恩。不过没关系，我也尊重这一点。"

我用鼻子使劲呼吸。他让我代替托拉夫做他的收债人和修理工。

我吞了吞口水。考虑着。

我不想要这份工作。

我不想要钱。

但我需要它。

她需要它。

"一万二……"我说，"听上去不错。"

这是一份简单的工作。

我要做的就是走进去，说我是费舍曼的收债人，然后钱就拿出来了。我一点没有过度劳累；我大部分时间都坐在鱼店的后屋里，跟布伦希尔德森和斯蒂尔克打牌，前者总是作弊，后者则不停地谈论他那该死的罗威纳犬以及它们是多么的高效。我感到无聊，也很担心，但是钱还是源源不断地来，我计算过，哪怕只为他干上几个月，我就能支付一年的治疗费。希望这就足够了。你会习惯大多数的东西，哪怕是鱼的味道。

一天，费舍曼走进来，说他有个稍微大点的活，既要谨慎，又要果敢。

"他多年来一直从我这买安非他命，"费舍曼说，"考虑到他既不是朋友，也不是亲戚或雇员，我就让他先赊账。这从来都不是问题，但现在他拖欠账款了。"

是科斯莫斯，一个年纪稍大的家伙，他在码头旁边肮脏的"金鱼"咖啡馆里的一张桌子上卖安非他命。拥挤的车流从门外经过，咖啡馆的窗户都是灰色的，里面的人很少超过三或四个。

科斯莫斯是这么做生意的：想买安非他命的顾客走进来，坐在隔壁桌子旁，那张桌子总是没人，因为科斯莫斯把外套搭在了一张椅子上，还在桌上放了一本《家庭》杂志。他会坐在自己的桌子旁做报纸上的填字游戏。

《挪威晚邮报》或《世界之路报》上的迷你纵横填字游戏，或者黑尔格·塞普在《每日杂志》上登的大填字游戏。当然还有《家庭》。显然，他曾两次荣膺《家庭》举办的全国填字游戏比赛的冠军。当你把一个装着钱的信封塞进杂志，然后去上厕所，回来时信封里装的现金就变成了安非他命。

当时是一大早，和往常一样，我到的时候只有三四个顾客。我在离老头两张桌子的地方坐下来，点了杯咖啡，然后开始玩填字游戏。我用铅笔挠挠头。探身过去。

"打扰一下？"

我又重复了两次，科斯莫斯才从自己的填字游戏中抬起头来。他戴着橙色镜片的眼镜。

"抱歉，我需要一个四个字母的单词来表示'未付账款'。第一个字母是'd'。"

"debt，欠债。"他说完又低下了头。

"当然。谢谢。"我填上字母。

我等了一会儿，喝了一口淡咖啡。清了清嗓子："对不起，我不该再缠着你的，但你能帮我一下吗？'拖网渔船工人'，九个字母，前两个字母是'f'和'i'。"

"fisherman，费舍曼。"他头也不抬地说。但我看到他听到自己说出口时浑身一惊。

"最后一个单词，"我说，"六个字母，'工具'，以'h'开头。中间有两个'm'。"[①]

他推开报纸，看着我。喉结在他没刮胡子的脖子上上下移动。

我抱歉地笑了笑。"恐怕填字游戏的截止日期是今天下午。我得走了，去办点事，但两小时后我就回来。我把报纸留在这里，这样你可以把答案

---

① 应为 hammer，锤子。

填好，如果你能解决的话。"

我走到港口边，抽了会儿烟，思考了一下。我不知道发生了什么事，不知道他为什么没能还清债务。我也不想知道，我不想看到他绝望的表情。不想再来一个这样的表情。有印着乌勒瓦尔医院标志的枕头上那张苍白的小脸就够了。

我回去时，科斯莫斯看起来正全神贯注于他的填字游戏，但当我打开报纸时，里面有一个信封。费舍曼后来告诉我，他付了全款，还说我很擅长这份工作。但这有什么用呢？我和医生谈过了。预后不乐观。如果她不接受治疗的话，连今年都撑不过去。所以我去找费舍曼说明了情况。说我需要贷款。

"对不起，约恩，无能为力。你是雇员，不是吗？"

我点点头。我到底该怎么办？

"但也许我们终究有办法解决你的问题。我需要修理一个人。"

哦，见鬼。

这迟早会发生的，但我一直希望能晚一点，在我存够我需要的钱并递交辞呈之后。

"我听说你最喜欢的一句话是，第一次总是最糟糕的，"他说，"所以你很幸运。我是说，这不是你第一次了。"

我努力微笑。毕竟，他不知道。我并没有杀托拉夫。登记在我名下的那把手枪是一把小口径手枪，来自一个体育俱乐部，托拉夫需要用它干个活，但他不能用自己的名义买，因为他有东德异议人士的案底。而我从来没有被逮捕过，无论是我的大麻小生意或其他什么事，所以我帮他买了下来，然后收他一小笔报酬。从那以后我就再也没见过那把枪。我想要回钱，因为她需要用它来治疗，但我放弃了那笔钱。而托拉夫，这个抑郁、吸毒的浑蛋，做了他看上去会做的事情：他开枪自杀了。

我没有原则。没有钱。但我手上也没有沾血。

目前还没有。

奖金三万。

这是个开端。一个好的开端。

我猛地醒了过来。蠓虫低鸣着，叮咬着毛毯。但这并不是我醒来的原因。一声嚎叫打破了高原上的寂静。

一只狼？我原以为它们只在冬天对着月亮嚎叫，而不是对着挂在色彩燃尽的无色天空里的该死的太阳嚎叫。可能是只狗。萨米人用它们来放养驯鹿，不是吗？

我在狭窄的铺位上侧了个身，忘了我那受伤的肩膀，咒骂了一句，又躺了回去。嚎叫听起来距离很远，但谁知道呢？夏天声音应该传播得更慢，不像在冬天那样传得那么远。也许那只野兽就在不远的地方。

我闭上眼睛，但我知道再也睡不着了。

于是我站起身来，拿起望远镜，走到一扇窗户前，扫视着地平线。

什么也没有。

只有嘀嗒的声音。

4

克努特带来了一种亮闪闪、臭烘烘的黏稠蟒油，很可能是凝固汽油。外加两个没有标签、带瓶塞的瓶子，瓶子里装着一种臭烘烘的明亮液体，这绝对是凝固汽油。清晨还没有从无情的太阳，以及烟囱里呼啸的寒风中得到喘息。小块云朵的影子像一群驯鹿滑过荒凉、起伏的单调地面，暂时给浅绿色的植被染上了一抹更深的色彩，吞没了远处小池塘上的倒影和裸露的岩石上泛起的水晶般的微光。就像一首明快乐曲中突然出现的低沉的低音音符。不管怎样，它用的依然是小调。

"妈妈说非常欢迎你加入我们在祈祷室的集会。"男孩说。他在我对面坐下来。

"真的吗？"我边说边用手抚摸着其中一个瓶子。我没尝就把软木塞塞了回去。前戏。你必须拖延一下，效果会更好。或者更糟。

"她认为你可以得救。"

"但你不这么认为？"

"我认为你不想被拯救。"

我站起来，走到窗边。那头驯鹿回来了。那天早上早些时候看到它时，我意识到自己松了一口气。狼群。在挪威，它们已经被消灭了，不是吗？

"我外公画教堂，"我说，"他以前是个建筑师。但他不信上帝。他说当我们死了，我们就死了。我更倾向于相信这个。"

"他也不信耶稣？"

"如果他不信上帝，他几乎不可能会信他的儿子，克努特。"

"我明白了。"

"你明白了。所以呢？"

"所以他会在地狱里被烧死。"

"嗯。在这种情况下，他已经燃烧了一段时间，因为他在我十九岁的时候过世了。你不觉得这有点不公平吗？巴塞是个好人，他帮助需要帮助的人，比我认识的许多基督徒做的都多。如果我能成为有外公一半好的人……"

我眨了眨眼。我的眼睛有些刺痛，我可以看到眼睛前面漂浮着小白点。是阳光把我的视网膜烧出了洞吗？我是不是在仲夏时节雪盲了？

"外公说做好事没有用，乌尔夫。你外公现在正在燃烧，很快就轮到你了。"

"嗯。但你是说，如果我去参加集会，皈依耶稣和那位莱斯塔迪乌斯，即使我不帮助任何人，也会去天堂吗？"

那男孩搔了搔他的红头发。"是吧。好吧，如果你皈依灵恩教会的话。"

"不止一个教会？"

"阿尔塔有长子教会，南特罗姆瑟有伦德伯格人教会，美国有莱斯塔迪长老会，还有——"

"它们都会烧人？"

"外公说会。"

"听起来天堂里会有大把的位置。你有没有想过，如果你和我换了外公会怎么样？那你就成了无神论者，而我是个莱斯塔迪教徒。然后你就是那个会在地狱里被烧死的人。"

"也许吧。但幸运的是，会被烧死的是你，乌尔夫。"

我叹了口气。这个地方透着股一成不变的感觉。仿佛什么都不会发生，或者永远都不会发生，仿佛缺乏变化才是它的自然状态。

"乌尔夫。"

"嗯？"

"你想念你父亲吗？"

"不想。"

克努特停了下来。"他人不好吗？"

"我想他挺好的。但我们还是孩子的时候总是善于遗忘。"

"可以这样吗？"他轻声问道，"不想念父亲？"

我看着他。"我想是的。"我打了个哈欠。我的肩膀一阵疼。我需要喝一杯。

"你真的是一个人吗，乌尔夫？你就没有亲人吗？"

我想了一会儿。我真的不得不这么做，好好想一下。上帝啊。

我摇了摇头。

"你猜我在想谁，乌尔夫。"

"你爸爸和外公？"

"不对，"他说，"我在想里斯蒂娜。"

我没问他怎么会认为我能猜到这个。我觉得舌头像块干了的海绵，但那瓶酒得等到他说完并离开之后才能喝到了。他甚至还给了我一些钱。"那么谁是里斯蒂娜？"

"她上五年级。她有一头金色的长发。她在凯于图凯努的夏令营。我们本来也要去的。"

"是个什么样的夏令营？"

"就是一个夏令营。"

"你们在那里做什么？"

"我们这些孩子就是玩。我是说，当没有集会和布道的时候。但现在罗格会问里斯蒂娜愿不愿意做他的女朋友。他们可能会接吻。"

"那接吻不是一种罪过咯？"

他歪着头，眯起一只眼睛。"我不知道。她走之前，我跟她说了我爱她。"

"你说了你爱她，直截了当的？"

"是的。"他探过身来，声音里夹杂着呼吸声，用憧憬的眼神说道，"'我爱你，里斯蒂娜'。"然后他又抬起头看着我，"我做错了吗？"

我笑了。"没错。她怎么说？"

"好的。"

"她说'好的'？"

"是的。你觉得这是什么意思，乌尔夫？"

"这个，谁知道呢？显然这可能意味着对她来说太重大了。'爱'是个很大的词。但意思可能是她想考虑一下。"

"你觉得我有机会吗？"

"当然。"

"即使我有个伤疤？"

"什么伤疤？"

他掀开额头上的膏药。下面苍白的皮肤上仍有缝合的痕迹。

"怎么回事？"

"我从楼梯上摔了下来。"

"告诉她你和一头驯鹿打架，说你是为领地而战。另外，很明显你赢了。"

"你傻吗，她不会相信的！"

"不会，因为这只是个玩笑。女孩喜欢会讲笑话的男孩。"

他咬着上唇。"你没有撒谎，是吗，乌尔夫？"

"好了，听着。如果你这个夏天和这个里斯蒂娜没有机会，还会有别的里斯蒂娜，别的夏天。你会有很多女孩的。"

"为什么？"

"为什么？"我上下打量着他。跟年龄相比，他个头小吗？对这么高的孩子来说，他肯定算聪明的了。红头发和雀斑在女人方面可能算不上成功的组合，但潮流总是来来去去。"要我说，你就是芬马克的米克·贾格尔。"

"什么？"

"詹姆斯·邦德。"

他茫然地看着我。

"保罗·麦卡特尼？"我试探着。没有反应。"披头士。'她爱你，耶，耶，耶'。"

"你不太擅长唱歌，乌尔夫。"

"是的。"我打开炉门，戳进去一块湿布，然后把潮湿的灰烬擦到来复枪闪亮、磨损了的瞄准器上。"你为什么没去夏令营？"

"爸爸在钓鳕鱼，我们得等他。"

他嘴角略微有些抽搐，让人捉摸不透。我决定不去问。我沿着瞄准器看去。如果有一点运气，等他们过来，我瞄准他们的时候，阳光不会从枪上反射出去，而暴露我的位置。

"我们出去吧。"我说。

风把蠓虫吹走了，我们坐在阳光下。我们出来的时候，那头驯鹿走远了些。克努特随身带着刀，坐在那里削一根棍子。

"乌尔夫。"

"你不必每次想问什么都叫我的名字。"

"好吧。可是乌尔夫——"

"嗯？"

"我走之后你会喝醉吗？"

"不会。"我撒谎了。

"好。"

"你在担心我吗？"

"我就是觉得这有点愚蠢，你会——"

"在地狱里燃烧？"

他笑了起来。他举起棍子，放到嘴边吹。

"乌尔夫。"

我疲倦地叹了口气。"嗯？"

"你是抢了银行吗？"

"你怎么会这么想？"

"你身上带了那么多钱。"

我掏出烟，笨拙地摸索着烟盒。"旅行很贵，"我说，"而且我没有支票簿。"

"还有你外套口袋里的手枪。"

我一边凝视他，一边点烟，但是风把火吹灭了。所以在教堂里，男孩叫醒我之前就已经搜了我的外套。

"当你有现金却没有支票簿时，就得小心点。"

"乌尔夫。"

"嗯。"

"你还不擅长撒谎。"

我笑了起来。"这根棍子要做成什么？"

"桨栓。"他说，然后继续削。

孩子走后，感觉宁静多了。显而易见。但如果他再多待一会儿，我也不会介意。因为我不得不承认他有一定的娱乐价值。

我坐在那儿打起了瞌睡。我眯起眼睛看到那头驯鹿又走近了些。它一定是习惯我了。它看起来很孤独。你会以为一年中的这个时候驯鹿会很肥，但这只很瘦。瘦骨嶙峋，闷闷不乐，还有那大得毫无意义的鹿角，过去这鹿角可能帮它得到了一些母鹿，但现在看来只显得碍手碍脚。

那头驯鹿离得很近，我都能听到它咀嚼的声音。它抬起头看着我。好吧，是朝我的方向看。驯鹿的视力不佳。它们依靠自己的嗅觉。它能闻到我身上的味道。

我闭上了眼睛。

那是多久以前的事了？两年？一年？我要修理的那个家伙叫古斯塔沃，我是黎明时分动的手。他独自一人住在霍曼斯比恩一栋塞在住宅区里的废弃的小木房子里。刚下过雪，但白天应该会更暖和些，我记得当时想着脚印会融化掉。

我按了门铃，他开门时，我拿枪指着他的额头。他往后退，我跟着他。我关上门。房子里弥漫着烟和食用油的味道。费舍曼告诉我，古斯塔沃是他长期的一个街头毒贩，他最近发现古斯塔沃一直在偷钱和毒品。我的任务就是开枪打死他，简单明了。如果我当时当地这么做了，事情就会大不一样了。但我犯了两个错误：我看了他的脸，还让他开口说话了。

"你要打死我吗？"

"是的。"我说。但没有开枪。他有一双棕色的小狗般的眼睛，嘴角两边留着一撮愁眉苦脸的小胡子。

"费舍曼给你多少钱？"

"足够多的钱。"我扣动扳机。他的一个眼球在颤抖。他打了个哈欠。我听说狗紧张的时候会打哈欠。但扳机不管用。错了，是我的手指不管用。真他妈倒霉。在他身后的走廊里，我看到一个架子，架子上挂着一副连指手套和一顶蓝色的羊毛帽子。

"戴上帽子。"我说。

"什么？"

"羊毛帽。把它拉到你脸上。现在。否则……"

他照我说的做了。变成一个没有五官、柔软的蓝色娃娃头。他站在那里，小肚腩藏在埃索 T 恤衫下，手臂无力地垂在两侧，看上去仍然很可怜。但我想我能做到。只要我不必看到他们的脸。我瞄准了帽子。

"我们可以平分。"我看到他的嘴在羊毛帽下面移动。

我开枪了。我确信我开枪了。但我肯定没有开枪，因为我还能听到他的声音。

"如果你放我走，就能得到一半的钱和安非他命。光是现金就有九万。费舍曼永远不会发现，因为我会永远消失。去国外，给自己换个新身份。我发誓。"

大脑是一种奇妙的东西。虽然我大脑的一部分知道这是一个愚蠢、致命的想法，另一部分却在认真考虑。九万。加上三万的奖金。我还不用打死这家伙。

"如果你再出现，我就完蛋了。"我说。

"我们都会完蛋，"他说，"钱袋也给你。"

×。

"费舍曼等着看尸体。"

"就说你不得不处理掉。"

"我为什么要这么做？"

帽子下面的人沉默了。只有两秒钟。"因为尸体里有指控你有罪的证据。你本想直接射穿我的头，但子弹没出来。这也跟你的小手枪相吻合。子弹留在了我的脑袋里，会把你和这起谋杀案联系起来，因为你在另一起枪击案中用过这把枪。所以你得把我的尸体塞进车里，然后扔到邦尼峡湾里。"

"我没有车。"

"你开了我的车。我们可以把它丢到邦尼峡湾旁边。你有驾照吗？"

我点点头。然后意识到他看不到。还意识到这是个多么糟糕的主意。我又举起了枪。太晚了，他已经摘下了帽子，正咧着嘴对我笑。充满活力的眼睛。一颗金牙闪闪发光。

事后看来，人们很容易会问，我为什么不在古斯塔沃给了我埋在煤箱里的钱和毒品之后就在地窖里开枪打死他。我本可以把灯关掉，朝他后脑勺开上一枪。然后费舍曼就能得到他的尸体，我得到的不是一半，而是所有的钱，也不用为古斯塔沃什么时候会再次现身而提心吊胆了。这对一个好使的脑子来说应该是一个简单的算式。确实如此。问题是不开枪打死他对我来说意义更加重大。而且我知道他需要一半的钱才能逃走躲起来。归根结底，我只是一个可怜、软弱的傻瓜，活该摊上命运扔来的倒霉事。

但安娜不活该。

安娜应该得到更好的。

她应该得到活下去的机会。

一阵咔嗒声。

我睁开眼睛。驯鹿跑开了。

有人来了。

5

我透过望远镜看到了他。

他步态蹒跚，身材矮小，罗圈腿，帚石南都扫到了他的胯部。

我放下来复枪。

到达小屋后，他摘下小丑帽子，擦擦汗水，咧嘴一笑。

"现在能来一杯冰镇的维德纳就好了。"

"恐怕我没有——"

"萨米白兰地。最好的蒸馏酒。你有两瓶。"

我耸耸肩，然后我们进去了。我打开了其中一瓶。把室温的透明液体倒入两个杯子里。

"干杯。"马蒂斯举着一个杯子说道。

我什么也没说，而是一口把那毒药似的酒咽了下去。

他很快就效仿我的做法，擦了擦嘴。"啊，真不错。"他把杯子伸过来。

我把它倒满。"你跟踪克努特了？"

"我知道这两瓶维德纳不是给他父亲喝的，所以我得确保那孩子不是想自己喝。你必须有点责任感。"他咧嘴一笑，一股棕色的液体从他上唇后面滴到了他那黄色的门牙上，"所以这就是你要住的地方。"

我点点头。

"打猎打得怎么样？"

我耸耸肩。"在对老鼠和旅鼠这么糟糕的年景里，没有那么多松鸡。"

"你有把来复枪。在芬马克有很多野生驯鹿。"

我喝了一口酒。味道真的很糟糕，即使第一杯已经让我的味蕾麻木了。

"我一直在想，乌尔夫，你这样的一个人在考松的小木屋里做什么。你不是来打猎。也不是为了获得安宁，否则你肯定说了。所以，是为了什么？"

"你觉得天气会怎么样？"我又给他倒了杯酒，"风更大？阳光更少？"

"冒昧问一下，你是不是在逃避什么人。警察？还是你欠了别人钱？"

我打了个哈欠。"你怎么知道这酒不是给克努特的父亲喝的？"

他又宽又低的额头上皱起了眉头。"雨果？"

"我能闻到他工作间里的酒味。他并非滴酒不沾。"

"你去过他的工作间吗？莱亚让你进她家了吗？"

莱亚。她叫莱亚。

"你，一个不信上帝的人？现在——"他突然不说话了，脸上绽放出笑容，他笑着倾过身来，拍了拍我受伤的肩膀，"那就对了！女人啊！你是一个，那种欲火中烧的家伙。有个已婚男人在找你，对吗？"

我揉了揉肩膀。"你怎么知道？"

马蒂斯指着他那双细长的斜眼。"你知道，我们萨米人是大地的孩子。你们挪威人走的是理性之路，而我们只是理解不了你们愚蠢的巫师，但我们感知得到事物，我们看得到。"

"莱亚只是把这把来复枪借给了我，"我说，"直到她丈夫捕鱼回来。"

马蒂斯看着我。他的下巴一上一下，因为咀嚼而做着半圆形运动。他喝了一小口酒。"这样的话，你可以保留它很长一段时间了。"

"哦？"

"你在想我怎么知道这酒不是给雨果喝的。那是因为他捕鱼回不来了。"他又喝了一小口，"今早有消息说他们找到了他的救生衣。"他抬头看着我，"莱亚没提吗？不，我想她不会提的。过去两周以来，教区一直在为雨果祈祷。他们——莱斯塔迪教徒——认为这意味着无论海上天气多么恶劣，他都会得救。否则就是亵渎神明。"

　　我点点头。所以克努特说他妈妈让他不用担心他父亲是在撒谎，是这个意思。

　　"但现在他们不必祈祷了，"马蒂斯说，"现在他们可以说上帝给了他们指示。"

　　"所以是海岸警卫队今早找到了他的救生衣？"

　　"海岸警卫队？"马蒂斯笑了，"不，他们一周前就停止搜索了。一个渔民在赫瓦斯岛以西的海面上发现了他的救生衣。"他看到了我脸上疑惑的表情，"渔民们会把自己的名字写在救生衣的内侧。救生衣比渔民漂得久。这样直系亲属就能确切知道。"

　　"真不幸。"我说。

　　他心不在焉地凝视着外面的天空。"哦，还有很多比当雨果·埃利亚森的遗孀更不幸的事情。"

　　"你这话是什么意思？"

　　"谁知道呢？"他若有所指地看着他的空杯子。我不知道他为什么那么想喝酒，他家里一定有成箱的酒。也许原材料很贵。我给他倒满了。他用酒润了润嘴唇。

　　"抱歉，"他说完放了个屁，"说起来，埃利亚森兄弟年轻的时候就很有头脑。他们很早就学会了打架。很早就学会了喝酒。也很早就学会了如何得到自己想要的东西。他们是从他们的父亲那里学到的这一切，当然了，他有两艘船，有八个人在船上工作。当年莱亚是考松最漂亮的女孩，长长的黑发，还有那双眼睛。即使有个伤疤。她的父亲，雅各布牧师，像一只鹰一样监视着她。你知道，如果一个莱斯塔迪教徒搞婚外情，那他们都得下地狱，男的，女的，还有孩子。不是说莱亚不知道如何照顾自己。她很坚强，知道自己想要什么。但很明显，对于雨果·埃利亚森……"他深深地叹了口气，转动着手中的杯子。

　　我一直等着，然后才意识到他在等待我的追问。"怎么回事？"

"只有他们两个才真正知道。但还是有点奇怪。她十八岁，从来没有多看他一眼，他二十四岁，很生气，因为他认为她应该崇拜他走过的土地，因为他将会继承几艘渔船。一天埃利亚森家有一个酒后聚会，在莱斯塔迪教堂有个祈祷会。莱亚独自走回家。那是在极夜季节，所以谁也没看到任何东西，但是有人说他们听到了莱亚和雨果的说话声，接着一声尖叫，之后就没动静了。一个月后，雨果穿着正装站在祭坛边，看着雅各布·萨拉，他牵着表情冰冷的女儿走过过道。她眼里含着泪水，脖子和脸颊上都有淤伤。我得说，那是我最后一次看到她身上有淤伤。"他喝完杯子里的酒，站了起来，"但我又知道些什么呢，我只是一个可怜的萨米人，也许他们一直都很幸福。总有人会幸福的，因为总是有人结婚。所以我要回家了，因为我必须去送三天后在考松举行的婚礼要用的酒。你要去吗？"

"我？恐怕我没有受到邀请。"

"谁都不需要受到邀请，在这里，任何人都受到欢迎。你以前参加过萨米人的婚礼吗？"

我摇了摇头。

"那你应该来。一个持续三天的聚会。好吃的食物，性欲高昂的女人和马蒂斯酿的酒。"

"谢了，但我有很多事情要做。"

"在这儿？"他咯咯地笑了笑，戴上帽子，"你最终会来的，乌尔夫。独自在高原上过三天比你想象的要孤独。那种沉静会影响你，尤其是对一个在奥斯陆生活了几年的人来说。"

我突然意识到他知道自己在说什么。况且，我不记得告诉过他我来自哪里。

我们走出去时，那头驯鹿正站在离小屋只有十米远的地方。它抬起头看着我。然后它好像意识到离我太近了，后退了几步，然后转过身慢慢地走开了。

"你不是说这里的驯鹿都被驯服了吗？"我说。

"没有驯鹿会被完全驯服的，"马蒂斯说，"即使是那头也有主人。它耳朵上的记号会告诉你是谁偷的。"

"它跑动时发出的咔嗒声是什么？"

"那是它膝盖上的肌腱。如果那个已婚男人出现了，会是个不错的警报，对吧？"他大声笑了起来。

我不得不承认，我也曾有过同样的想法：这头驯鹿是一只不错的看门狗。

"婚礼上见，乌尔夫。仪式在上午十点举行，我保证会很漂亮。"

"谢谢，但我不会去的。"

"那好吧。再见了，日安，保重。如果你要去任何地方，我祝你一路平安。"他吐了一口痰。那坨东西太重了，帚石南都被它压弯了。他继续咯咯地笑着，朝村子的方向一瘸一拐地走去。"如果你病了——"他扭过头来喊道，"——祝你早日康复。"

6

嘀嗒，嘀嗒。

我凝视着地平线。大致朝着考松的方向。但他们可能会绕个远路，穿过树林，从后面攻击我。

我只是小杯地喝，但即便如此，还是在第一天就喝完了第一瓶。我设法等到第二天才打开第二瓶。

我的眼睛刺痛得更厉害了。我最后躺到床上，闭上眼睛，并告诉自己，如果有人靠近，我会听到驯鹿膝盖上的肌腱发出的声音。

相反，我听到了教堂的钟声。

一开始我搞不清那是什么。它随风而来，是一种微弱的余音。但之后——当微风从村庄的方向吹来时——我听得更清晰了。敲钟的声音。我看了看时间。十一点。是不是说今天是周日？我认为是的，并决定从现在开始记录当天是周几。因为他们会在工作日来。干活的日子。

我不停地打瞌睡。我控制不住。就像独自一人在公海上的一艘船上——你睡着了，只希望不要撞上任何东西或翻船。也许就是因为这个，我才梦到自己在划一条满是鱼的船。能救安娜的鱼。我很急，但风从岸上吹来，我划呀划，用力拉桨，直到手上磨破了皮，开始流血，这意味着我没法紧握船桨，于是我撕碎衬衫，把布条缠到船桨上。我顶着风，逆着水流，但没有更靠近陆地。那么，船上装满了可爱的肥鱼又有什么用呢？

第三天夜里。我醒来时不知道刚听到的嚎叫是梦还是现实。不管怎样，那条狗，或者不管它是什么，离得更近了。我出去小便，看到太阳在树丛上方缓缓移动。被薄薄的树梢遮住的部分比昨天更多了。

我喝了一杯酒，又睡了几小时。

我起床，煮了咖啡，在一片面包上涂了黄油，然后去外面坐了下来。我不知道是因为蠓油还是我血液里的酒精，但蠓虫终于厌倦了我。我试着用一块面包皮引诱驯鹿靠近些。我用双筒望远镜看它。它抬起头，也看着我。想必它能闻到我的气味，就像我能看到它一样。我挥了挥手。它的耳朵抽动了一下，但除此之外，它的表情没什么变化。就像四周的风景一样。它的下巴像水泥搅拌机一样不停地搅动。反刍动物。像马蒂斯一样。

我用望远镜沿着地平线搜索。我把潮湿的灰烬涂在来复枪的镜头上。我看了看时间。也许他们会等天更黑些，这样他们就可以偷偷地爬到我身边。我必须睡觉。我得弄到些安定。

一个六点半的早上，他来到门口。

门铃竟没把我吵醒。安定和耳塞。还有睡衣。一年四季都如此。公寓里毫无用处的旧单层玻璃窗什么都挡不住：秋天的雨，冬天的寒气，鸟鸣，还有那辆一周三天倒着开进院子的该死的垃圾车的声音——换句话说，就在我位于一楼卧室的窗户下面。

天知道，那该死的腰包里有足够的钱来装双层玻璃，或者搬到楼上住，但是世界上所有的钱都无法挽回我失去的东西。自从葬礼过后，我什么都没做，除了换了把锁。我装了一把该死的德国锁。这里从来没有人闯入过，但鬼知道为什么没有。

他看起来像个穿着他爸爸的大号西装的孩子。瘦骨嶙峋的脖子从衬衫上方伸出来，上面顶着这个留着一小绺刘海的大脑袋。

"什么事？"

"费舍曼派我来的。"

"好的。"我觉得自己在打冷战,尽管穿着睡衣,"你是谁?"

"我是新来的,我叫约翰尼·穆厄。"

"好的,约翰尼。你本来可以等到九点钟,然后你就会在商店的后屋找到我。穿好了衣服。"

"我来这里是为了古斯塔沃·金……"

×。

"我能进来吗?"

考虑他的要求时,我看着他那件粗花呢西服左边的凸起。一把大号手枪。也许这就是他穿这么大的西服的原因。

"只是为了把事情弄清楚,"他说,"费舍曼非要这么做。"

拒绝让他进来看起来会很可疑。也毫无意义。

"当然,"我打开门说,"咖啡?"

"我只喝茶。"

"恐怕我没有茶了。"

他把刘海推向一边。他食指上的指甲很长。"我没说我想喝茶,汉森先生,只是我平时只喝茶。这是客厅吗?你先请。"

我走进去,把一张椅子上的几张《疯狂》唱片和一些明格斯和莫妮卡·塞特隆德的专辑推掉,坐了下来。他坐在了吉他旁边弹簧坏了的沙发上。他陷得太深了,只好把桌上的空伏特加酒瓶挪开才能看清我。也是为了找到一条开阔的弹道。

"古斯塔沃·金的尸体昨天被发现了,"他说,"但不是你跟费舍曼说的抛尸地点邦尼峡湾。唯一对得上的是他脑袋里有一颗子弹。"

"该死,尸体被移走了吗?在——"

"萨尔瓦多,在巴西。"

我缓缓地点点头。

"是谁……"

"我，"他说，右手伸到外套里，"用这个。"那不是一把手枪，而是左轮手枪。又大又黑，又恶毒。安定的药效已经过去了。"前天。在那之前他活得好好的。"

我继续缓缓地点头。"你怎么找到他的？"

"如果你每晚都坐在萨尔瓦多的一家酒吧里吹嘘自己是如何把挪威的毒枭要得团团转，挪威的毒枭迟早会发现的。"

"他真蠢。"

"话虽如此，我们总归找到他了。"

"即使你们相信他已经死了？"

"费舍曼会一直寻找欠他债的人，直到他看到尸体。他从未停止，"约翰尼薄薄的嘴唇微微一笑，"费舍曼总能找到他要找的东西。你和我也许不知道怎么做，但他知道。总是这样。这就是他被称作费舍曼的原因。"

"古斯塔沃说过什么，在你……"

"金先生坦白了一切。所以我开枪打了他的头。"

"什么？"

约翰尼·穆厄做了个动作，像是耸肩，但他穿着那件超大的西装，几乎看不出来。"我让他选快的或慢的。如果他不和盘托出，就会是慢的。我相信，作为一个修理工，你肯定清楚一枪打中胃部的效果。胃酸进入脾脏和肝脏……"

我点点头。尽管不知道他在说什么，但我也还有点想象力。

"费舍曼要我给你同样的选择。"

"如果我坦……坦白呢？"我的牙齿在打战。

"如果你把金先生从费舍曼那里偷来的钱和毒品还给我们，而你得到了其中的一半。"

我点点头。安定的药效逐渐消失的坏处是我很害怕，而感到害怕真他妈的痛苦。好处是我实际上有了一定的思考能力。我突然想到，这简直就是我和古斯塔沃的黎明袭击场景的副本。那我何不复制古斯塔沃的做法呢？

"我们可以分摊。"我说。

"像你和古斯塔沃那样？"约翰尼说，"所以你最终会落得他的下场，而我落得你的下场？不，谢了。"他把刘海拂到一边。他的指甲刮过前额上的皮肤。让我想起了鹰爪。"要快的还是慢的，汉森先生？"

我吞了口口水。快想，快想。但我没有看到解决办法，只看到我的人生——我的选择，错误的选择——擦肩而过。默默地坐在那里时，我听到窗外传来柴油机的声音、说话声和无忧无虑的笑声。环卫工人。我为什么没做个环卫工人呢？诚实劳动，清理垃圾，服务社会，快乐地回家。独自一人，但至少我可以带着满足感上床睡觉。等一下。床。也许……

"我把钱和毒品都放在卧室里了。"我说。

"我们走。"

我们站了起来。

"你先请，"他挥着左轮手枪说，"长者先请。"

当我们走了几步穿过走廊走到卧室时，我想象着之后的场景。我会走到床边，他在我身后，手里拿起枪。我会转过身来，不看他的脸，然后开火。简单。要么他死要么我死。我只需要不看他的脸。

我们到了卧室。我朝床走去。抓住枕头。抓住手枪。转身。他张开了嘴。睁大了眼睛。他知道自己要死了。我开枪了。

也就是说，我本想开枪的。我身体的每一寸肌肉都想开枪。也都开枪了。除了我的右手食指。事情又发生了。

他举起左轮手枪对准我。"你真蠢，汉森先生。"

才不蠢，我想。任由病情发展，晚一两周拿到治疗的钱但为时已晚，那才愚蠢。把安定和伏特加混在一起确实愚蠢。但在自己命悬一线的关头没能开枪，这是一种遗传缺陷。我是一种进化异常，只有我立即灭绝，人类的未来才会更加光明。

"打头还是打肚子？"

"头。"我说，然后走向衣柜。我拿出一个棕色的箱子，里面装着腰包和成袋的安非他命。我转过身来面对他。看到他位于左轮手枪瞄准器上方的眼睛，另一只眼睛眯着，鹰爪扣在扳机上。有那么一会儿，我不知道他在等什么，然后我意识到了。环卫工人。他不想让他们从窗下听到枪声。

就在窗户下面。

一楼。

薄玻璃。

也许我的达尔文式造物主并没有抛弃我，因为当我转身向窗户跑去时，脑子里只有一个念头：活命。

我不能保证接下来的细节都完全正确，但我想我把箱子——或者手枪——举在身前，打碎并穿过了玻璃，仿佛那是一个肥皂泡，然后我就从空中掉落。我的左肩撞到了垃圾车的车顶，翻了个身，感觉到被太阳晒暖的金属贴在我的肚子上，然后我从车的一侧滑下去，直到我的赤脚撞到地面，落到柏油路上。

所有的声音都安静了，两个穿着棕色工作服的人站在那里僵住了，只是呆呆地看。我拉起睡裤——那条裤子已经滑了下来，抓起箱子和手枪。我抬头看了一眼窗户。约翰尼站在一扇碎玻璃窗后面，低头看着我。

我朝他点点头。

他对我微微一笑，把留着长指甲的食指举到额头。事后看来，这个动作像是在敬礼：这一轮我赢了。但我们会再见面的。

然后，我转过身，在晨曦中沿着街道跑去。

马蒂斯是对的。

这片风景，这份宁静，确实对我有点影响。

　　我在奥斯陆独自生活了几年，但在这里仅仅三天之后我便觉得难以忍受，这种与世隔绝是一种压力，一种无声的啜泣，一种水和私酿酒都无法满足的干渴。所以，我凝视着空旷的高原，上方是灰蒙蒙的天空，没有了驯鹿的踪影，我看了看时间。

　　婚礼。我以前从未参加过婚礼。这对一个三十五岁的家伙来说意味着什么？没有朋友？或者只是交错了朋友，那种没有人想结交，更不用说想嫁的朋友？

　　所以，是的，我看了看水桶里的倒影，拍了拍西服外套上的灰尘，把手枪塞到后腰的腰包里，朝考松走去。

7

当教堂的钟声再次响起时，我已经走得足够远，可以看到下面的村庄了。我加快了速度。天气变冷了。可能是因为多云。也许是因为这里的夏天会突然结束。

一个人都看不到，但教堂前面的碎石路上停着几辆车，能听到里面的管风琴音乐。这是否意味着新娘正往祭坛走，还是只是热身的一部分？就像我说的，我以前从没参加过婚礼。我看了看停着的汽车，看看她是否坐在其中一辆车里等着进去。我注意到车牌前面都有一个字母 Y，表示它们来自芬马克。除了一辆黑色的大旅行车，车牌号码前没有字母。来自奥斯陆。

我走上教堂前的台阶，小心翼翼地把门打开。几张长椅上坐满了人，我悄悄地走进去，在后排的长椅上找到了一个位置。音乐停止了，我向前望去。我没看到新婚夫妇，所以至少我赶得及看到整个过程。我看到前排有不少萨米人的夹克，但没有我期待中能在萨米人婚礼上看到的那么多。在前排长椅上，我认出了两个人的后脑勺。克努特乱蓬蓬的红发，莱亚光泽的瀑布似的黑发。她的头发部分被面纱遮住了。从我坐的地方看不到太多东西，但想必新郎正和他的伴郎坐在靠近祭坛的前排，等待着新娘。低语声、咳嗽声和哭泣声混杂在一起。这样一群保守、阴沉的会众，有一点相当吸引人，那就是他们仍然很容易为新婚夫妇而感动。

克努特转过身来，看着人群。我试图吸引他的目光，但他没有看到我，或者至少没有回应我的微笑。

风琴又响了起来，会众以惊人的热情跟着音乐歌唱。"愿与我主相亲……"

不是说我对赞美诗有多少了解，而是我觉得婚礼上选这首歌很奇怪。而且我从没听过它被唱得这么慢。会众把所有的元音尽力拉长："与主相近，虽然境遇困难，十架苦辛。"

听了大约五节之后，我闭上了眼睛。可能纯粹是因为无聊，但也可能是因为经历了这么多天的警觉之后，在人群中感觉到了安全。不管怎样：我睡着了。

然后我在南方口音中醒来。

我擦去嘴角的口水。也许是有人用肘轻推了一下我受伤的肩膀——不管怎样，肩膀很疼。我揉了揉眼睛。看到指尖因为睡觉而被压成了黄色。我眯着眼睛。前面用南方口音讲话的人戴着眼镜，头发又细又白，他穿着我盖过的那件法衣。

"……但他也有弱点。"他说。弱点。"我们都有的弱点。他是一个能够在犯罪后逃离冲突的人。他失去了方向，希望只要他离开的时间足够长，问题就会消失。但我们都知道，我们逃不过上帝的惩罚，主总会找到我们。但他也是耶稣的一只迷路的羊，一只跟羊群走散了的羊，一个慈悲的耶稣想要拯救的人，只要罪人在死亡来临时祈求上帝的宽恕。"

这不是婚礼布道。祭坛上也没有新婚夫妇。我在长椅上坐直身子，伸长了脖子。然后我看到了，就在祭坛前面。一口大棺材。

"即便如此，也许在他踏上最后一程时，他正希望能忘记自己的过去。希望他的债务将到期，希望他的罪过将被一笔勾销，不必偿还。但他被召去了，我们也都会这样。"

我瞥了一眼出口。两个人站在门的两边，双手合十放在身前。他们都盯着我看。黑色西装。修理工的穿着。外面那辆来自奥斯陆的旅行车。我被骗了。马蒂斯被派去小木屋里引诱我离开据点，到村子里来。参加葬礼。

"因此我们今天站在这里，这口空棺材……"

我的葬礼。一口空棺材在等着我。

我额头上冒出了汗。他们的计划是什么，会怎么发生？他们是要等到仪式结束，还是当着大家的面在这里把我杀了？

我将一只手伸到身后，确保手枪还在。我要努力开枪杀出一条血路吗？或者引起一场闹剧，站起来指着门边的两人，大喊他们是毒贩派来的奥斯陆杀手？但是，如果村民们自愿来这里参加一个来自南方的陌生人的葬礼，他们又有什么好处呢？费舍曼一定给了村民们钱，他甚至设法让莱亚同意了这个阴谋。或者，如果她说的是真的，而且这里的人不太在意世俗财产，也许费舍曼的人已经开始散布谣言，说我是恶魔的化身。天知道他们怎么办到的，但我知道我必须逃离这里。

我用眼角的余光看到两个修理工中的一个转向另一个，低声说着什么。这是我的机会。我抓住枪柄，从裤腰里掏出枪来，站了起来。我现在就得开枪，趁他们还没来得及转向我，这样我就不用看他们的脸了。

"……对雨果·埃利亚森来说，尽管天气不好，他还是独自出海。去钓鳕鱼，他说。或者为了逃避他有待救赎的行为。"

我又沉重地坐到长椅上，把手枪塞回腰包里。

"我们必须希望，作为一个基督徒，他跪在船上祈祷，祈求宽恕，祈求让他进入天国。在座的许多人都比我更了解雨果，但与我交谈过的人说，他们相信雨果会这样做，因为他是一个敬畏上帝的人，我相信我们的牧羊人耶稣听到了他的话，并把他带回了羊群。"

直到现在我才意识到我的心跳得多快，仿佛要从胸膛里跳出来似的。

会众又开始唱歌了。

"纯洁而强大的羊群。"

有人递给我一本兰斯塔的赞美诗，指着黄色的书页友好地点了点头。从第二节开始我也开始唱。纯粹是出于宽慰和感激，我感谢上帝让我多活了哪怕一小会儿。

我站在教堂外看着黑色旅行车载着棺材开走了。

"也好,"一位在我旁边停下的老人说,"一座水做的坟墓总比没有坟墓好。"

"嗯。"

"你就是那个待在狩猎小屋里的人吧,"他看着我说,"所以,你打到松鸡了吗?"

"不多。"

"是,我们会听到枪声的,"他说,"这样的天气里声音传得很远。"

我点点头。"灵车为什么挂着奥斯陆车牌?"

"哦,阿龙森一贯如此,他就爱卖弄。他在那里买的,我敢说他觉得这使车看起来更漂亮。"

莱亚和一个高个子的金发男人站在教堂的台阶上。排队等候哀悼的人迅速得到接待。就在车子快看不见的时候,她喊道:"好了,欢迎你们去家里喝咖啡。感谢大家的到来,并祝不去的人平安回家。"

我突然想到,她站在那个男人旁边的画面有一种奇怪的熟悉感,好像我以前见过一样。这时刮起一阵大风,高个子男人微微摇晃了一下。

"站在遗孀旁边的是谁?"我问。

"奥韦,他是死者的兄弟。"

当然。结婚照。一定是在同一个地方,在教堂的台阶上。

"孪生兄弟?"

"各方面都一模一样,"老人说,"那么,我们去喝咖啡,吃蛋糕,好吧?"

"你看到马蒂斯了吗?"

"哪个马蒂斯?"

所以不止一个。

"你是说喝酒的马蒂斯吗?"

那就只有一个。

"他今天可能在齐奥韦卡加奇参加米格尔的婚礼。"

"什么？"

"特朗斯泰恩斯莱塔——在鳕鱼肝油石头旁边。"他指着大海。我记得看到过那个码头。"异教徒在下面崇拜他们虚假的神。"他打了个冷战，"那我们走吧？"

在随后的寂静中，我想我能听到远处的鼓声。音乐声。喧哗声。饮酒声。女人的声音。

我转过身来，从后面看到莱亚正朝房子走去。她紧握着克努特的手。死者的兄弟和其他人远远地跟在后面，默不作声。我的舌头在嘴里打转，依然觉得口干舌燥，因为刚刚的打盹，因为极度害怕。也许还因为喝酒。

"喝点咖啡挺好。"我说。

房子里挤满了人，感觉大不一样了。

我一路点着头，从我不认识的人身边走过，他们的目光跟随着我，心里装着没说出口的疑问。其他人似乎都互相认识。我在厨房找到了她，她正在切蛋糕。

"节哀。"我说。

她看着我伸出的手，把刀换到左手上。被阳光晒暖了的石头。坚定的目光。"谢谢。你在小屋过得怎么样？"

"挺好，谢谢，我马上就要回去了。我只是想传达善意，因为在教堂没能做到。"

"你不必马上离开，乌尔夫。吃点蛋糕吧。"

我看了看蛋糕。我不喜欢蛋糕。从未喜欢过。我妈妈过去常说我是个不寻常的孩子。

"是，好吧，"我说，"非常感谢。"

人们开始从我们身后拥进来，所以我用盘子端着蛋糕去了客厅。我走到窗边，然后又被强烈而无声的审视搞得不知所措，只好抬头望着天空，好像担心天要下雨似的。

"上帝安康。"

我转过身来。除了两鬓有点灰白，我面前的这个男人跟她一样有着一头黑发，以及和她一样直截了当的勇敢目光。我不知道该怎么回答。简单地重复"上帝安康"有点假，但是"你好"感觉又太不正式了，几乎有点嬉皮笑脸。所以，我最后僵硬地说了句"日安"，即使今天这个场合不适合这么打招呼。

"我是雅各布·萨拉。"

"我乌尔夫……呃，乌尔夫·汉森。"

"我外孙说你会讲笑话。"

"是吗？"

"但他没能告诉我你的职业是什么。或者你在考松做什么。只说你借了我女婿的来复枪。还说你不是一个有信仰的人。"

我温和地点点头，这点头既不是确认也不是否认，只是表示你听到了对方说的话，然后把一大块蛋糕塞进嘴里，给自己几秒钟的时间思考。我继续咀嚼、点头。

"这也不关我的事，"那人接着说，"另外，你想在这里待多久也不关我的事。但我看得出你喜欢杏仁蛋糕。"

我努力往下咽时，他紧盯着我的眼睛。然后他将一只手放在我受伤的肩膀上。"记住，年轻人，上帝的仁慈是无限的。"他停了一下。我感觉到他手上的温热透过织物扩散到我的皮肤上。"几乎是。"

他微笑着走开了，走向另一位哀悼者，我听到他们低声问候着"上帝安康"。

"乌尔夫。"

我不必回头就知道是谁。

"我们玩秘密躲藏游戏好吗？"他抬头看着我，表情严肃。

"克努特，我——"

"求你了！"

"嗯。"我低头看着剩下的蛋糕残渣，"什么是秘密躲藏？"

"躲起来让大人都不知道你在躲。你不能跑，不能叫，不能笑，不能躲在傻乎乎的地方。我们会在教区集会上玩。很好玩。我先找。"

我环顾四周。只是这里没有其他孩子。一个人在他父亲的葬礼上。秘密躲藏。为什么不呢？

"我数到三十三，"他低声说，"现在开始。"

他转过身面朝墙壁，好像在看他父母的结婚照，而我放下盘子，小心翼翼地走出客厅，穿过走廊。我往厨房瞥了一眼，但她已经不在那里了。我出去了。风越来越大。我绕过那辆旧车。风一阵阵吹过，几滴雨打在风挡玻璃上。我继续绕到房子后面。我靠在工作间开着的窗户下面的墙上。点了根烟。

直到风停了，我才听见工作间里有声音。

"放手，奥韦！你喝多了，不知道自己在说什么。"

"别反抗，莱亚。你不应该哀悼太久，雨果不会想要这样的。"

"你不知道雨果想要什么！"

"好吧，但我知道我想要什么。一直想要。你也知道。"

"快放手，奥韦。不然我要喊了。"

"像你跟雨果共度的那晚那样喊吗？"嘶哑、醉酒的笑声，"你经常争辩，莱亚，但最后还是会让步，服从男人。就像你服从雨果，服从你父亲一样。就像你将要服从我一样。"

"绝不！"

"我们家就是这样，莱亚。雨果是我兄弟，现在他走了，你和克努特就是我的责任。"

"奥韦，别说了。"

"去问问你爸爸。"

在随后的沉默中，我在想自己是否应该有所行动。

我待在原地没动。

"你没了丈夫又带着个孩子，莱亚。理智点。雨果和我分享一切——我向你保证，这正是他想要的。这也是我想要的。好了，过来，让我……噢！该死的女人！"

门砰地关上了。

我听到了更多的低声咒骂。有东西掉到地板上。就在这时，克努特从房子的拐角处走过来。他张大了嘴要喊，而我只好硬着头皮去面对那会把我暴露的喊声。

但他没有出声，而是无声电影版。

秘密躲藏。

我扔掉香烟，匆忙朝他走去，乖乖地举起双臂。我领着他朝车库走去。

"我数到三十三。"我说，然后转身对着他母亲的那辆红色大众。我听到了他跑开的脚步声，接着前门开了。

数完之后，我回到房子里。

她又一个人站在厨房里了，在削土豆皮。

"嘿。"我轻声说。

她抬起头来。她脸颊通红，眼中泪光闪烁。

"对不起。"她吸着鼻子说。

"你今天可以找人帮忙做晚饭的。"

"哦，他们都主动提出了。不过，我想还是让自己忙一点比较好。"

"是的，也许你是对的。"我说着坐在餐桌旁。我注意到她身体略微紧张了一下。"你什么都不用说，"我说，"我只想在离开之前坐一会儿，而且在那里……好吧，我跟别人也没什么好聊的。"

"除了克努特。"

"大多数时间都是他在说。聪明的孩子。在这个年纪，他已经在思考很多事情了。"

"他有很多事情要思考。"她用手背擦了擦鼻子。

"是的。"

我觉得自己正要说些什么，那些话就在嘴边，我只是不太确定说出来的会是哪些。当话说出口时，仿佛已经自动被安排好了，并不受我的控制，但依然逻辑清晰。

"如果你想独自养育克努特，"我说，"但不确定自己能不能应付，我真的很愿意帮助你。"

我低头看着自己的手。听到她停止了削皮。

"我不知道还能活多久，"我说，"我也没有家人。没有继承人。"

"你在说什么，乌尔夫？"

是的，我到底在说什么？这些想法是在我站在窗下的几分钟里出现的吗？

"就是，如果我不见了，你应该看看壁橱左边那块松动的木板下面。"我说。

"在苔藓后面。"

她手里的土豆削皮器掉到了水槽里，面带关切地看着我。"你病了吗，乌尔夫？"

我摇了摇头。

她凝视着我，眼神中流露出那种遥远、忧郁的神情。奥韦看到并沉溺其中的神情。一定是这样。

"那我不确定你怎么会这么想，"她说，"我和克努特会没事的，所以也不用为此担心。如果你想找点什么事把钱花掉，村里有很多人的情况更糟。"

我感到脸颊通红。她转身背对着我，又开始削皮。听到我的椅子摩擦地面的声音，她再次停下。

“谢谢你能来，”她说，“你让克努特高兴了起来。”

“不，谢谢你。”我说，然后朝门口走去。

“还有……”

“嗯？”

“两天后这里有个祈祷会。六点钟。就像我说的，非常欢迎你来。”

我在一个房间里找到了克努特，我猜大概是他的房间。他的小细腿从床底下伸出来。他穿着一双至少小两码的足球鞋。我把他拉出来扔到床上，他咯咯地笑着。

“我要走了。”我说。

“这么快？可是……”

“你有足球吗？”

他点点头，但下唇噘着。

“很好，那你就可以对着车库的墙练习了。画一个圆圈，尽你所能瞄准，然后当球弹回来时停住球。如果你这样做上一千次，等夏天结束，你就会比球队的其他人出色很多。”

“我不在球队里。”

“如果这么做了，你会进球队的。”

“我不在队里，因为我不被允许加入。”

“不允许？”

“妈妈说我可以参加，但外公说运动会让你远离上帝，世上的其他人可以在周日大喊大叫，追着球跑，但对我们来说，周日属于上帝之道。”

“我明白了，”我撒谎道，“你父亲怎么说？”

小家伙耸耸肩。“没说什么。”

“什么都没说？”

"他不在乎。他只关心……"克努特停了下来。他眼里含着泪水。我用胳膊搂住他的肩膀。我不用听。因为我早就知道，我见过很多雨果，其中一些是我的顾客。我自己也喜欢那种逃避方式，我需要那种发泄。只是，当我坐在那里感觉到男孩靠在我身上，无声的啜泣令他温暖的身体轻轻晃动时，我不禁想到，这一定是任何父亲都逃不开，甚至不会想逃开的。它是一种祝福和诅咒，把你紧紧地绑在舵柄上。但我有什么权利评论别人呢？我——不管是不是自愿——在她出生之前就已经弃船了。我放开了克努特。

"你要来参加祈祷会吗？"他说。

"我不知道。但我有另外一个任务给你。"

"好啊！"

"这就像秘密躲藏，什么都不说，跟谁都不说。"

"太好了！"

"巴士多久来一次？"

"一天四次。两次从南来，两次从东来。白天两次，晚上两次。"

"好的。我要你在白天从南来的巴士到达时赶到那里。如果有你不认识的人下车，你就直接来找我。不要跑，不要喊，什么也不说。如果有奥斯陆牌照的车来了也是一样。明白了吗？我每次给你五克朗。"

"就像……间谍任务？"

"差不多吧，是的。"

"他们是要给你带猎枪的人吗？"

"再见，克努特。"我拨弄着他的头发，站了起来。

出去的时候，我遇到了那个高个子金发男人，他正跌跌撞撞地走出厕所。当他还在摸索腰包时，我听到了他身后冲水的声音。他抬起头看着我。奥韦·埃利亚森。

"上帝安康。"我说。

我能感觉到后背上他那沉重、酩酊大醉的凝视。

我在路上走了不远就停了下来。鼓声随着风传来。但我已经满足了自己的饥饿感，我满足了见到其他人的需要。

"我想我该回家痛哭一场了。"托拉夫有时会在深夜说。这总会逗得其他酒鬼咯咯笑。托拉夫恰恰就是这么做的，这是另一回事了。

"放上那个愤怒的家伙的唱片，"我们到家时他会说，"我们来个深海旅行吧。"我不知道他是否真的喜欢查尔斯·明格斯，或者我其他的爵士乐唱片，还是他只是想找另一个痛苦的浑蛋做伴。但时不时地，托拉夫和我会同时进入黑夜。

"现在我们真的痛苦了！"他会大笑起来。

我和托拉夫称之为黑洞。我读过关于一个叫芬克尔施泰的家伙的文章，他发现太空中有很多洞，如果你靠得太近，洞会把一切都吸进去，甚至是光线，而且这些洞非常黑，无法用肉眼观察。这正是那种感觉。你什么都看不见，只是在继续你的生活，然后有一天你能感觉自己被引力场困住了，然后你迷失了方向，陷入了一个毫无希望和无限绝望的黑洞。在那里，一切都是外面的镜像，你会不断地问自己，有没有理由抱有任何希望，有没有什么好的理由不绝望。在这个洞里，你只需要让时间按它的轨迹运行，放上另一个沮丧的灵魂——愤怒的爵士乐手查尔斯·明格斯——的唱片，并希望你能出现在另一头，就像那个该死的爱丽丝从兔子洞里蹦出来一样。但是根据芬克尔施泰和其他人的说法，情况可能就是这样，在黑洞的另一头有一个镜像仙境。我不知道，但我觉得它也是一种宗教，和其他的宗教一样不靠谱。

我望着道路延伸而去的地方。看着那似乎升起然后消失在云层中的地面。在那里的某个地方，漫长的夜晚开始了。

8

博比是皇宫花园的女孩之一。她有一头棕色的长发，还有一双乌黑的眼睛，而且抽大麻。显然这对任何人来说都是极其肤浅的描述，但这是我首先想到的。她话不多，但是爱抽烟，这使她的眼睛变得柔和。我们很相似。她的真名是博格尼，她来自西郊的一个富裕家庭。好吧，她并不像她表现的那么富有；她只是喜欢这个想法罢了：叛逆的嬉皮小女孩摆脱保守的社会观念、经济安全和右翼政治的束缚，为了……好吧，为了什么呢？为了检验一些关于如何生活的天真想法，为了开阔眼界，打破陈规。比如男女一起生个孩子，然后双方都要承担一定的责任。就像我说的，我们很相似。

我们正坐在皇宫花园里，听一个男人用一把没有调好音的吉他弹奏着一首诡异的《时代在变》，博比告诉我她怀孕了。她很确定我就是孩子的父亲。

"很好，我们要做父母了。"我说，尽量不让自己看上去像被人劈头倒了一桶冰水。

"你只需要付生活费。"她说。

"好吧，显然我很乐意尽我的一份力。我们一起。"

"一起是没错，"她说，"但不是和你一起。"

"哦？那么……和谁一起？"

"我和英瓦尔，"她说着朝拿吉他的人点点头，"我们现在在一起，他说他想当父亲。当然，只要你肯付生活费的话。"

我照做了。好吧，所以英瓦尔没在她身边待太久。安娜出生的时候，博比和另一个名字以"伊"开头的家伙在一起，我想可能是伊瓦尔。我被允许不定期地去看安娜，但从来没有讨论过由我来照顾她。我也不认为这是我想要的，至少当时不是。不是因为我不在乎——我第一眼看到她就爱上了。当她躺在婴儿车里骨碌骨碌地看着我时，她的眼睛发出一种蓝色的光芒，即使我并不真正了解她，她也在一夜之间成了我生命中最珍贵的东西。

也许是这个原因。她那么小，那么脆弱，但又那么珍贵，我不想独自照顾她。我做不到。也不敢。因为我注定会做错事，一些无法挽回的事情。我确信自己会以某种方式对安娜造成持久的伤害。不是说我是个不负责任或粗心的人，我只是判断力很差。所以我总是准备听从陌生人的建议，把重要的决定留给别人。即使当我知道他们——在博比这件事上——并不比我好。懦弱可能是我要找的词。所以我没有插手，而是继续卖大麻，每周把一半的钱给博比，那时我会看着安娜微笑的眼睛里那神奇的蓝色闪光，如果博比那时没有男友，我们喝咖啡的时候，也许我还能抱着她。

我告诉博比，如果她能远离皇宫花园和毒品，我就会远离警察，远离费舍曼，远离麻烦。因为如果我进了监狱，她和安娜就没法生活了。就像我说的，博比的父母其实并没有那么富有，而是极度保守的中产阶级，他们非常明确地表示，他们不想和吸烟、滥交的嬉皮士女儿有任何瓜葛，她和孩子的父亲将不得不自食其力，或许在国家的帮助下。

终于有一天，博比说她不能再照顾那个该死的孩子了。安娜一直哭，鼻子在流血，她已经连续发烧四天了。当我低头看着床时，她眼睛里的蓝色光芒已经被眼睛下面的蓝色圆圈所取代；她脸色苍白，膝盖和肘部有奇怪的淤青。我带她去看医生，三天后诊断出来了。急性白血病。一张通往死亡的单程票。医生说她还有四个月的时间。每个人都不停地说，这样的事情不受我们的控制，就像随机、无情、毫无意义的闪电。

我勃然大怒，问问题、打电话、检查、去看专家，最后发现德国有治疗白血病的方法。它并不能拯救所有人，而且要花一大笔钱，但它给了我一样东西：希望。很明显，挪威政府要把钱花在其他事情，而不是渺茫的希望上。博比的父母说，这是命，是挪威卫生服务系统的事，他们不会为某个德国的虚幻疗法付费。我算了算。即使我能卖出五倍的大麻，还是不能及时赚到足够的钱。尽管如此，我还是尽了最大努力，我一天干十八小时，拼命地推销，当夜幕降临，皇宫花园没人了，就朝大教堂走去。我再去医院时，他们问我为什么过去三天都没人来。

"博比没来过吗？"

护士和医生摇摇头，说他们试着给她打过电话，但她的电话好像停机了。

我到博比家时，她正躺在床上，还说她病了，说她付不起电话费是我的错。我去了卫生间，正要往垃圾桶里扔烟蒂，这时我看到了那血淋淋的棉球。再往下一点，我发现了一个注射器。也许我早料到会发生这种事；我见过比博比更脆弱的灵魂越过那条线。

我做了什么？

什么也没做。

我把博比留在那里，试图说服自己，安娜和护士在一起比和她父母中的任何一个在一起都要好，我卖大麻，为了一种我强迫自己相信的浑蛋奇迹疗法存钱，因为另一种结果是我无法承受的，因为我害怕这个眼睛里有蓝光的小女孩会死，甚至强过我对死亡的恐惧。我们会四处寻求安慰：在一本德国医学杂志上，在一个装满海洛因的注射器里，在一本声称只要你皈依他们提出的新救世主便会得到永生的闪亮新书里。所以我卖大麻，数着克朗，算着日子。

这就是费舍曼给我提供工作时的情况。

两天。乌云低垂，却没有下一点雨。地球在转动，但我没有看到太阳。一个又一个钟头甚至变得更加单调。我努力一路睡过去，但发现没有安定这是不可能的。

我快疯了。更疯了。克努特是对的。没有什么比不知道子弹什么时候来更糟糕的了。

第二天晚上，我受够了。

马蒂斯说婚礼将持续三天。

我在小溪里洗了澡。我不在意蠓虫了，它们只有落在我的眼睛上、嘴里或面包上时才会惹我生气。我的肩膀也不疼了。这很有趣，但当我在葬礼后的第二天醒来时，疼痛就消失了。我回想自己有没有做过什么特别的事，但我什么都想不起来。

洗完澡后，我把衬衫洗干净，拧干穿上。希望我到达村子时，衬衫能干得差不多。我不知道该不该拿手枪。最后我决定不带，把它和腰包一起藏在了苔藓后面。我看了看来复枪和子弹盒。我想着马蒂斯说的话。在考松没有人偷东西的唯一原因是没有什么值得偷的。木板后面放不下来复枪，于是，我用在床铺下面找到的油毡纸把枪包起来，藏到了溪水边的四块石头下面。

然后我出发了。

尽管大风阵阵，空气中还是有某种沉重的东西压在我的太阳穴上。好像马上要打雷。也许庆祝活动已经结束了。酒喝完了。可供选择的女人都有主了。但当我走近些，便听到了两天前听到的鼓声。我路过教堂朝码头走去。循着鼓声。

我拐下大路，向东走，上了一座小山。在我面前，一片石灰色的岬角沙漠伸向一片碧蓝的大海。在岬角的颈部，我的正下方，有一块平坦的、常有人走的空地，那就是他们跳舞的地方。一堆大火在一块五六米高的方尖碑状的岩石旁熊熊燃烧。岩石周围有两圈较小的石头。这些石头没有任何真正的对称性，看不出是什么图案，但它们看起来仍然像一座从未完工的建筑物的地基。或者更确切地说是一个破败、被拆除或烧毁的建筑工地。

我朝它们走去。

"你好！"一个穿着萨米夹克的高个子金发青年喊道，他正在空地边上的帚石南丛中撒尿。"你是谁？"

"乌尔夫。"

"那个南方人！迟来总比不来好——欢迎！"他把着老二的手晃了晃，尿液洒得到处都是，然后把它塞回裤子里，伸出手来，"科内柳斯，马蒂斯的表弟！哦，是的。"

我不愿握他的手。

"那就是鳕鱼肝油石，"我说，"这是一座残破的神殿吗？"

"特朗斯泰恩？"科内柳斯摇了摇头，"不，是比伊夫 - 沃拉布把它扔在这里的。"

"真的吗？那是谁？"

"一个相当强壮的萨米人。也许是半神。不，四分之一！四分之一神。"

"嗯，那为什么四分之一神把石头扔在这里？"

"为什么有人扔重石头？当然是为了证明他们可以！"他笑了起来，"你为什么不早点来，乌尔夫？派对快结束了。"

"我搞错了，我以为婚礼是在教堂举行的。"

"什么，跟那些迷信的人？"他拿出一个小酒壶，"马蒂斯比那些血液稀薄的路德宗教徒更擅长主持婚礼。"

"真的吗？那么，是以什么神的名义呢？"我朝火堆和一张长桌子看去。一个穿绿裙子的女孩停止了跳舞，好奇地看着我。即使从远处我也能看出她身材很好。

"神？没有神，他以挪威的名义让他们结为夫妻。"

"他有权这么做吗？"

"哦，是的。他是这个地区的三个授权人之一，"科内柳斯举起一个握着的拳头，一个接一个地伸开手指，"神父、副法官，还有船长。"

"哇。马蒂斯还是个船长？"

"马蒂斯？"科内柳斯笑了起来，从酒壶里喝了一大口酒，"他看起来像个适合出海的萨米人吗？你见过他走路吗？不，老埃利亚森是船长，他只能在他的船上给人主持婚礼，而且从来没有女人踏上过船。哦，是的。"

"你问我见过马蒂斯走路吗，是什么意思？"

"只有游牧的萨米人是罗圈腿，出海的萨米人不是。"

"真的吗？"

"因为鱼，"他递给我那个酒壶，"他们在内陆的高原不吃鱼。所以他们摄入不到足够的碘。他们的骨头很软。"他把膝盖伸出来以示说明。

"而你是……"

"假萨米人。我父亲是卑尔根人，但别告诉任何人，尤其是我妈妈。"

他笑了起来，我也情不自禁地笑了。这酒的味道比我从马蒂斯那里买的还要糟糕。

"那么他是什么？神父？"

"差一点是，"科内柳斯说，"他去奥斯陆学习神学。但后来他失去了信仰，所以就转向了法律。他在特罗姆瑟当了三年的副法官。哦，是的。"

"没有冒犯的意思，科内柳斯，但除非我大错特错，你告诉我的话里十有八成不是谎言就是幻想。"

他装出一副受伤的表情。"天啊，不，马蒂斯先是失去了对上帝的信仰。然后他对法律体系也失去了信心。现在他唯一相信的是酒精含量，至少他是这么说的。"科内柳斯大声笑着，狠狠地拍了拍我的背，害我差点把刚喝的酒又吐出来。这可能是件好事。

"这是什么要命的酒？"我问，同时把酒壶递给他。

"雷卡斯，"他说，"发酵的驯鹿奶。"他悲伤地摇了摇头，"但是现在的年轻人只想要汽水和可乐。滑雪车和热狗。正统的烈酒、雪橇和驯鹿肉，这一切很快就会消失。我们是每况愈下。哦，是的。"他在拧上盖子之前，安慰性地喝了一大口酒，"啊，阿妮塔来了。"

我看着那个穿绿裙子的女孩朝我们走来，看似漫不经心，实则自动校准了方向。

"快看，快看，乌尔夫，"科内柳斯低声说，"让她给你读一下吧，不过仅此而已。"

"读？"

"预知未来。她是个真正的萨满法师。但她想要的东西你是不会想要的。"

"那是？"

"从这里你就可以看到。"

"嗯。为什么不？她结婚了吗？订婚了？"

"不，但你不想要她拥有的东西。"

"拥有？"

"拥有并传播。"

我缓缓地点点头。

他把手放在我肩上。

"但要玩得开心。科内柳斯可不是个爱说闲话的人。"

他转身面向女孩。"嘿，阿妮塔！"

"再见，科内柳斯。"

他笑着走开了。女孩在我面前停了下来，闭着嘴微笑着。她满头大汗，还在因为跳舞而上气不接下气。她额头上长着两个愤怒的粉刺，瞳孔有针眼那么大，还有一双会说话的狂野的眼睛。大麻，可能是安非他命。

"嘿。"我说。

她没有回答，只是从头到脚地打量我。

我换了个姿势。

"你想要我吗？"她问道。

我摇了摇头。

"为什么不呢？"

我耸了耸肩。

"你看起来像个健康的男人。怎么了？"

"我知道你能预知事情。"

她笑了起来。"是科内柳斯说的吗？哦，是的，阿妮塔能看到东西。不过阿妮塔看到你刚才还很热切。怎么，你害怕了吗？"

"不是你，是我，我得了一点梅毒。"

她笑的时候，我才明白她为什么笑不露齿了。"我有避孕套。"

"实际上，不只是这一点。我的那玩意也脱落了。"

她走近了一步。把手放到我的胯部。"感觉不像。来吧，我就住在教堂后面。"

我摇摇头，紧紧抓住了她的手腕。

"这些该死的南方人，"她嘶嘶地说道，然后猛地挣脱了我的手，"快干一场有什么不妥的？很快我们都会死，你不知道吗？"

"是的，我听到了传言。"我说，四处寻找一条合适的逃生路线。

"你不相信我，"她说，"看着我。我说看着我！"

我看着她。

她笑了。"哦，是的，阿妮塔没看错。你眼中透着死亡。别扭头！阿妮塔看到你要射影子。是的，射影子。"

我脑子里拉响了一个小警报。"你说的这些该死的南方人是谁？"

"当然是你。"

"还有哪些南方人？"

"他没说他叫什么名字。"她拉着我的手，"但现在我已经读过你了，你可以——"

我挣脱了。"他长什么样？"

"哇，你真的害怕了。"

"他长什么样？"

"为什么这么重要？"

"求你了，阿妮塔。"

"好吧，好吧，别紧张。瘦瘦的。纳粹刘海。帅气。食指留着长指甲。"

该死。费舍曼总能找到他要找的东西。你和我也许不知道怎么做，但他知道。总是这样。

我咽了咽口水。"你什么时候见到他的？"

"就在你来之前。他进了村子，说他要找人谈谈。"

"他想要什么？"

"他在找一个叫约恩的南方人。是你吗？"

我摇了摇头。"我叫乌尔夫。他还说了什么？"

"没什么。他给了我他的电话号码，万一我听到了什么消息，可以打给他，但那是奥斯陆的号码。你为什么要问这个？"

"我只是在等一个拿着我的猎枪的人出现，但可能不是他。"

所以约翰尼·穆厄在这里。我把手枪留在小木屋里了。我来到一个不安全的地方，却没有带上唯一能让我感到略微安全一点的东西。我原想着如果遇到一个女人，要脱衣服，会有点棘手。现在我遇到了一个女人，而我显然根本不想脱衣服。还有比白痴更低的等级吗？有趣的是，我与其说是害怕，不如说是恼火。我应该更害怕的。他是来杀我的。我躲在这里是因为我想活下去，不是吗？所以我最好他妈的好好表现，好好活下去！

"你说你住在教堂后面？"

她高兴了起来。"是的，不远。"

我抬头看着碎石路。他随时都可能回来。"我们能不能绕道穿过墓地？这样就没人看见我们了。"

"你为什么不想让别人看到我们？"

"想想……呃，你的名声。"

"我的名声？"她哼了一声，"谁都知道阿妮塔喜欢男人。"

"好吧，那想想我的。"

她耸耸肩。"好吧，如果你真的那么珍贵的话。"

房子有窗帘。

过道里还有一双男人的鞋。

"谁的……"

"我父亲的，"阿妮塔说，"你不用小声说话，他睡着了。"

"睡着了不都应该小声说话吗？"

"还害怕吗？"

我看了看鞋子。它们比我的小。"不。"

"很好。走吧。"

我们走进她的卧室。房间很狭小，这张床只够一个人睡。一个瘦子。她从头上把裙子脱下来，解开我裤子的扣子，然后一把拉下我的裤子和内裤。然后她解开胸罩，脱掉内裤。她皮肤苍白，几乎是白色的，到处是红色的印迹和抓痕。但没有针孔。她很好。不是那种人。

她坐在床上，抬头看着我。"你还是把外套脱了吧。"

当我脱下外套，把它和衬衫挂在唯一的椅子上时，我听到隔壁房间传来的鼾声。刺耳的吸气声，噼噼啪啪的呼气声，像个坏了的消音器。她打开床头柜。

"没有避孕套了，"她说，"你得小心点，因为我不想要孩子。"

"我不善于小心，"我急忙说，"从来都不擅长。或者我们可以就……呃，玩一下？"

"玩一下？"她说出这几个词，好像令她感到恶心似的，"爸爸有避孕套。"

她光着身子离开了房间，我听到隔壁房间的门开了。打鼾声卡了一下，然后又恢复如前。几秒钟后，她拿着一个破旧的棕色钱包回来了，她正在里面翻找。

"给你。"她说着朝我扔了一个塑料小方块。

塑料的边缘已经磨损。我想找有效期，但是找不到。

"我用不了避孕套，"我说，"就是没反应。"

"不，会有反应的。"她说着抓住了我下面。

"对不起。阿妮塔，你在考松做什么？"

"闭嘴。"

"嗯。也许它需要一点……呃，碘？"

"我说闭嘴。"

我低头看着那只小手，它显然相信自己能创造奇迹。我想知道约翰尼会在哪儿。在这么小的村子里，不难找到一个人告诉他，最近刚来的那个南方人住在狩猎小屋里。他会去那里察看，还有婚礼派对。科内柳斯答应过会保持沉默。只要我待在原地，就是安全的。

"好了，你看！"阿妮塔高兴地咯咯叫着。

我低头看着这个奇迹，惊讶不已。这一定是某种压力反应。她向后躺到床上，分开双腿。

"我只是想说——"

"你还没说完吗，乌尔夫？"

"我不喜欢事后马上被赶出去。这只是因为自尊，如果你——"

"闭嘴，能走的时候走就行。"

"你保证？"

她叹了口气。"快。"

我爬上了床，尽量不去想避孕套的状况，或是阿妮塔和我的结合体是什么模样。

突然，她僵住了，一点动静也没有了。

我停止了动作。我以为她是听到了什么，比如她父亲的鼾声有些不正常，或是有人靠近了房子。我屏住呼吸仔细听。在我听来，那刺耳的鼾声和以前一样。

接着，我身下的身体突然变得完全无力了。我焦急地低头看着她。她闭着眼睛，没有了生命迹象。我小心翼翼地把拇指和食指放在她的喉咙上，摸摸脉搏。我感觉不到脉搏。妈的，脉搏在哪里，她是……

接着，一个低沉的声音从她的嘴里传出来。先是低沉的咆哮，然后声音越来越大，变成了某种很熟悉的声音。刺耳的吸气声，坏了的消音器一般的呼气声。

是的，有其父必有其女。

我挤在苗条的女性身体和墙壁之间，感觉到背后冰冷的墙纸和贴着大腿的床架。但我很安全。暂时。

我闭上眼睛。突然冒出两个念头。一是我还没有想到安定。二是，你要射影子。

然后我坠入了梦乡。

9

当我在早餐桌旁看到阿妮塔的父亲时,他和我根据他打鼾的声音所想象的形象完全吻合。多毛,肥胖,粗野。我甚至觉得从呼噜声里听到了他的条纹背心。

"没事吧?"他说。语气生硬。在他面前那片吃了一半的面包上戳灭了烟。"你看起来需要来杯咖啡。"

"谢谢。"我说,松了一口气,对着他坐在折叠桌旁。

他看着我。然后他继续看报纸,舔了舔铅笔尖,朝炉子和水壶点点头。"自己去倒。你不能又睡我女儿,又让人给你端咖啡。"

我点点头,在柜子里找到一个杯子。我一边往里面倒了一杯浓咖啡,一边从窗户往外看。还是阴天。

阿妮塔的父亲低头看着报纸。在寂静中,我能听到她的鼾声。

我的表显示是九点一刻。约翰尼还在村子里,还是去别的地方找了?

我喝了一口咖啡。我几乎觉得咽之前要把它嚼一下。

"给我——"那个男人抬头看着我,"——'阉割'的同义词。"

我看着他。"绝育。"

他低头看着报纸。数着。"只有一个'r'?"

"是的。"

"好吧,也许吧。"他舔了舔铅笔,填上了单词。

当我在过道里穿鞋正要离开时,阿妮塔从卧室里冲了出来,赤身裸体,头发蓬乱,眼神狂野。她双臂紧紧地抱住了我。

"我不想吵醒你。"我说,然后徒劳地想走到门口。

"你会回来吗？"

我站直身子，看着她。她知道我知道了。他们通常都不会回来。但她还是想知道。或者不想知道。

"我尽量。"我说。

"尽量？"

"对。"

"看看我。看看我！你保证？"

"当然。"

"好，你说的，乌尔夫。你答应了。没有人不遵守向阿妮塔许下的诺言。你现在可是赌上了你的灵魂。"

我咽了口口水。点点头。准确地说，我没有答应做任何事，只是说尽量。比如，尽量想回来，尽量找时间。我挣脱了一只胳膊，伸手去握门把手。

我绕远路回到小屋。我绕过小山走到东北方向，这样我就可以穿过一片树林。我从树林里悄悄接近小屋。

那头驯鹿在用一只角摩擦着小屋的一角，以此来标明自己的领地。如果里面有人的话，它不敢这么做。尽管如此，我还是溜到小溪边的沟渠里，蹲下身子沿着溪水来到我藏来复枪的地方。我移开石头，把来复枪从油毡中取出，确保已经上了膛，然后迅速朝小屋走去。

那头驯鹿待在原地，饶有兴趣地看着我。天知道它能闻到什么味道。我进了小屋。

有人进来过。

约翰尼进来过。

我环顾房间。变化不大。橱柜门半开着，可能是老鼠的缘故，我总是确保把它关好。空皮箱从双层床下面微微伸出，门内侧的把手上有灰。我把橱柜旁边的木板取下来，把胳膊伸进去。摸到手枪和腰包时，我松了一口气。然后我在一把椅子上坐下，想弄清楚他可能在想什么。

这个皮箱告诉他我之前在这里。但是，没看到钱、毒品或任何其他个人物品，这可能表明我已经离开了，因为我得到了一个更实用的背包什么的。然后他把手伸进烧木头的炉子里的灰烬，看是否还有热度，估摸一下我走了多久。

我只能想到这里。接下来呢？如果他不知道我可能去了哪里，以及我为什么离开考松，他会去别的地方吗？还是他正躲在附近等我回来？但如果真是这样，他不应该更加小心地掩盖行踪，不让我起疑心吗？或者等等！我在这里，想着这些他来过的明显迹象意味着他已经离开了，如果这正是他想让我产生的想法呢！

妈的。

我拿起望远镜，扫视地平线，现在我对它已经了如指掌。找一个以前不在那里的人或东西。凝视。集中注意力。

我又看了一次。

大约过了一小时，我开始感到疲倦。但我不想煮咖啡，有烟的话会让几公里之内的人知道我回来了。

要是天开始下雨，那些乌云卸下云层中的水滴，该有多好啊，要是发生点什么事该有多好啊。这该死的等待快把我逼疯了。

我放下望远镜。闭上一会儿眼睛。

我向驯鹿走去。

它警惕地看着我，但一动没动。

我抚摸着它的鹿角。

然后我爬到它的背上。

"快走。"我说。

它走了几步。一开始有些犹豫不决。

"对了！"

然后它更加坚定了。也更快了。向村子走去。它的膝盖咔嗒作响，越来越快，就像盖革计数器接近原子弹一样。

教堂曾经被烧毁。很明显，德国人去过那里。追捕抵抗军成员。但是废墟仍然矗立，尚有余温，在缓慢燃烧着。石头与灰烬。他们围着黑色的石头跳舞，其中一些人赤身裸体。他们跳得非常快，尽管牧师的歌声缓慢而费力。他的白色长袍被烟熏黑了，面前站着新婚夫妇，她一身黑色，他一身白色，从白帽子到白色木鞋。歌声渐渐消失，我骑得更近了。

"以挪威的名义，我宣布你们结为夫妻。"他说，然后把棕色的唾液吐在他旁边的十字架上，举起法官的木槌，敲着焦黑色的祭坛栏杆。一次。两次。三次。

我惊醒了。我头靠墙坐着。该死，这些梦把我累坏了。

但还能听到砰砰的声音。

我的心跳停止了，我盯着门。

来复枪靠在墙上。

我没从椅子上站起来就抓住了它。我把枪托抵在肩膀上，脸颊贴着枪托一侧。手指扣在扳机上。我呼了一口气，才意识到自己一直憋着气。

又敲了两声。

接着门开了。

天已经放晴了。已经是晚上了。因为门是向西的，门口的人背对着太阳，所以我只能看到一个围着橙色光环的黑暗轮廓映在低矮的山丘上。

"你要开枪打我吗？"

"对不起，"我说着放下来复枪，"我以为是只松鸡。"

她的笑声深沉而真诚，但她的脸在阴影中，所以我只能想象她眼睛里闪烁的光芒。

10

约翰尼走了。

"他今天坐上了回南方的巴士。"莱亚说。

她让克努特出去拿木柴、打水了。她想要咖啡。还让我解释为什么会有一个打听我下落的南方人找上了她。

我耸耸肩。"南方人有很多。他想要什么?"

"他说他很想和你谈谈。谈正事。"

"哦,对,"我说,"是约翰尼吗?看起来像只涉水鸟?"

她没有回答,只是坐在桌子对面,试图捕捉我的目光。

"他发现你住在狩猎小屋里,便找人给他指路。但你不在这里,后来有人告诉他,葬礼后你去过我家,我想他是觉得我可能知道些什么。"

"你怎么说的?"

我让她捉住我的目光。让她研究一下我的表情。我有很多东西需要隐藏,但也没什么好隐藏的。

她叹了口气:"我说你回南方去了。"

"你为什么这么说?"

"因为我不傻。我不知道你遇到了什么麻烦,我也不想知道,但我不想为事情变得更糟负责。"

"更糟?"

她摇了摇头。这可能意味着她没有表达清楚,是我误解了,或者她不想谈这件事。她透过一条窗户缝往外看。我们能听到克努特在卖力砍柴。

"据他说,你叫约恩,不叫乌尔夫。"

"你相信过是乌尔夫吗？"

"没有。"

"但你还是给他指错了方向。你撒了谎。你的书上对这个怎么说？"

她朝砍柴的方向点了点头。"他说我们需要照顾你。书上也谈到了这一点。"

我们沉默地坐了一会儿。我的手放在桌子上，她的手放在膝盖上。

"谢谢你在葬礼后照顾克努特。"

"没事。他接受得怎么样？"

"挺好，真的。"

"你呢？"

她耸耸肩。"女人总能找到应对的方法。"

砍柴声停止了。他很快就会回来。她继续看着我。眼睛呈现出一种我从未见过的颜色，眼神里透着一种侵蚀性的热情。"我改变主意了。我想知道你在逃避什么。"

"你最初的决定可能更明智。"

"告诉我。"

"为什么？"

"因为我相信你是个好人。好人的罪过总是可以被宽恕的。"

"万一你错了，我不是好人怎么办？那意味着我会在你的地狱里被烧死吗？"这话说出口，比我预想的更痛苦。

"我没错，乌尔夫，因为我能看到你。我能看到你。"

我深吸了一口气。我还是不知道那些话会不会从我嘴里说出来。我在她的眼睛里，蓝色的，像你脚下的大海一样蓝，你十岁的时候，站在一块岩石上，你整个人都想跳，除了你的腿，它们就是不动弹。

"我的工作就是追讨与毒品相关的债务和杀人，"我听到自己说道，"我偷了老板的钱，现在他在找我。我设法让克努特，你十岁的儿子，也参与了进来。我付钱让他替我做间谍。好吧，甚至都不是这样——如果他能报告任何可疑的事情，才会得到报酬。举个例子，如果他看到了一个必要的时候会毫不犹豫地杀死一个小男孩的人。"我从烟盒里磕出一支烟，"我现在还能得到宽恕吗？"

她正要说话，克努特打开了门。

"好了，"他说着把木头扔在炉子前面的地板上，"我饿了。"

莱亚看着我。

"我有鱼丸罐头。"我说。

"呸，"克努特说，"我们不能吃新鲜鳕鱼吗？"

"恐怕我这里没有。"

"不是这里。在海里。我们可以去钓鱼。可以吗，妈妈？"

"现在是半夜。"她平静地说。她仍然盯着我。

"这正是捕鱼的最佳时间，"克努特跳着说，"求你了，妈妈！"

"我们没有船，克努特。"

他过了一会儿才明白她的意思。我看着克努特。他脸色暗了下来。然后他又高兴起来了。"我们可以坐爷爷的船。就在船库里，他说过我可以用。"

"是吗？"

"是的！鳕鱼！鳕鱼！你喜欢鳕鱼，对吗，乌尔夫？"

"我爱鳕鱼，"我说，和她四目相对，"但我不知道你妈妈现在是不是想要。"

"是的，她想，对吗，妈妈？"

她没有回答。

"妈妈？"

"我们让乌尔夫来决定。"她说。

男孩挤到桌子和我的椅子之间，逼我看着他。

"乌尔夫。"

"怎么了，克努特？"

"你来说。"

船库离码头大约一百米。腐烂的海藻和海水的气味激起了一些模糊的夏日记忆：把我的头穿进一件太小的救生衣；一个表弟炫耀着，因为他们有钱到足以拥有一艘船和一个船舱；还有一个满脸通红的舅舅咒骂着，因为他启动不了舷外发动机。

船库里一片漆黑，有一股令人愉快的焦油味。我们捕鱼所需的一切都已经在船上了，船的龙骨扣在一个木制的支架上。

"这对一艘划船来说会不会有点大？"我估计船有五六米长。

"哦，这不过是中等大小的，"莱亚说，"来吧，我们得一起推。"

"爸爸的船要大得多，"克努特说，"是一艘带桅杆的十桨船。"

我们把船推下水，我设法爬进船里，没让腿湿太多。

我把桨放到两对桨架中的一对上，开始平稳有力地划离岸边。我记得有一年夏天，我，一个没了父亲的穷亲戚，被允许去做客，我花了很多精力练习划船，想比表弟划得好。即便如此，我觉得还是能看出莱亚和克努特并不认为有多好。

划出一段距离后，我把桨收进去。

克努特蹑手蹑脚地走到船尾，靠在船舷上，抛出钓线，盯着它看。我能看到他眼中恍惚的神情，他的想象力正自由驰骋。

"好孩子。"我说着脱下之前挂在船库里的钩子上的夹克。

她点点头。

没有风，大海——或者说海洋，莱亚和克努特这么叫——像镜子一样闪闪发光。它看起来很坚固，我们可以踏在上面朝着通红的坩埚似的太阳走去，太阳正挂在北方的地平线上方。

"克努特说你没有家人了。"她说。

我摇了摇头。"幸好没有。"

"那一定很奇怪。"

"什么？"

"没有人。没人想你。没人照顾你。你也没有需要照顾的人。"

"我试过了，"我说着松开一根钓线上的钩子，"但我应付不了。"

"你应付不了有个家庭吗？"

"我照顾不了她们，"我说，"你现在一定已经意识到，我不是那种你可以信赖的人。"

"我听你说了，乌尔夫，但我不知道这是不是真的。怎么回事？"

我把匙状钓饵从钓线上拔了出来。"你为什么还叫我乌尔夫？"

"你告诉我的，这是你的名字，所以我就用这个名字。直到你想被叫其他的名字。每个人都应该被允许时不时换个名字。"

"你叫莱亚多久了？"

她眯起一只眼睛。"你在问一个女人她多大了？"

"我不是想……"

"二十九年。"

"嗯，莱亚是个好名字，没理由改——"

"它的意思是'母牛'，"她打断了我，说道，"我希望别人叫我萨拉。意思是'公主'。但我父亲说我不能叫萨拉·萨拉。所以我已经被当母牛叫了二十九年了。对此，你怎么看？"

"好吧，"我想了一会儿，"哞？"

起初她难以置信地看着我。然后大笑起来。那深沉的笑声。慢吞吞的狂笑。克努特在船尾转过身来。"怎么了？他讲了个笑话吗？"

"是的，"她说，视线依然没有离开我，"我想是的。"

"跟我讲讲！"

"等会儿，"她向我探过身来，"所以，发生了什么事？"

"我不知道发生了什么事，"我把钓线抛出去，"只是来不及了。"

她皱着眉头。"什么来不及了？"

"救我女儿。"水是如此清澈，我都能看到闪闪发光的匙状钓饵越沉越深。直到它消失在一片墨绿色的黑暗中。"当我终于有钱了，她已经昏迷了。我凑够了德国的治疗费，三周后她就去世了。不是说结果会有什么不同，因为已经太晚了。至少医生是这么说的。但关键是我没能做到我该做的事。我让她失望了。这是我生活中经常重复的一句话。但事实是我应付不了……我甚至没办法……"

我吸了吸鼻子。也许我不该把夹克脱了，毕竟我们离北极很近。我觉得有东西放在了我的小臂上。我的汗毛竖了起来。轻轻的触碰。我不记得上次有女人碰我是什么时候了。直到我想起就在不到二十四小时前。这地方，这些人，所有的一切，都见鬼去吧。

"这就是你偷钱的原因，对吗？"

我耸耸肩。

"你为了女儿偷钱，尽管你知道如果他们抓住你会杀了你。"

我往船外吐了口口水，想看到有东西打破水面可怕的平静。"你这么说，听上去还不错，"我说，"这么说吧，我就是一个为时已晚才会为女儿做任何事的父亲。"

"但医生说了，无论如何都已经太晚了，不是吗？"

"他们是这么说的，但他们不知道。谁也不知道。我，你，神父，无神论者，都不知道。所以我们选择相信。相信。因为这总好过意识到在深渊中等着我们的只有黑暗，寒冷，死亡。"

"你真的相信吗？

"你真的相信有一扇珍珠门，门口站着天使和一个叫圣·彼得的家伙吗？事实上，不，你不相信，一个比你们的教派大一万倍的教派相信圣人。

他们认为，如果你不完全相信他们所相信的，不能连最细微的细节都相信，那么你就会下地狱。你真的很幸运，出生在北极附近，在一群真正的信徒中间，而不是在意大利或西班牙。否则你就要走一段很长的救赎之路了。"

我看到钓线松了，就拉了拉。它猛地一扯，显然钩住了什么东西；这里一定很浅。我使劲拉，钓线挣脱了被钩住的东西。

"你生气了，乌尔夫。"

"生气？我是他妈的愤怒，我就是这样。如果你的上帝真的存在，他为什么要这样玩弄人类，为什么他要让一个人出生在苦难中，却让另一个人过着放荡的生活，或者让一些人有机会找到能够拯救他们的信仰，而大多数人却始终对神闻所未闻。他为什么要……他怎么能……"

该死的寒冷。

"带走你的女儿？"她平静地问。

我眨了眨眼。"那里什么都没有，"我说，"只有黑暗，死亡，和——"

"鱼！"克努特喊道。

我们转身看向他。他已经在收线了。莱亚最后拍了拍我的胳膊，然后松开手，靠到船舷上。

我们盯着水下。等着他钓到的东西出现在眼前。不知为什么，我想起了一顶黄色的海员帽。突然，我有了预感。不，这不仅仅是一种预感。我确信他会回来的。我闭上眼睛。是的，我看得很清楚。约翰尼会回来的。他知道我还在这里。

"哈！"克努特高兴地说。

当我睁开眼睛时，一条硕大的鳕鱼正在船底扭动着身子。它的眼睛突出来，好像不敢相信眼前的景象。这也正常——它很难想到事情会变成这样。

11

我们划到一个岛上，龙骨轻轻地冲上沙滩。这座圆润的小岛距离陆地只有几百米，漆黑的陆地从覆盖着帚石南的高原突兀地伸入大海。克努特脱下鞋子，蹚水上岸，把船系在岩石上。我伸手去扶莱亚，但她只是微笑一下，向我做出了同样的举动。

我和克努特生了一堆火，莱亚则把鱼开膛破肚清洗干净。

"有一次我们钓到了那么多鱼，用上了手推车才把船搬空。"克努特说。他已经在舔嘴唇了。

我甚至不记得小时候多喜欢吃鱼。也许是因为它主要以油炸馅饼或炸鱼条的形式出现，或者被做成丸子放到一种精液状的白色酱汁里。

"这儿有很多吃的，"莱亚说着把整条鱼用银箔纸包起来，直接放在火上，"十分钟就好。"

克努特爬到我背上，显然是为马上能吃到鱼而感到兴奋。"摔跤比赛！"他喊道，我努力站起来的时候他还挂在我身上，"南方人必须死！"

"我背上有只蚊子。"我喊道，然后猛地一跳，把他像牛圈骑手一样甩来甩去，直到他高兴地尖叫着落在沙滩上。

"如果要摔跤，最好得体地摔。"

"好啊！怎么得体地摔？"

"相扑，"我说，然后拿起一根棍子在细沙上画了个圈，"先让对方踏出圈子的人获胜。"

我向他演示了每场比赛之前的仪式，我们应该在圈外面对对方蹲下并拍手一次。

"这是在祈祷众神与我们并肩作战，这样我们就不会孤单。"

我看到莱亚皱起眉头，但她什么也没说。

我慢慢抬起手掌，低下头，然后把它们放在双膝上，男孩也仿照我的动作。

"这是为了粉碎恶魔。"我说，然后跺了跺脚。克努特也照做了。

"准备……稳住……"我低声说。

克努特把脸扭成一副咄咄逼人的鬼脸。

"开始！"

他跳进圆圈，用肩膀撞我。

"你出去了！"他得意扬扬地说。

我在圆圈外的脚印说明结果毫无疑问。莱亚笑着鼓起了掌。

"还没结束呢，来自芬马克的摔跤手克努特，"我咆哮了一声，再次蹲下，"先赢五局的便是双叶山。"

"双……"克努特迅速在另一边蹲下。

"双叶山。传奇相扑手。大胖子。准备……稳住……"

我双手锁住他的身体，把他抱到了圈外。

当比分四比四时，克努特已经满头大汗，兴奋得忘了赛前仪式，直接向我扑了过来。

我闪到一边。他没能及时停住，跌出了圈。

莱亚大笑起来。克努特躺在那里一动不动，头埋在沙子里。

我坐到他旁边。

"在相扑比赛中，有些事情比获胜更重要，"我说，"比如，无论胜利还是失败都要表现出尊严。"

"我输了，"克努特趴在沙子上小声说，"我想，赢的时候更容易做到吧。"

"是的。"

"好吧，恭喜你。你是双……双……"

"……叶山。双叶山向你致敬，勇敢的羽黑山。"

他抬起头来。湿漉漉的脸上粘着沙子。"那是谁？"

"双叶山的徒弟。羽黑山最后也成了大师。"

"是吗？他打败了双叶山吗？"

"哦，是的。跟玩一样。他只是需要先学会一些东西。比如怎么输。"

克努特坐了起来。他眯着眼看着我。"输会让你变得更好吗，乌尔夫？"

我缓缓地点点头。我看到莱亚也在专心地看。

"你会更擅长——"我拍死了一只落在我胳膊上的蠓虫，"——输。"

"更擅长输？擅长这个有什么意义吗？"

"人生主要是去尝试你做不到的事情，"我说，"你最终输的比赢的多。即使是双叶山，在他开始赢之前也一直输。擅长做你更常做的事情很重要，不是吗？"

"我猜是吧，"他想了想，"但擅长失败到底是什么意思？"

我在男孩的肩膀上方遇到了莱亚的目光。"敢再输一次。"我说。

"食物准备好了。"她回答说。

鳕鱼的皮粘在了银箔纸上，所以当莱亚打开烤鱼时，我们只需把白色的鱼肉撕下来，塞进嘴里。

"天啊。"我说。我不知道我说的"天啊"是什么意思，但我想不出更好的词了。

"嗯。"克努特咕哝着说。

"我们就缺白葡萄酒了。"我说。

"燃烧。"他龇着牙说道。

"耶稣喝过酒，"莱亚说，"不管怎样，吃鳕鱼的时候要喝红葡萄酒。"当我和克努特都停下来看着她时，她笑了起来。"我听人说是这样！"

"爸爸以前经常喝酒。"克努特说。

莱亚止住了笑声。

"再来摔跤!"克努特说。

我拍了拍肚子,表示我吃太饱了。

"无聊……"他向下撇着下唇。

"看看能不能找到海鸥蛋。"莱亚说。

"海鸥蛋,现在?"克努特问道。

"夏天的蛋,"她说,"很罕见,但确实存在。"

克努特闭上一只眼睛。然后站起来,跑开了,翻过岛的顶部不见了。

"夏天的蛋?"我躺在沙滩上问,"是真的吗?"

"我认为大多数东西都存在,"她说,"我也说了它们很罕见。"

"像你们一样?"

"我们?"

"莱斯塔迪教徒。"

"你就是这么看我们的吗?"她用手遮住阳光,我意识到克努特是从哪里学来的眯起一只眼睛的习惯了。

"不是。"我最后说道,然后闭上了眼睛。

"跟我说说,乌尔夫。"她把我借的夹克放在头下。

"说什么?"

"什么都行。"

"让我想想。"

我们静静地躺在那里。火堆噼啪作响,浪花在岸边轻柔地嬉戏。

"斯德哥尔摩一个夏日的夜晚,"我说,"一切都是绿色的。大家都睡着了。我和莫妮卡慢慢地走回家。我们停下来接吻。然后继续往前走。我们听到一扇开着的窗户里传出笑声。微风从群岛吹来,带着一股青草和海藻的味道。"我在脑海里哼着歌曲,"微风轻拂着我们的脸颊,我把她揽得更紧，黑夜似乎并不存在，只有寂静、阴影和风。"

"真好，"她说，"继续。"

"夜晚短暂而清浅，当画眉鸟醒来时，它就溜走了。一个男人停止划桨看天鹅。当我们走过西桥时，一辆空荡荡的电车从我们身边经过。在那里，在半夜里，当窗户用灯光给城市染上色时，斯德哥尔摩的树木秘密地盛开了。城市为所有熟睡的人，为每一个将要远行但会再次回到斯德哥尔摩的人演奏一首歌。街道上弥漫着花香，我们又亲吻了，然后慢慢地，慢慢地穿过城市回家。"

我听着。海浪。篝火。远处海鸥的叫声。

"莫妮卡，她是你心爱的人吗？"

"是的，"我说，"她是我的挚爱。"

"呀。多久了？"

"我想想。大概十年吧。"

"那很久了。"

"是的，但我们每次只相爱三分钟。"

"三分钟？"

"更准确地说，是三分十九秒。就是她唱那首歌的时间。"

我听到她坐了起来。"你刚才跟我说的是一首歌？"

"《我们慢慢地穿过城市》，"我说，"莫妮卡·塞特隆德。"

"你从没见过她？"

"没有，我有张票，本来要去斯德哥尔摩看她和史蒂夫·库恩的音乐会，但后来安娜生病了，我得工作。"

她默默地点点头。

"和一个人这么幸福地在一起一定很好，"她说，"就像歌里的那对，我是说。"

"但不会持久。"

"谁知道呢。"

"没错。没人知道。但是,根据你的经验,它能持久吗?"

突然吹来一阵冷风,我睁开了眼睛。在对面的悬崖边上看到了什么东西。可能是一块大石头的轮廓。我转向莱亚。她弓着腰坐在那里。

"我只是说一切都可能存在,"她说,"即使是永恒的爱。"

几缕头发被吹到她的脸上,我突然意识到她也有。同样的蓝色闪光。除非那是远处的光。

"对不起,这不关我的事,我只是……"我停了下来。我的眼睛寻找着那块石头,但再也找不到了。

"你只是……"

我深吸一口气。我知道会后悔说这话的。"葬礼结束后,我当时站在工作间的窗户下面。无意中听到你和你丈夫的弟弟的对话。"

她交叉双臂。看着我。没有震惊,而是认真。她朝克努特跑开的方向看了一眼,然后重新看着我。

"我不知道对一个男人的爱能持续多久,因为我从未爱过塞给我的那个男人。"

"塞给?你是说这是包办婚姻?"

她摇了摇头。"包办婚姻是过去不同的家庭之间组织的。是有利的联盟。就像牧场和驯鹿群一样。同样的信仰。雨果和我不是那样的婚姻。"

"所以呢?"

"是强迫婚姻。"

"谁逼你的?"

"形势。"她又环顾四周看克努特有没有回来。

"你当时……"

"是,我怀孕了。"

"我理解你的宗教对婚外生子不是特别宽容,但雨果并非来自一个莱斯塔迪教家庭，对吧？"

她摇了摇头。"形势，还有我父亲。这两样迫使我们就范。他说如果我不按他的要求做，就把我逐出教会。被驱逐意味着没有任何亲友，完全孑然一身。你明白吗？"她把手放到嘴边。起初我以为是为了掩盖她的伤疤，"我见过被驱逐的人是什么下场。"

"我明白……"

"不，你不明白，乌尔夫。我不知道为什么要把这一切告诉一个陌生人。"直到这时我才听到她声音里的啜泣。

"也许正是因为我是个陌生人。"

"是的，或许吧，"她吸了吸鼻子，"你会离开的。"

"你父亲怎么能逼迫雨果呢？雨果不是教会的一员，他也没办法被逐出教会。"

"父亲告诉他，如果他不娶我，就举报他强奸我。"

我默默地看着她。

她挺直身子，抬起头，看着大海。

"没错，我十八岁时嫁给了强奸我的人。还有了他的孩子。"

陆地上传来一声尖叫。我扭过头。一只黑鸬鹚正贴着悬崖下的水面飞行。

"因为这就是你对《圣经》的解读？"

"在我们家，只有一个人能解读圣言。"

"你父亲。"

她耸耸肩。"事发当晚，我回家告诉母亲雨果强奸了我。她安慰我，但是说最好还是随它去吧。让埃利亚森的一个儿子被判强奸罪，又有什么好处？但当她意识到我怀孕了，就去找了父亲。他的第一反应是问我们有没有向上帝祈祷，保佑我不会怀孕。他的第二反应是我和雨果必须结婚。"

她咽了咽口水。打住了。我意识到她很少对人提及此事。也许从未提及。我给了她第一次也是最好的机会，在葬礼后大声说出这些话。

"然后他去找了老埃利亚森，"她接着说，"雨果的父亲和我父亲都是这个村子里富有影响力的人物，只是方式不同。老埃利亚森给人们提供海上的工作，我父亲则为他们提供圣言，并抚慰他们不安的灵魂。父亲说，如果埃利亚森不同意，他会毫不犹豫地说服他的教众，说他们那天晚上看到或听到了什么。老埃利亚森回答说，父亲不必威胁他，不管怎样，我都是一个不错的结婚对象，还说也许我可以让雨果平静一点。一旦他们俩决定了怎么办，之后就会怎么办。"

"怎么——"我正要说话，但又被尖叫声打断了。这次不是鸟。

是克努特。

我们都跳了起来。

费舍曼总能找到他要找的东西。

又一声尖叫。我们朝声音的方向跑去。我先到了岛的顶部。看到了他。我转向莱亚，她在我身后提着裙子跑。

"他没事。"

男孩站在离我们大约一百米远的地方，盯着岸上的什么东西。

"那是什么？"我朝他喊道。

他指着被波浪拍打着的黑色物体。然后，我闻到了味道。尸体的气味。

"那是什么？"莱亚来到我身边问道。

我和克努特一样，用手指着。

"死亡和毁灭。"她说。

她要朝克努特走过去，我把她拦住了。"也许你应该待在这里，我去看看是什么。"

"不用，"她说，"我能看出来。"

"所以，那是什么？"

"一只幼崽。"

"幼崽？"

"一只小海豹，"她说，"死了的海豹。"

我们划船回去的时候天还没亮。

四下里静悄悄的，你能听到的只有桨离开水面时飞溅的水花声，倾斜的阳光下，滴落的水珠像钻石一样闪闪发光。

我坐在船尾，看着母子俩划船。我在心里哼着《我们慢慢地穿过城市》。他们就像一个有机体。克努特神情凝重，背部和大腿发力，努力保持身体的稳定，以成年人平静、均匀的节奏划着沉重的船桨。妈妈坐在他身后，配合他的动作，尽力跟他同步。没有人说话。她手背上的血管和肌肉在移动，她时不时地回头看看，以保证我们的航线是正确的，回头时黑发被吹到一侧。当然了，克努特也尽力显出他并非刻意向我展示自己优秀的划船技术，但他时不时地偷瞄我，从而暴露了自己。我伸着下巴，赞赏地点点头。他假装没有看到，但我看得出他划得更起劲了。

我们用一根系在滑轮上的绳子把船拖到船架上，再拖进船库。把这条沉重的船拉上来出人意料地容易。我禁不住想到了人类坚持不懈的创造力和生存能力，以及我们愿意在必要的时候做可怕的事情。

我们沿着碎石路朝房子走去。在小路起点附近的电线杆前停了下来。跳舞乐队的广告上面贴了一张新海报。

"再见，乌尔夫，"她说，"很高兴和你共度时光。祝你安全到家，睡个好觉。"

"再见。"我笑着说。在这里，他们对待告别真的很认真。也许是因为距离太远，周围的环境又太残酷。你不能想当然地认为你们很快就会再见面。或者还能再见面。

"周六早上，要是能在教区教堂的祈祷会上见到你，我们会非常高兴，"她用一种略显生硬的语气说，脸上抽搐着，"对吗，克努特？"

克努特点了点头，没有作声，他已经快睡着了。

"谢谢，但我认为现在我已经没救了。"我不知道这种模棱两可是不是故意的。

"听听圣言不会有什么害处的。"她用那双奇怪而热情的眼睛看着我，似乎总是在寻找什么东西。

"前提是，"我说，"我可以借用你的车，之后开车去阿尔塔。我要买点东西。"

"你会开车吗？"

我耸耸肩。

"也许我也可以去。"她说。

"不用。"

"那辆车没有看上去那么容易开。"

我不知道这种模棱两可是不是故意的。

我到达小屋后，没碰那瓶酒就躺下直接睡着了。根据我的记忆，没有做梦。我醒来时感觉有事情发生了。好事。距离上次有好事发生在我身上已经很久远了。

12

> 圣灵，我们向你祈祷
>
> 我们只有一个真正的信念，
>
> 帮助我们全心全意地保卫它
>
> 直到最后一口气，
>
> 当我们脱离尘世的苦难
>
> 死后与你同在
>
> 求主垂怜！

圣歌像缓慢的雷鸣在小小的祈祷殿的墙上翻滚。听起来好像全体教众，一共二十几人，都在唱。

我努力照着莱亚递给我的那本黑色小书跟上歌词。兰斯塔的赞美诗集。扉页上写着"经一八六九年皇家决议授权"。我已经浏览过一遍了。看起来自那时起一个音节都没变过。

圣歌结束后，一个人迈着沉重的脚步，穿过吱吱作响的木地板，走到一个简易的讲台上。他转身面向我们。

是莱亚的父亲。克努特的外公。雅各布·萨拉。

"我相信上帝，全能者，天地的创造者。"他开口说道。其他人都保持沉默，让他独自宣读信仰宣言。之后他一动不动，默默地盯着讲台。很长一段时间。正当我确信出了什么事，也就是他遭受了某种精神障碍时，他提高了声音："亲爱的基督徒们。以圣父、圣子和圣灵的名义。是的，我们想以圣三位一体的名义开始这次集会。是的。"又停顿了一下。他仍然低着头站在那里，蜷缩在一套对他来说有点大的西服里，像一个紧张的初学者，肯定不是克努特所说的那个走南闯北的老练传教士。"因为如果一个人要审视自己，审视自己的内心，作为一个可悲的罪人走上讲坛是不好的。"我环顾四周。奇怪的是，似乎没有其他人对他明显的内心挣扎感到不安。我数到了十，他才继续说下去："我们聚集在这里是为了这件宝贵的东西，上帝圣洁的话语——我们必须问，这话语怎么能得到维护？也就是说，既然这是你要做的事，为什么站到讲台上又这么困难？"他终于抬起头来。直视着我们。他坚定而直接的目光中没有一丝不确定的迹象。他并没有表现出他所说的谦卑。"因为我们只不过是尘土。也将归于尘土。但我们若仍信守信念，就必得永生。我们生活的这个世界是一个腐朽的世界，由世界的霸主，诱惑羊群的魔鬼撒旦统治着。"虽然我不能确信，但他是不是在直视着我？"我们这些可怜人必须苟活于这人世。愿我们能抛弃魔鬼，并在希望中度过短暂的人生。"

又一首圣歌。我和莱亚坐在离出口最近的地方，我向她示意要出去抽烟。

教堂外面，我靠着墙，听着里面的歌声。

"请原谅，我可以要一支你的棺材钉吗？"

教堂位于路的尽头。马蒂斯一定是在拐角处等着的。我把那包烟递给他。

"他们成功拯救了你吗？"他问道。

"还没有，"我说，"他们跑调也太严重了。"

他笑了起来。"哦，你得学会如何正确地听圣歌。唱得合拍，这是俗人眼中重要的事。但对真正的信徒来说，情感就是一切。不然你觉得我们萨米人为什么会变成莱斯塔迪教徒？相信我，乌尔夫，萨满的鼓声和巫术与莱斯塔迪教徒的'用语言、治愈和情感主义说话'之间只是一箭之遥。"我借火给他。"这可恶的笨拙歌声……"他咕哝着。

我们俩同时吸了一口烟，听着。他们唱完后，莱亚的父亲又开口说话了。

"牧师的声音原本就应该这样吗，听上去备受煎熬？"我问。

"你说雅各布·萨拉？对。他的工作就是要表现得他只是一个愚蠢的基督教徒，实际上他并不是自己选择站在讲坛上的，而是被教会选中了。"马蒂斯低下头，发出了和牧师一样深沉的声音，"自从被选中领导这个教会以来，我一直希望上帝能让我服从。但人生来就被腐朽的肉体所累。"他抽了一口烟，"一百年来都是这样。完美的典范是谦逊和朴素。"

"你表弟告诉我你曾是他们中的一员。"

"但后来我恍然大悟，"马蒂斯说，一脸不悦地看着香烟，"告诉我，这里面真的有烟草吗？"

"你学神学的时候就不再相信上帝了？"

"是的，但是在这里，当我动身去奥斯陆的时候，他们把我算作走入迷途了。一个真正的莱斯塔迪教徒是不可能通过在俗世中学习而成为牧师的。在这里，传教士的唯一任务是传授古老的、真正的信条，而不是奥斯陆的时髦垃圾。"

里面唱完了一首新的赞歌，雅各布·萨拉的声音再次响起：

"主长久受苦，但从未怀疑，他必如夜间的贼一样降临，当不信他的事显露出来时，天地都将崩裂。"

"说到这个，"马蒂斯说，"我们这些活在死刑判决下的人不希望他提前来，对吧？"

"什么？"

"我敢说，在考松再也见不到他，有人会很高兴。"

我抽了半口烟停下来。

"好吧，"马蒂斯说，"我不知道那个约翰尼是继续往北走了还是回家了，但他没有找到要找的东西，这不能保证他不会回来。"

我咳出一些烟。

"他当然不会马上就回来。不，你在那里可能很安全，乌尔夫。但有人可能会想打个电话，用那些说上几句话，"他指着我们头顶上的电话线，"有人可能答应了给钱。"

我把烟扔在地上。"你要告诉我你为什么来这里吗，马蒂斯？"

"他说你拿了钱，乌尔夫。所以也许跟女人没什么关系？"

我没有回答。

"开商店的皮尔约说她看到你有很多，我是说钱，所以为了确保他不会回来而牺牲其中的一部分也是值得的，对吧，乌尔夫？"

"要多少？"

"不比他为相反结果报的价多。事实上还少一点。"

"为什么要少？"

"因为有时候晚上醒来我还是会有种不安的疑惑——万一上帝真的存在，就像约翰尼一样，可以回来对活着的人和死去的人进行同样的审判呢？善行多于恶行不是更好吗？这样你就可以得到更宽大的惩罚，以更低的温度燃烧更短的时间，就能获得永生。"

"你想敲诈我一笔比出卖我所能得到的要少的钱，因为你觉得这是善行？"

马蒂斯吸了一口烟。"我说的是少一点。我不想被封为圣徒。五千。"

"你是个强盗，马蒂斯。"

"明天早上来找我。我再送你一瓶酒。酒和沉默，乌尔夫。像样的酒，像样的沉默。这种事是要花钱的。"

他摇摇晃晃地沿着路走开时，看上去就像只该死的鹅。

我进去坐下。莱亚好奇地看了我一眼。

"我们今天有位客人。"雅各布·萨拉说，其他人都转过身来，我听到衣服沙沙作响。他们微笑着向我点头。纯粹的热情和友好。"我们请求上帝保佑他，让他有一段安全的旅程，并很快安全回到他所属的地方。"

他低下头，教众也照做了。他的祈祷咕咕哝哝，模糊不清，由一些也许只对教众有意义的老掉牙的词汇和短语组成。有一个词引起了我的共鸣。很快。

集会在圣歌中结束。莱亚帮我找到了圣歌的位置。我也加入了歌唱的行列。我没听过这首曲子，但它很慢，你只需要稍晚一点，跟着高低变化的音符就好。唱歌的感觉很好，能感觉到声带在颤动。莱亚可能误认为这是对圣言的热情，因为她脸上露出了微笑。

走出去的路上，一个站在外面的人轻轻地拉住了我的胳膊，引着我回到教堂。是雅各布·萨拉。他把我领到窗前。我看着莱亚走出门口不见了。她父亲等到最后一个人走了才开口说话。

"你觉得她漂亮吗？"

"在某种程度上。"我说。

"在某种程度上。"他点头重复道。他看着我。"你想带她离开这里吗？"他声音里那缓慢而温和的谦卑已经消失，浓密的眉毛下射出的目光把我钉在了墙上。

我不知道该说什么。他问我是否打算跟他女儿私奔，这是在开玩笑吗？还是没有开玩笑？

"是的。"我说。

"是的？"一个眉毛升起。

"是的。我要带她去阿尔塔。然后再回来。也就是说，是她带着我。她宁愿自己开车。"

我咽了咽口水。希望没惹什么麻烦。比如，女人开车带着男人也是一种罪过。类似的东西。

"我知道你们要去阿尔塔，"他说，"莱亚让克努特去我家了。魔鬼在阿尔塔有稳固的据点。我知道，我去过那里。"

"我们最好带上点圣水和大蒜。"我短促地笑了一下，然后马上就后悔了。他的脸上没有一丝变化，只有眼睛里闪现一丝火花然后就迅速消失了，好像一把大锤砸到了里面的一块石头上。

"对不起，"我说，"我只是一个过客，你们很快就能摆脱我了，一切都会恢复如常。你们显然喜欢那样。"

"你这么确定？"

我不知道他是在问我是否确定一切都会恢复正常，还是问我是否确定他们喜欢那样。我只知道我不想继续这个对话了。

"我爱这个国家，"他说着，转过身来对着窗户，"不是因为它慷慨或舒适。如你所见，它贫乏而艰苦。我喜欢它，不是因为它美丽或者令人赞叹——它和其他国家没什么区别。我爱它，不是因为它爱我。我是萨米人，我们的统治者把我们当作不听话的孩子对待，宣称我们无能，剥夺了我们许多人的自尊。我喜欢它，是因为它是我的祖国。所以我尽我所能地保护它。就像父亲保护他最丑陋、最愚蠢的孩子一样。你明白吗？"

我点点头，让他知道我明白。

"我二十二岁就参加了反抗德国的抵抗军。他们来这里蹂躏我的祖国，除此之外我还能做什么呢？隆冬时节，我躺在高原上，几乎饿死冻死。我从来没有射杀过德国人——我不得不扼杀我的嗜血欲，因为如果我们采取行动的话，当地的民众就会遭到报复。但我感到了憎恨。我感到了憎恨，我忍饥挨饿，冻僵了，等待着。当胜利日终于到来，德国人消失了，我相信这个国家又是我的了。但后来我意识到，抵达该地区的俄国人不一定会再想离开。他们大可以想象在德国人走后接管我的国家。我们从高原上下来，来到被烧毁的废墟中，我在一顶萨米人帐篷里找到了我的家人和另外四个家庭。我姐姐告诉我，每天晚上俄国士兵都会来强奸妇女。于是我给手枪装上子弹，等着，我在帐篷里挂了一盏煤油灯，当第一个俄国士兵走到帐篷入口时，我瞄准他的心脏开了枪。他像个麻袋一样摔倒在地。然后我砍下他的头，还在上面戴上军帽，挂到了帐篷外面。这对我来说没有任何触动，就像杀死一条鳕鱼，砍掉它的头，把它挂到架子上一样。第二天，两名俄国军官来收走了那个士兵的无头尸体。他们没有问任何问题，也没有碰那个头。从那以后再没有人被强奸。"他扣好那件旧西装外套的扣子，一只手擦了擦翻领，"我当时就是这么做的，以后也会这么做。你保护自己的东西。"他抬头看着我。

"听起来你本可以把他的事告诉军官，"我说，"也能得到同样的结果。"

"可能吧。但我宁愿自己动手。"

雅各布·萨拉把手放在我肩上。

"感觉它好多了。"他说。

"什么？"

"你的肩膀。"

然后他露出了那故作谦恭的微笑，扬起浓密的眉毛，好像想到了有什么事需要处理，便转身离开了。

我到她家时，莱亚已经坐在车里了。

我坐到副驾驶座上。她穿着一件简单的灰色外套，围一条红色的丝巾。

"你特意打扮了。"我说。

"胡说八道。"她一边说，一边转动点火开关上的钥匙。

"你看上去很漂亮。"

"我还没打扮。就是随便穿了件衣服。他是不是很刻薄？"

"你父亲？他只是和我分享了一些人生智慧。"

莱亚叹了口气，挂上挡，松开离合器。我们出发了。

"你和马蒂斯在祈祷厅外的谈话，也跟人生智慧相关吗？"

"哦，那个，"我说，"他想让我为他的一些服务买单。"

"而你不愿意？"

"我不知道。我还没决定。"

教堂旁边，一个人影正沿着路边走着。我们经过时，我看了看后视镜，看到她站在尘土中看着我们。

"那是阿妮塔。"莱亚说。她一定看到我看后视镜了。

"哦。"我说，尽量显得不动声色。

"说到智慧，"她说，"克努特跟我说了你和他的谈话。"

"哪一个？"

"他说他过了暑假就能交到女朋友了。即使里斯蒂娜拒绝了他。"

"真的吗？"

"是的。他告诉我，即使是相扑传奇人物双叶山，在他开始赢之前，也一直在输。"

我们笑了起来。我听着她的笑声。博比的笑声轻松而活泼，像一条充满活力的小溪。莱亚的笑声则像一口井。不，像一条缓慢流动的大河。

一些地方的道路有些曲折或有缓坡，但大多数路都笔直地穿过高原，一公里又一公里。我握住车门上方的扶手。我不知道为什么这么做——当你沿着平坦、笔直的道路以每小时六十公里的速度行驶时，你不必紧握扶手。只是我一直都这么做，仅此而已。抓住扶手，直到我的胳膊麻了。我见过其他人也会这么做。也许人终究还是有共同点的，就是想抓住一些坚实的东西。

有时我们能看到大海，其他时候，公路则在丘陵和低矮的岩石圆丘之间穿行。景观没有罗弗敦群岛那么激动人心，也没有维斯特马克那么美丽动人，但它别有一种韵味。寂静而空旷，沉默而无情。连夏天的绿色都预示着更艰苦、更寒冷的时节，它将尽力把你摧毁，且最终会赢得胜利。我们几乎没有遇到其他车辆，也没有看到任何人或动物。偶尔会有一座房子或小木屋，这就让人不禁发问：为什么？有那么多地方可选，为什么偏偏来了这里？

两个半小时后，房子开始越来越频繁地出现，冷不防地，我们路过路边的一块牌子，上面写着"阿尔塔"。

从路牌来看，我们到了一座城市。

我们经过一些十字路口——周围的商店、学校和公共建筑上都装饰着城市的盾徽，一个白色的箭头——结果发现，这座城市有不止一个中心，而是三个。每一个都像一个很小的社区，但全都一个样子：谁会想到阿尔塔是个微缩版的洛杉矶呢？

"小的时候，我确信阿尔塔就是世界的尽头。"莱亚说。

我不能说它不是。根据我的估算，我们现在更靠近北极了。

我们把车停好——这不是个大问题——我设法在商店关门前买到了我想要的东西。内衣、靴子、雨衣、香烟、肥皂和剃须用具。之后我们去卡菲斯托瓦的一家分店吃饭。我脑子里还想着新鲜鳕鱼的味道，于是在菜单上找鱼，但没有找到。莱亚笑着摇了摇头。

"在这里，我们外出的时候不吃鱼，"她说，"外出的时候，大家会想吃点花哨的东西。"

我们点了肉丸。

"小时候，这是一天中我最不喜欢的时间。"我看着外面空荡的街道说。连城市景观都透着股奇怪的荒凉和冷酷：在这里，你也有种挥之不去的感觉，那就是自然是掌控者，人类渺小而无能为力。"周六打烊之后，夜晚到来之前。就像一周中的无人之境。坐在那里，感觉其他人都被邀请参加即将开始的聚会或之类的事情。其他人都知道。而你自己连个废物朋友都没有。七点的新闻播过之后情况好了些，电视上有了一些节目，可以让你忘却它。"

"我们没有聚会，也没有电视，"莱亚说，"但身边总是有人。通常他们都不用敲门，直接走进来坐到客厅里开始交谈。或者他们只是静静地坐在那里听。当然，大部分时间都是父亲在讲。但做决定的是母亲。我们在家的时候，她决定父亲什么时候需要冷静下来给别人说话的机会，以及他们什么时候得回家了。我们被允许熬夜听大人说话。感觉很安全，很美好。有一次，我记得父亲哭了，因为阿尔弗雷德，一个可怜的酒鬼，终于找到了耶稣。一年后，当父亲发现阿尔弗雷德在奥斯陆死于服药过量时，就驱车四千公里把他的棺材运回来，好让他有个像样的葬礼。你问过我信仰什么……"

"嗯？"

"这就是我的信仰。人们的善良。"

晚饭后我们出去了。天空乌云密布，有种黄昏的感觉。音乐声从一家打着热狗、炸薯条和软冰激凌广告的小卖部开着的门里传出来。克利夫·理查德。《恭喜你》。

我们进去了。总共四张桌子，其中一张桌子坐着一对夫妇。他们都在抽烟，正看着我们，显然不感兴趣。我点了两个带巧克力碎的大冰激凌。不知为什么，机器里挤出来的白色冰激凌干净利落地盘进锥筒里，让我想起了新娘的面纱。我拿着冰激凌朝莱亚走去，她正站在自动点唱机旁。

"看，"她说，"这不是……"

我看了玻璃后面的标签。塞入一枚五十分硬币，然后按下按钮。

莫妮卡·塞特隆德冷漠但令人愉悦的声音悄然响起。那对吸烟的夫妇也溜出去了。莱亚靠在自动点唱机上，她看上去像在全神贯注地听每一个字，每一个音符。眼睛半闭着。臀部几乎不知不觉地左右摇摆着，裙子下摆也跟着晃动。当这首歌结束后，她又放入一枚五十分硬币，又播了一遍。之后又播了一遍。然后我们走出去，走进夏日的夜色。

音乐声从公园里的树林后面传来。我们不由自主地朝声音走去。售票亭前站着一队年轻人。快乐，吵闹，穿着轻便、明亮的夏装。我从考松的电线杆上认出了售票亭上的海报。

"我们可以……"

"不行，"她笑着说，"我们不跳舞。"

"我们不必跳舞。"

"基督徒不会去这种地方。"

我们坐到树下的一条长椅上。

"当你说基督徒……"我说道。

"我是说莱斯塔迪教徒，是的。我知道在外人看来这有点奇怪，但我们还是坚持旧的《圣经》译本。我们不相信信仰的内容可以改变。"

"但是在地狱里燃烧的想法在中世纪才被加进《圣经》，所以这也是一个相当现代的发明。这点你不应该拒绝吗？"

她叹了口气。"理智在头脑中，信念在心中。它们并不总是好邻居。"

"但跳舞也在心中。当你在自动点唱机的音乐声中摇曳的时候，是不是意味着你已经到了犯罪的边缘？"

"也许吧，"她笑了，"但可能还有更糟糕的事情。"

"比如说？"

"好吧。比如和五旬节派教徒来往。"

"这个更糟吗？"

"我在特罗姆瑟有个表妹，她偷偷外出参加当地五旬节派团体的聚会。等她被父亲发现时，她撒谎说去了迪斯科舞厅。"

我们都笑了。

天稍微暗了一些。该开车回去了。即便如此，我们仍然坐着没动。

"当他们漫步在斯德哥尔摩时，他们有什么感觉？"她问道。

"一切，"我点燃一支烟回答，"他们彼此相爱。所以他们能看到、听到、闻到一切。"

"这就是人们在恋爱的时候所做的事吗？"

"你从来没有经历过？"

"我从来没有恋爱过。"她说。

"真的吗？为什么不呢？"

"我不知道。鬼迷心窍了，是的。但如果恋爱就像他们说的那样，那我永远不要恋爱。"

"那么你以前是冰雪公主吗？男孩们梦寐以求的女孩，但从来不敢和她说话。"

"我？"她笑了，"我可不这么想。"

她把手放在嘴前面，但同样迅速地把手移开了。有可能是无意识的，因为我很难相信这样一个美丽的女人会担心上唇上的一个小疤痕。

"你呢，乌尔夫？"她用了我的假名，丝毫没有讽刺意味。

"很多次。"

"真了不起。"

"哦，我不知道。"

"为什么呢？"

我耸耸肩。"它会让人受伤。但我很擅长处理被人拒绝。"

"胡说。"她说。

我咧嘴笑着吸了口气。"你知道，我也会成为那些男孩中的一员。"

"哪些男孩？"

我知道我不必回答：她脸上的红晕表明她知道我的意思。我其实有点惊讶：她看起来不像那种会脸红的人。

我正要回答，突然被一个尖锐的声音打断了：

"你在这里干什么？"

我扭过头去。他们站在长椅后面十米的地方。三个人。每人手里都有一瓶酒。马蒂斯的酒。要知道这个问题问的是谁可并不容易，但即使在朦胧的光线下，我也能看到、听到是谁在问：奥韦。有继承权的小叔子。

"跟这……这个……南方人。"

他含混不清的声音清楚地表明他已经尝过瓶子里的东西，但我怀疑这并不是他没能找到更具侮辱性的词汇的全部原因。

莱亚跳了起来，急忙朝他走去，一只手放到他的胳膊上。"奥韦，不要——"

"嘿，你！南方人！看看我！你以为她会和你上床，是吗？现在我哥哥已经死了，她成了寡妇了。但她们是不被允许的，你知道吗？她们不能上床，现在也不行！直到她们再婚！哈哈！"他把她推到一边，瓶子画过一个很大的弧度，回到他嘴边。

"告诉你吧，这个也许可以……"酒精和唾液从他嘴里喷出来，"因为这是个婊子！"他瞪大眼睛看着我，"婊子！"我没有反应，他又重复了一遍。我不是不知道，称一个女人为婊子是一个国际公认的信号，让你站起来在说话者的脸上来上一拳。但我仍然坐着。

"怎么了，南方人？你是个胆小鬼，还是采花贼？"他哈哈大笑，显然为自己终于找到合适的词汇而感到高兴。

"奥韦……"莱亚试图开口，但他用握着酒瓶的手把她推开了。他可能不是故意的，但瓶子碰到了她的额头。也可能没碰到。我站了起来。

他咧嘴一笑。把瓶子递给站在树下半明半暗中的朋友们，向我走来，拳头举在身前。他两腿岔开，脚步快速而灵活，直到他摆好了阵势，头在拳头后面微微后仰，眼神突然变得清晰而专注。至于我，自打小学毕业后就没怎么打过架。更正一下。自打小学毕业后我就没打过架。

第一拳打在了我的鼻子上，我被眼眶里瞬间溢满的泪水模糊了视线。第二拳击中了我的下巴。我觉得有什么东西松了，然后是血的金属味。我吐出一颗牙，向空中猛击一拳。他的第三拳又打在了我鼻子上。我不知道对他们来说听起来像什么，但对我来说，这碎裂声听上去就像在压扁一辆汽车。

我又在夏日的夜幕上打空了。他的下一拳击中了我的胸部，我向前一冲，双臂搂住了他。我努力压住他的胳膊，这样它们就不能再造成伤害了，但他挣脱了左手，不断地击打我一侧的耳朵和太阳穴。有一种咚咚、吱吱的声音，感觉好像有什么东西裂开了。我像狗一样咬牙切齿，抓住了什么东西，一只耳朵，然后使劲咬了一口。

"×！"他大叫一声，把两只胳膊都抽了出来，把我的头锁在他的右臂下。汗水和肾上腺素的刺鼻气味扑面而来。我以前闻到过。在那些突然发现自己欠了费舍曼的钱，却不知道接下来会发生什么事的男人身上。

"如果你敢碰她——"我对着他残缺的耳朵低声说，我听到这些话掺着自己的血咕咕地冒出来，"——我就杀了你。"

他笑了。"那你呢，南方人？如果我把你剩下的可爱白牙都打掉呢？"

"那就动手吧，"我气喘吁吁地说，"但是如果你敢碰她……"

"用这个？"

关于他手里拿着的刀，我唯一能说的就是它比克努特的刀小。

"你没这个胆。"我呻吟着。

他把刀尖抵在我的脸颊上。"没有？"

"来吧，你这个该死的——"我不知道为什么突然变得口齿不清了，直到我感觉到冰冷的钢铁碰到了我的舌头，才意识到他把刀刺进了我的脸颊，"——近亲繁殖的杂种。"我努力说道，因为这句话需要舌头做一定程度的运动。

"你说什么，白痴？"

我感到刀子转了一下。

"你哥哥是你父亲，"我口齿不清，"所以你才这么蠢，这么丑。"

刀突然被拔了出来。

我知道接下来会发生什么。我知道一切会在这里结束。而我几乎是在要求，也在乞求这一刻。一个遗传了暴力基因的男人别无选择，只能把刀刺入我的身体。

那我为什么要这么做？我知道才怪呢。我不知道为了得到积极的结果，我们脑子会做什么样的加减运算。我只知道这种运算的碎片一定从我睡眠不足、被阳光暴晒、酗酒的大脑中飘过了，积极的结果是，一个男人会因为一级谋杀而不得不在监狱里待上很长一段时间，而在此期间，像莱亚这样的女人能摆脱这一切远走高飞，或者至少有能力做到，如果她能想到从那笔钱中留存一部分的话，她也知道钱在哪里。另一个好处是：等到奥韦被释放时，克努特·羽黑山已经长大成人，足以保护他们俩了。消极的一面是我自己的性命。考虑到我可能所剩时间不多且生活质量也不会太好，我的性命也不是什么贵重的东西。没错，就连我也可以做算术题。

我闭上眼睛。感觉血液从我的脸上流下来，淌到衣领下面。

等待。

什么也没发生。

"你知道我会的。"一个声音说。

夹着我的头的手臂松开了。

我后退了两步。重新睁开了眼睛。

奥韦举着双手，扔了刀子。莱亚站在他面前。我认出了她拿着的手枪，枪口对准了他的额头。

"快滚。"她说。

奥韦·埃里亚森的喉结快速地上下滚动了一下。"莱亚……"

"立刻！"

他俯身想要捡刀。

"我觉得你已经失去那个了。"她咆哮着说。

他向她举着手掌，两手空空地退到黑暗中。他们消失在了树林里，我们听到了愤怒的咒骂声，就着瓶子大口喝酒以及树枝沙沙作响的声音。

"给你，"莱亚说着把手枪递给我，"它在长椅上。"

"一定是掉出去了。"我说，然后把枪塞回腰包下面。我吞下脸上流出的血，感觉太阳穴里的脉搏疯狂地跳动着，还注意到我有只耳朵听不清。

"我看见你在站起来之前把它拿了出来，乌尔夫。"她闭上一只眼睛。家族习惯。"你脸上的那个洞需要缝针。快走，我车里有针线。"

我不太记得回去的经过了。好吧，我记得我们开车去了阿尔塔河，我们坐在岸边，她给我清洗伤口，我听着水声，凝视着碎石，它像糖一样堆在河两岸苍白而陡峭的悬崖壁上。我记得我在想，这些日夜里我看到的天空，比来这里之前一辈子看到的还要多。

她轻轻地摸了摸我的鼻梁，发现没有断。然后她一边为我缝针，一边用萨米语跟我说话，还唱着歌，应该是一首关于身体康复的"joik"。歌声和河水的声音。我还记得曾感觉有点恶心，但她把蠓虫赶走，并频繁地轻抚我的眉头，以免头发沾到伤口上，其实严格来说，不用那么频繁。我问她为什么车里会有针线和抗菌剂，她的家人外出时是不是特别容易发生意外，她摇了摇头。

"不是我们外出的时候，不是。是家庭事故。"

"家庭事故？"

"是的。叫作雨果。他过去常打架，喝得酩酊大醉。我们唯一能做的就是逃离那所房子，缝好伤口。"

"你以前给自己缝针？"

"还有克努特。"

"他打克努特？"

"你觉得他额头上的缝线是哪里来的？"

"你给他缝的线？在车里？"

"那是初夏的时候。雨果喝醉了，就像往常一样。他说我在用责备的眼神看他，还说如果我有意识地对他表示出哪怕一点尊重，而不是无视他，那天晚上他就不会碰我了。毕竟，当时我还只是个女孩，而他是埃利亚森家一个刚从海上捕了一条大鱼回来的家伙。我没有回应他，他反而更加愤怒了，最后站起来准备打架。我知道如何自卫，但就在这时候，克努特进来了。于是雨果拿起瓶子扔了过去。击中了克努特的前额，他瘫倒在地，所以我把他抱到车上。我回到家时，雨果已经平静了下来。但是克努特在床上躺了一周，一直头晕恶心。一位医生从阿尔塔大老远赶来给他看病。雨果告诉医生和其他人，克努特是从楼梯上摔下来的。而我……我什么也没跟人说，而是一直安慰克努特，说肯定不会有第二次了。"

我误会了。当克努特说他妈妈告诉他不用担心他爸爸时，我误会了他。

"没有人知道这件事，"她说，"直到一天晚上，那帮酒鬼又聚在奥韦家里，有人问起到底发生了什么事，雨果把自己无礼的妻子和捣蛋儿子的事都告诉了他们，以及他是如何让他们老实点的。所以全村的人都知道了。然后，雨果就出海了。"

"所以牧师说雨果试图逃避他没有赎罪的行为时，就是指这件事？"

"以及其他的事，"她说，"你的太阳穴在流血。"

她摘下红丝巾，系到我头上。

在那之后的很长一段时间里我什么都不记得了。醒来时，我正蜷缩在车后座上，她跟我说我们到了。我可能有点脑震荡，她说，所以我才会犯困。她说最好陪我回小屋。

我走在她前面，等看不到村子了，在一块石头上坐下来。灯光与宁静。就像暴风雨前的时刻。或是暴风雨之后，一场毁灭了所有生命的暴风雨。一片片薄雾顺着青翠的小山爬下来，像裹着白床单的幽灵，吞没了矮小的山桦树，当它们从雾中重新出现时，看上去像被施了魔法一样。

接着她来了。摇摇晃晃的，好像也被施了魔法。

"出来走走？"她笑着问，"也许我们刚好同路呢？"

秘密躲藏。

我的耳朵开始吱吱作响，我觉得头晕，所以为了安全起见，莱亚扶着我。我们走得很快，可能是因为我好像时不时地失去意识。当我终于回到小木屋时，有一种回家的奇怪感觉，一种与生俱来的安全与宁静，这是我在奥斯陆住过那么多地方都从未有过的感受。

"你现在可以睡了，"她摸着我的额头说，"明天不要着急。除了水什么都别喝。能保证吗？"

"你要去哪儿？"她从床沿上站起来时，我问她。

"当然是回家。"

"你赶时间吗？克努特和他外公在一起。"

"好吧，不太着急。我只是觉得你应该安静地躺着，不要说话，也不要担心。"

"我同意。但你不能安静地陪我躺在这里吗？就一会儿。"

我闭上眼睛。听到她平静的呼吸声。想象着我能听到她在权衡。

"我不危险，"我说，"我不是五旬节教徒。"

她轻声地笑了起来。"就一会儿。"

我往墙边挪了挪，她挤在我旁边，在狭窄的铺位上躺下来。

"等你睡着了我就走，"她说，"克努特会提前回家的。"

我躺在那里，感觉有点恍惚，但又绝对地置身其中，因为我能感觉到一切：她身体的热度和脉搏，从上衣领口传出的气味，头发上散发的肥皂味，以及为防止我们的身体直接接触而放在我们之间的手和胳膊。

醒来时，我感觉已经是深夜。可能因为周围静悄悄的。尽管午夜的太阳正值巅峰，大自然也仿佛在休息，仿佛它的心跳减慢了。莱亚的脸滑进了我的颈弯里；我能感觉到她的鼻子和她的呼吸。我应该叫醒她，告诉她该走了，如果她想确保克努特回去时她在家的话。我当然希望她能在那里，这样他就不会担心了。但我也希望她留下来，哪怕多待几秒钟。所以我没有动，只是躺在那里思考。感觉我还活着。仿佛是她的身体给了我生命。远处传来一声隆隆声。我感觉到她的睫毛在我的皮肤上翕动，她醒了。

"什么声音？"她低声说。

"打雷声，"我说，"不用担心，离这里还很远。"

"这里从来没有过雷声，"她说，"太冷了。"

"也许有南方来的暖流。"

"也许吧。我做了个多么可怕的梦。"

"什么梦？"

"他在路上。他来杀我们了。"

"那个来自奥斯陆的家伙？还是奥韦？"

"我不知道。我记不清了。"

我们躺在那里听雷声。再也没有打雷。

"乌尔夫。"

"嗯？"

"你去过斯德哥尔摩吗？"

"是的。"

"那里好吗？"

"夏天的时候很好。"

她一只胳膊撑起身子，低头看着我。"约恩，"她说，"狮子座。"

我点点头。"这也是那个奥斯陆人说的吗？"

她摇了摇头。"你睡觉的时候我看到你项链上的标签——'约恩·汉森，七月二十四日生'。我是天秤座的。你是火，而我是空气。"

"我会被烧死，而你会上天堂。"

她笑了。"这是你想到的第一件事吗？"

"不是。"

"那么，你想到的第一件事是什么？"

她的脸是那么地近，她的眼睛是如此地黑，如此真诚。

我不知道自己要吻她，直到我真的吻了她。我甚至不知道是我主动，还是她主动。但之后我用胳膊搂住她，把她拉到我身边，紧紧地抱着她，感受她的身体，空气从她的牙齿间嗞嗞作响，就像一对风箱。

"不！"她呻吟着，"不要！"

"莱亚……"

"不！我们……我不能。放开我！"

我放开了她。

她挣扎着从床上爬起来，气喘吁吁地站在地板中央，凶狠地盯着我。

"我以为……"我说，"对不起，我没想……"

"嘘，"她平静地说，"什么都没有发生。也不会再发生了。永远。你明白吗？"

"不明白。"

她发出一声长长的颤抖的呻吟声。

"我嫁人了，乌尔夫。"

"嫁人了？你是个寡妇。"

"你不明白。我不仅嫁给了他。我还嫁给了……一切。这里的一切。你和我属于两个不同的世界。你靠毒品为生，我是个教堂司事，一个信徒。我不知道你为什么而活，但这就是我活着的目的，还有我的儿子。其他都不重要，我不会让……一个愚蠢、不负责任的梦毁了它。我负担不起，乌尔夫。你明白吗？"

"但我说过我有钱。看看橱柜旁边的木板后面，有……"

"不，不，不！"她双手捂住耳朵，"我不想听，也不想要钱！我只想要我拥有的一切，别无他求。我们不能再见面了，我也不想再见到你，结束了……又傻又疯……现在我要走了。别来看我。我也不会来看你。再见，乌尔夫。好好活着。"

过了一会儿，等她走出了小木屋，我开始怀疑这一切是否真的发生了。是的，她吻了我，我脸上的疼痛没有撒谎。但剩下的部分也一定是真的，她说她再也不想见我了。我站起来走到外面，看到她在月光下朝村子跑去。

她当然是在逃跑。谁不会呢？连我都会。很久以前。我就是那种逃跑的人。她负担不起逃跑的后果，而我通常是因为负担不了留下的后果才跑。我当时在想什么？我们这样的两个人能在一起？不，我不是这么想的。也许，是做梦了，就像我们在脑海中浮想联翩一样。该醒醒了。

又一阵隆隆的雷声，这次近了一些。我向西边望去。远处，一排排铅灰色的云高耸起来。

他在路上。他来杀我们了。

我回到小屋里，额头靠在墙上。我不相信梦，就跟我不相信神一样。我更倾向于相信瘾君子对毒品的爱，而不相信人们对彼此的爱。但我确实相信死亡。我知道这是个必定会遵守的诺言。我相信一颗时速一千公里的九毫米子弹。相信生命就是从它离开枪管到它射穿你的大脑之间的那段时间。

我从床底把绳子拉出来，把它缠绕在门把手上，另一端系在沉重的床架上，床架是被钉在墙上的，这样门就不能从外面打开了。我把绳子拉得更紧了。好了。然后，我躺下来，盯着面前的铺板。

13

那是在斯德哥尔摩。很久很久以前，在一切发生之前。当时我十八岁，赶上了从奥斯陆出发的火车。我独自漫步在南岛的街道上。我蹚过动物园岛上的草地，坐在码头边荡着双腿，看着对面的皇宫，知道我绝不会用自己的自由去换取皇宫里的一切。然后我用仅有的一点钱把自己打扮起来，去了皇家歌剧院，因为我爱上了一个在《培尔·金特》[①] 中扮演索尔维格的挪威女孩。

她比我大三岁，不过我在一次聚会上和她说过话。这一定是我去那里的原因。主要是因为这个。她演得很好，她的瑞典语说得跟当地人一样好，至少我听着是这样。她富有魅力又遥不可及。尽管如此，在她表演的过程中，我对她的迷恋渐渐消失了。也许是因为她无法和我在斯德哥尔摩度过的那一天相媲美。也许只是因为我才十八岁，并且已经爱上了坐在我前面一排的红头发女孩。

第二天，我在塞格尔广场买了点大麻。我走到国王花园，在那里我又见到了那个红发女孩。我问她是否喜欢那出戏，但她只是耸了耸肩，向我展示瑞典人是如何卷大麻烟卷的。她二十岁，来自厄斯特松德，在奥登普兰有一套小公寓。公寓隔壁是一家价格公道的餐馆，名叫特拉南，我们在那里吃了炸鲱鱼和土豆泥，喝了中度啤酒。

原来她不是坐在我前排的那个女孩，她也从来没有去过皇家歌剧院。我和她一起待了三天。她去工作的时候，我只是在夏天的城市里闲逛。回

---

① 《培尔·金特》(*Peer Gynt*) 是挪威剧作家易卜生的代表作之一。

家的路上，我坐在那里看着窗外，思考着关于回去我该说些什么。而我第一次想到了那个最令人沮丧的念头：再也回不去了。现在变成了那时，现在无休止地变成了那时，这辆我们称之为人生的汽车上没有倒车挡。

我又醒了。

有东西在门上刮擦。我在床上翻过身，看到门把手在上下移动。

她改变了主意。她回来了。

"莱亚？"我的心怦怦直跳，欣喜若狂，我掀开被子，双脚甩到地上。

没有回答。

不是莱亚。

是个男人。一个强壮、愤怒的男人。因为他施加在门把手上的力使得床架的连接处都在吱吱作响。

我抓起靠在墙上的来复枪，对准门。

"谁在那儿？你找谁？"

还是没有回答。但他们又能说什么呢？说他们会来修理我的，所以请我打开门吗？绳子像钢琴丝一样颤动着，门打开了一条缝隙。足以插进左轮手枪的枪管……

"回答我，否则我开枪了！"

大钉子被一毫米一毫米地从床架里拔出来，床上的木板听上去像在痛苦地尖叫。然后我听到了外面的咔嗒声，像在往左轮手枪里装子弹。

我开枪了。一枪。两枪。三枪。弹匣里有三颗子弹，枪膛里有一颗。

之后的寂静更加压抑。

我屏住呼吸。

该死！刮擦声还在。接着，砰的一声，门把手被拽走不见了。然后是一声响亮又悲伤的惨叫和同样的咔嗒声。我终于认出来了。

我从枕头底下拿出手枪，松开绳子，打开门。

驯鹿没跑多远。我看到它躺在离木屋二十米远的帚石南丛中，朝着村庄的方向。似乎本能地寻找人类而不是森林。

我走过去。

它躺在那里不动弹，只有头在动。门把手还卡在鹿角里。摩擦。它一直用小木屋的门摩擦鹿角，却卡住了门把手。

它趴在地上看着我。我知道它的眼睛里并没有恳求，有也只是我自己的解读。我举起手枪。看到这个动作投射在它湿润的眼球里。

阿妮塔说什么来着？你要射影子。这头孤独的驯鹿，从鹿群里逃出来，找到了这个藏身之处，但还是走到了生命的尽头——这是我吗？

我没法开枪。我当然不能。

我闭上眼睛。紧紧地闭着。想着之后会发生什么。以及之后不会再有什么。不再流泪，不再恐惧，不再后悔，不再责怪，不再饥渴，不再渴望，不再有失落感，不再浪费你所拥有的一切机会。

我开枪了。两次。

然后我走回小屋。

躺在床上。接吻与死亡。接吻与死亡。

几小时后，我醒来时感到一阵头痛，耳边传来一阵急促的声音，感觉就这样了。地心引力拉拽着我的身体，耗尽了所有的光明和希望。但我还没有被拖得那么深，如果我能迅速抓住救生圈，还能把自己拉出来。只有一条出路，当我再次下沉，黑暗只会加重，持续的时间更长。但现在我需要那条出路。

在没有安定的情况下，我抓住了仅有的救生圈。我打开了那瓶酒。

14

也许酒能冲走最幽深的黑暗，但它无法从我心头洗去莱亚。如果我以前没有意识到，现在知道了。我愚蠢、绝望、无助地坠入了爱河。再次。

但这次不同。在我前面的那排人中，我一个都不想要。只有她。我想要这个有孩子、嘴唇上有条伤疤、丈夫不久前溺水而亡的极度虔诚的基督徒女人。莱亚。那个头发乌黑的女孩，眼睛里闪着蓝色的光，走路时摇摇晃晃。她语速缓慢，深思熟虑，没有不必要的阐述。她看到你的全部，并接受你。接受了我。仅凭这点……

我转向墙壁。

她也想要我。尽管她说过不想再见到我，我知道她想要我。不然她为什么要吻我？她吻了我，除非她愿意，否则她不会这么做，在那一刻，什么都没有发生，直到她突然跑掉。所以，除非我的吻技烂到让她宁愿当时当地就把我甩下，否则整件事只是为让她明白我是一个她可以信赖的男人。一个会照顾她和克努特的人。是她误会了我。我也误解了自己。这一次，我不想逃跑了。因为我相信这一点，只是还没有机会证明它。组建一个家。但此刻我想了想，我喜欢这个主意。喜欢稳定、可预测。是的，甚至是千篇一律和单调。毕竟，我一直在寻找这些东西。我只是没找到它们。直到现在。

我忍不住嘲笑自己。毕竟，作为一个被判了死刑的、醉醺醺的、失败的职业杀手，我躺在那里，居然计划着与一个女人度过漫长而幸福的一生，哪怕她在和我的最后一次交谈时毫不含糊地说，我是她最不想再见到的人。

然后，当我再次转身面向房间，发现我面前椅子上的瓶子空了时，我知道有两件事中的一件一定会发生。

我得去见她。要么，我得再弄点酒。

再次入睡之前，我听到远处一声嚎叫，响起又沉寂。它们回来了。它们能闻到死亡和腐烂的味道，很快就会来到这里。

事情越来越糟了。

我起得很早。一层层的乌云仍然悬在西边，但没有再靠近，而且，如果说有什么的话，云层似乎略微后退了。我也没有再听到雷声。

我在小溪里洗漱好。摘下还系在我头上的红丝巾，洗了洗太阳穴上的伤口。我穿上新内衣、新衬衫。刮了胡子。我正要冲洗丝巾，突然发现上面还留有一丝她的香味。于是我把它系在了脖子上。我咕哝着想说的话，在过去的一小时里，我肯定已经修改了八次，但我还是能清楚地记在心里。它们不应该显得刻意，只需要真诚。最后一句话是："莱亚，我爱你。"见鬼，当然要以这句话结尾。我在这里，我爱你。如果你不得不，或如果你可以的话，就把我赶出门外。但我站在这里，向你伸出我的手，手心里是我跳动的心。我冲洗了剃须刀，刷了牙，万一她想再次吻我呢。

然后我开始朝村子走去。

当我经过时，一群苍蝇从驯鹿的尸体上飞了起来。奇怪，尸体看起来变大了。直到现在我才注意到那只动物身上散发出一股恶臭，尽管它离木屋只有二十步远。大概是被持续的西风吹走了。它的一只眼睛不见了。可能被一只猛禽吃掉了。但看起来没有被狼或其他任何大型动物啃食过。目前没有。

我继续往前走。迅速而坚定。经过村子，来到码头边。去见莱亚之前，我得把一些事情弄清楚。

我从腰包中拔出手枪，助跑几步，然后用力把它扔到海里。之后我去了皮尔约的商店。我买了一罐驯鹿肉丸，就是为了问马蒂斯住在哪里。她用芬兰语跟我说了三遍，但都是徒劳，之后她把我带到外面，指着道路前方几十米的房子。

我按了三次门铃，正要走开，马蒂斯开门了。

"我想我听到了外面有人。"他说。他的头发乱蓬蓬的，穿着一件满是洞的羊毛套衫、内裤和厚羊毛袜。"门没锁，所以你站在这里干什么？"

"你没听到门铃吗？"

他饶有兴趣地看着我指的那个东西。"看啊，我竟然有个门铃，"他说，"不过，好像不管用。进来吧。"

显然马蒂斯住在一栋没有家具的房子里。

"你住在这里？"我问。我的声音在房子里回荡。

"很少住，"他说，"但这是我的住址。"

"你的室内设计师是谁？"

"我从西韦特那里继承了房子。家具由别人继承了。"

"西韦特是个亲戚？"

"不知道。也许吧。实际上，我想我们有一些相似之处。他可能以为我们是亲戚。"

我笑了起来。马蒂斯茫然地看着我，穿上裤子，坐在地板上。交叉双腿。我也照做了。

"冒昧问一下，你的脸怎么了？"

"我撞到了一根树枝上。"我说着从外套口袋里掏出钱。

他数了数。咧嘴一笑，塞进了自己的口袋。"沉默，"他说，"还有酒，从地窖拿出来的，又凉又爽。你想要哪一种？"

"不止一种？"

"就一种，"同样的笑容，"这是不是意味着你打算留在考松了，乌尔夫？"

"也许吧。"

"现在你在这里很安全，为什么还要去别的地方？你要待在小木屋里吗？"

"不然还能在哪儿？"

"好吧……"他咧嘴一笑，那笑好像是画在脸上的，"你一定认识村里的几个女人。秋天快到了，你也许会觉得暖和一点。"

我考虑一拳打在他棕色的牙齿上。他怎么会知道？我强颜欢笑："你表弟给你讲故事了吗？"

"表弟？"

"康拉德。科勒。科内柳斯。"

"他不是我表弟。"

"他说他是。"我努力重新伸开双腿。

"是吗？"马蒂斯扬起眉毛，搔着他浓密的头发，"该死，那意味着……嘿，你要去哪里？"

"离开这里。"

"但你还没拿酒呢。"

"没酒也行。"

"行吗？"他在我身后喊道。

我穿过墓碑群走到教堂。

门半开着，所以我溜了进去。

她正背对着我站在祭坛旁，整理花瓶里的花。我吸气，努力保持呼吸平静，但我的心脏已经失控了。我大步走到她身边。尽管如此，当我清嗓子时，她还是被吓了一跳。

她转过身来。祭坛前面的两级台阶意味着她正俯视着我。她眼睛通红，肿胀的眼睑下有一道狭缝。我想从外面一定可以看到我的心脏，它就要在我的胸口上砸出凹痕了。

"你来干什么？"她微弱的声音里透着哭泣后的沙哑。

消失了。

我原打算说的一切都消失了，被我忘记了。

只剩下最后一句话。

所以我说了出来。

"莱亚，我爱你。"

我看到她眨了眨眼，仿佛吓坏了。

她没有马上把我赶出去，这让我很受鼓舞，我接着说："我希望你和克努特跟我一起走。去一个没有人能找到我们的地方。一个大城市。一个有群岛、土豆泥和中度啤酒的地方。我们可以去钓鱼，去看戏。之后我们可以慢慢地走回家，回到我们位于海滨路上的公寓，如果必须在那里的话，我买不起大公寓，因为那条街上什么都贵。但那公寓将是我们的。"

她低声说了些什么，泪水充满了她本就通红的眼睛。

"什么？"我向前迈了一步，但她举起了双手，我停了下来。她拿着一束凋谢的花，保护性地举在面前。她重复了一遍，这次声音更大了："你对阿妮塔也是这么说的吗？"

像有人劈头浇了我一桶巴伦支海的海水。

莱亚摇了摇头。"她来过。说是为了向我表达对雨果过世的哀悼。她看到了你和我在我的车里，所以她问我是否知道你在哪里。因为你答应过要回去找她。"

"莱亚，我……"

"不用了，乌尔夫。快离开这里。"

"不！你知道我当时需要找个地方躲起来。约翰尼找到了这里。阿妮塔提出让我留下来，我也没有别的地方可去。"

我想我能从她的声音中觉察出一丝怀疑。

"所以你没碰她？"

我本想否认这一点，但我下巴上的肌肉仿佛瘫痪了，我张大了嘴。克努特说的对：我也不擅长说谎。

"我……我也许碰过她。但那没有任何意义。"

"没有？"莱亚吸了吸鼻子，用手背擦去一滴眼泪，"也许这样最好，乌尔夫。无论如何，我不可能和你去任何地方，至少现在我不必弄清楚事情可能是怎样的。"

她低下头，转身朝圣器室走去。没有冗长的告别。

我想追上去。拦住她。解释。申辩。强迫她。但仿佛我所有的精力和意志力都耗尽了。

当她砰的关门声在房椽上回荡时，我知道那是我最后一次见到莱亚了。

我跌跌撞撞地走到阳光下。站在教堂门前的台阶上，用被阳光刺痛的眼睛凝视着一排排整齐的墓碑。

黑暗降临了。我倒下了。那个洞把我吸进去，往下吸，世界上所有的酒都阻止不了。

当然了，尽管它没有任何帮助，酒仍然是酒。当我敲了敲马蒂斯的门然后走进去时，他已经把两瓶酒放在厨房操作台上了。

"我想着你会回来。"他咧嘴一笑。

我拿着酒，一句话没说就走了。

15

一个故事如何结束？

我外公是个建筑师。他说，一条线——包括一个故事——从它开始的地方结束。反之亦然。

他设计教堂。他说是因为他擅长这个，而不是因为他相信神的存在。这是一种谋生方式。但他说，他们付钱让他为上帝建造教堂，他希望自己是相信这个上帝的，这也许会让这份工作更有意义。

"我应该在乌干达设计医院，"他说，"它可以在五天内设计好，十天内建成，然后就可以拯救生命了。相反，我却坐在那里好几个月，为一种不能拯救任何人的迷信设计纪念碑。"

避难所，他这样称呼他的教堂。躲避死亡焦虑的避难所。人们对永生的无可救药的希望的避难所。

"用一条安抚毯和一个泰迪熊来安慰他们会更便宜，"他说，"但是，也许由我来设计人们看得下去的教堂，要比让其他白痴得到这份工作更好。近来，他们正在全国各地乱建他们称之为教堂的畸形建筑。"

我们坐在养老院的臭气中，我富有的舅舅、我的表弟和我，但其他两个人都没有在听。巴塞只是在重复他以前说过一百遍的话。他们点点头，低声表示同意，不停地看时间。我们进去之前，舅舅说半小时就够了。我想多待一会儿，但开车的是舅舅。巴塞开始有点糊涂了，但我喜欢听他重复对人生的看法。可能是因为它给了我一种感觉：无论如何，有些事情已经注定了。"你必定会死，像个男子汉一样接受它吧，小伙子！"我唯一担心的是，当终点临近时，一个脖子上戴着十字架的高级护士会劝他将灵魂交给她们的上帝。我想，对一个在外公的无神论环境中长大的男孩来说，这可能是一种巨大的创伤。我不相信死后重生，但我相信生后必死。

无论如何，这是我内心深处的希望和渴望。

自莱亚摔门离去，已经过去两天了。

在小木屋里卧床的两天，在洞里自由坠落的两天，我喝光了一瓶酒。

所以，我们如何结束这个故事呢？

我脱水了，慌乱地下了床，踉踉跄跄地走到小溪边。我跪在水里喝水。之后，我就坐在那里，看着自己映在几块岩石后面的漩涡中的倒影。

这时，我明白了。

你会射影子。

见鬼，为什么不呢？他们不会抓到我的。我会抓到自己的。那条线到此终止。这能有多糟糕呢？四天①，就像巴塞常说的那样。生命只持续四天。

我几乎为自己的决定感到欣喜若狂，冲回了小木屋。

来复枪靠在墙上。

这是一个很好的决定，对外界没有任何影响。没有人会为我哭泣、想念我，也不用承受任何苦难。事实上，很难想出有谁比我更可有可无。简而言之，这是一个对所有人都有利的决定。所以现在我要做的就是在我变得太懦弱之前，在我那鬼鬼祟祟、不大可靠的大脑设法想出一些绝望的理由来支持我继续这悲惨的生活之前，把决定付诸实施。

我把枪托放在地上，用嘴含住枪管。由于有火药，枪管又苦又咸。为了够到扳机，我不得不把枪管使劲往喉咙里伸，差点伤到自己。我只能用食指够到扳机。那就来吧。自杀。第一次总是最糟糕的。

我扭动肩膀，扣动了扳机。

①　原文为西班牙语。

一声干巴巴的咔嚓声。

×。

我忘了子弹都在驯鹿身上了。

但我还有子弹。在某个地方。

我翻遍了橱柜和架子。没有多少地方可以放那盒子弹。最后，我跪下，看了看床下，它就在那里。我把子弹塞进弹匣。是的，我知道对着脑袋来一颗子弹就足够了，但是以防出什么差错，如果你知道有更多的子弹会更保险。是的，我的手指在颤抖，所以这花了一段时间。但我最终还是把弹匣卡进了来复枪，然后按照莱亚教我的方法给枪上膛。

我再次用嘴含住枪管。它被唾液和口水弄湿了。我伸手去扣扳机。但是枪似乎变长了。或者我变矮了。我在退缩吗？

不，我终于把手指放在了扳机上。现在我知道这会发生了，我的大脑不会阻止我。即使是我的大脑也无法想出足够好的反驳理由，它也渴望休息，不想坠落，而是想要一种有别于此的黑暗。

我深吸一口气，开始扣动扳机。我耳中急促的声音中带着一种微弱的金属音质。等等，那不是我脑子里的声音，是外面的。敲钟声。风向一定是变了。我不能否认，教堂的钟声很应景。我更用力地扣紧扳机，但距离开火还是少了一毫米左右。我弯曲膝盖，不得不吞下更多的枪管，我的大腿很痛。

教堂的钟声。

这个时候？

我注意到婚礼和葬礼都在一点钟举行。洗礼和礼拜都在周日。据我所知，八月份没有宗教节日。

枪管往我的喉咙里滑得更深了。好了。现在。

德国人。

莱亚告诉我，他们敲响教堂的钟，以便抵抗军的成员知道德国人来抓他们了。

　　我闭上眼睛。又睁开。从口中拔出来复枪。站起来。我把枪放在门边，走到面向村庄的窗边。我一个人都看不到。我拿起望远镜。什么都没有。

　　为了安全起见，我也查看了另一个方向，树林的方向。什么都没有。我举起望远镜看向树林后面的山脊。他们在那里。

　　一共有四个人。距这里仍然很远，不可能看出他们是谁。除了其中一个。不难猜出另外三个人是谁。

　　马蒂斯的身体左右摇摆。显然我给他的钱不够，所以他也接受了对方的出价。大概是他向他们要求了额外的费用，由他给他们指出从后包抄的路线，这样他们可以悄悄地靠近而且有很大概率不会被我看到。

　　他们来晚了。我正打算替他们完成这项任务。我不想死前受到折磨。不只是因为太疼了，还因为用不了多久我就会大喊我把钱藏在小木屋的墙上，把毒品藏在一间空公寓的地板下面了。公寓是空的，因为人们似乎不太愿意搬进有人自杀过的房子。从这个角度来看，托拉夫错估了在自己的公寓里开枪自杀造成的经济损失。他应该选择一个不会让他的继承人遭受资产贬值的地方。例如，一个偏远的狩猎小屋。

　　我看着靠在墙上的来复枪。但我没有碰它。我有足够的时间，他们必须穿过树林，至少要十分钟才能到达这里，或许要十五分钟。但这不是原因。

　　教堂的钟。它在鸣响。它在为我鸣响。是她在拉绳子。我的爱人无视教堂的戒律，不在乎神父和村民们会说什么，也不在乎她自己的安危，因为马蒂斯当然会知道她在做什么。她脑子里只有一个念头：提醒那个她不想再见到的人，约翰尼正在去小木屋的路上。

　　这带来了改变。

　　许多事情。

　　他们正靠近树林。透过望远镜，我可以看到另外三个人的轮廓。其中一个像鸟一样，细细的脖子从一件对他来说太大的夹克里伸出来。约翰尼。我能看到从另外两个人的肩膀上伸出来的东西。来复枪。很可能是自动来复枪。费舍曼在港口的仓库里有满满一集装箱的来复枪。

我评估了自己的机会。如果他们想冲进小屋，我可以挨个搞定他们。但他们不会这么做的。马蒂斯会帮助他们利用地势，他们会顺着溪流爬到离小木屋足够近的地方，然后把它射成碎片。我环顾四周。我能藏身的地方都是木头做的，所以还不如站在小木屋前挥手呢。换言之，我唯一的机会就是在他们开枪打死我之前打死他们。他们必须再走近些我才能做到。我得看着他们的脸。

其中三个人消失在了树林中。第四个，那个穿着西服、拿着来复枪的家伙，留着后面，他喊了句什么，我没听清。

在接下来的几分钟里，他们无法从树林里看到我。这是我逃跑的机会。我可以跑到村子里，开走大众汽车。如果我要这么做，就必须马上行动。抓起腰包然后……

两个点。

它们看起来像飞一样穿过帚石南，朝树林而来。

现在我意识到那家伙喊的是什么了。他们什么都想到了。狗。两只狗。安静。我突然意识到，那些在外面奔跑时一声不叫的狗一定极其训练有素。不管我跑得多快，我都没有机会。

情况开始看起来有些不妙了。也许没有三分钟之前那么糟糕，当时我嘴里含着枪筒站在那里，但现在情况完全不同了。遥远而微弱的教堂钟声不仅告诉我一些可疑分子正在赶来的路上，而且让我现在有了放不下的事。就像同时被两把刀刺中一样，一个热，一个冷，一个幸福，一个怕死。希望真是个浑蛋。

我环顾四周。

我的目光落在了克努特的刀上。

幸福和对死亡的恐惧。希望。

我等到看到第四个人和两只狗消失在树林里,然后我就从墙上抓起腰包,打开门跑了出去。

我跪在驯鹿旁边,成群的苍蝇从它身上飞了起来。我看到蚂蚁也在咬它,仿佛那膨胀的尸体的毛皮还活着一样。我回头看去。小木屋位于我和树林之间,所以在他们到达小木屋之前,我一直都是被挡住的。但我没多长时间。

我闭上眼睛,把刀插进驯鹿的肚子里。

里面的气体泄出来时,发出一声长长的呻吟声。

然后我把刀顺着它的腹部往下拉。我深吸一口气,凝视着尸体内部的黑腔。我不想进去。再过几分钟,也许几秒钟,他们就会到来,但我还是没法进入那具臭烘烘、黏糊糊的尸体里。我的身体拒绝这么做。

我听到一只狗叫了一声。该死。

我想到了莱亚,想到了她的眼睛,她的嘴唇,她脸上慢慢绽放的微笑,她用低沉而温暖的声音说道:"你做到了,乌尔夫。"

我吞了口唾沫。然后我掰开鹿皮,勉强挤入尸体。

尽管这是一只高大的雄鹿,而且许多内脏都被移除了,里面也没有多少空间。我需要完全隐藏起来。我不得不尽力把它封住。我身上沾满了各种各样黏糊糊的液体,由于尸体腐烂释放的气体、能量,加上到处乱爬的大量的微小昆虫聚集起来的热量,鹿体内就像蚁丘内部一样炎热难耐。我再也忍不住了,一次又一次地呕吐。

我渐渐感觉好些了。但从外面还是可以看到我。我要怎么封住肚子上的开口呢?我试着抓住口子的两边,把边缘扣在一起,但它们黏糊糊的,我始终抓不牢。

我还有更大的问题。帚石南丛中,两只硕大的黑狗正向我扑来。

它们扑向驯鹿,一只狗把头伸进鹿的尸体里,对着我叫。我用刀戳了一下，狗头就不见了。然后狗开始吠叫。我得在他们赶到之前把尸体封起来。吠声越来越大，随后我也听到了说话声。

"小木屋是空的！"

"下面有只动物！"

我把刀插进开口底部的驯鹿皮里，把上面的皮往下扯，在鹿皮从手中滑出之前，我设法把刀插了进去。

我把刀当作线筒，拧两圈就够了，然后缝隙就封好了。现在我只需要等待，并希望没人让狗学会说话。

我听到了脚步声。

"把狗弄走，斯蒂尔克。我还以为你能控制住它们。"

我感到一阵寒意。没错，这就是那个去我的公寓杀我的人的声音。约翰尼回来了。

"一定是因为那具尸体，"斯蒂尔克说，"当你只有一颗小小的脑袋和大量的本能时，这并不容易。"

"你说的是狗还是你自己？"

"天哪，真臭。"第三个声音呻吟着。我立刻听出来了：鱼铺密室里的布伦希尔德森，那个老是作弊的家伙。"它角上卡的是什么？为什么内脏都在地上？我们不应该检查一下……"

"被狼群吃过了，"马蒂斯说，"恕我直言，不要吸入太多的臭气，有毒。"

"真的吗？"约翰尼安静地说道。

"肉毒杆菌毒素中毒，"马蒂斯说，"菌孢子飘荡在空气中。一个孢子就足以杀死一个人。"

该死！这么一番折腾之后，我就要这么死在这里，死于某种该死的细菌吗？

"症状是令人不适的眼部疲劳，"马蒂斯继续说，"你自我表达的能力也会消失。所以我们会直接烧死驯鹿。这样我们还可以见面，进行明智的谈话。"

停顿了一下，我可以想象约翰尼盯着马蒂斯，试图解读他那不可思议的半咧嘴笑。

"斯蒂尔克，布伦希尔德森，"约翰尼说，"把小木屋翻个底朝天。带上这两只该死的狗。"

"他不可能在里面。"布伦希尔德森坚持说。

"我知道。但如果我们能找到钱和毒品，我们就能知道他还在这一带。"

我听到狗被拖走时疯狂地吠叫着。

"冒昧问一句，如果你们什么都没找到怎么办？"

"那说不定你是对的。"约翰尼说。

"我知道是他开的船，"马蒂斯说，"离海岸只有五十米，他是个丑陋的南方人，我们这里没有这样的人。有一条像样的船，再加上顺风，他一天就可以开出相当远的距离。"

"你半夜躺在海边？"

"那是夏天最适合睡觉的地方。"

我觉得有什么东西在我的胫骨底部爬行。太大了，不可能是蚂蚁。我在用嘴呼吸，而不是鼻子。是蛇还是老鼠？拜托，一定要是老鼠。一只可爱、毛茸茸的小老鼠，哪怕是只饥饿的老鼠，可千万不要是……

"真的吗？"约翰尼的声音更低了，"从村子到树林最快的路线是绕着整座山脊走，我们花了一个多小时。上次我一个人来的时候，才用了不到半小时。"

"是的，但如果他在家，你就被打死了。"

那只动物——无论它是什么——正在我的脚上移动。我感到一种几乎无法抗拒的冲动要把它踢开，但我知道，只要弄出一丁点动静，都会被察觉到。

"你知道吗？"约翰尼冷笑道，"这正是我想知道的。"

"哦？南方人，你可能是个窄肩膀的目标，但你的脑袋够大的了。"

"不是约恩·汉森不会开枪，而是他没胆量开枪。"

"真的吗？好吧，如果你之前提到的话，我本可以给你指一条更快的路线——"

"我提到过，你这个萨米狗杂种！"

"如果你当时说的是挪威北部方言。"

那东西已经到了我的膝盖上，正朝我的大腿移动。我突然意识到它在我的裤子里面。

"嘘！"

我尖叫或者动弹了吗？

"什么声音？"

现在外面一片寂静。我屏住呼吸。亲爱的上帝……

"教堂的钟声，"马蒂斯说，"他们今天要埋葬威廉·斯瓦茨坦。"

万一是旅鼠呢？我听说它们是神经质的小浑蛋，现在它正在接近我的命根子。我没有做任何明显的动作，只是抓住了裤腿，用力拉紧，使布料粘在我的大腿上，从而挡住它的去路。

"好吧，我受够了这个臭味，"约翰尼说，"我们去溪水边看看吧。如果这些狗被驯鹿的气味弄糊涂了，他可能就藏在那里。"

我听到他们穿过帚石南丛走了。在我的裤子里，那个小动物在裤管里拱了半天，然后就放弃了，顺着原来的路回去了。不久之后，我听到一个声音从小木屋里喊道："这里什么都没有，只有一把来复枪和他的西装！"

"好吧，伙计们，我们趁着还没下雨回去吧。"

我等了大概一小时，但也可能是十分钟。然后我把刀从驯鹿皮里拔出来，从里面往外看。

海岸线上没有人了。

　　我蹑手蹑脚地穿过帚石南走向小溪。我滑进冰冷的水中，让水倾泻在我身上，洗去身上的死亡、震惊和腐烂。

　　慢慢地，慢慢地，我又活过来了。

16

亲爱的上帝……

我没有说出来，但我在驯鹿尸体里的时候想到过，我想得很用力，就像站在街角大声喊出来了一样。怪兽不见了，就像我小时候那样，它们躲到了我的床下、玩具盒里，或者衣柜里。

就这么简单吗？你只需要祈祷吗？

我坐在小木屋外面，一边抽烟一边抬头看着天空。此刻，铅灰色的云层覆盖了整个天空，给大地笼上了黑暗。天气好像在发烧。一会儿闷热难耐，一会儿刮起一阵风，又变得冰冷刺骨。

上帝。救赎。天堂。永生。这是一个吸引人的想法。为惊惶、受伤的心灵量身定做。如此吸引人，以至于外公最终放弃了理智，把一切都寄托在了希望上。"你知道，你无法拒绝免费的东西。"他眨着眼对我说。就像一个身无分文的十六岁小孩拿着假门票和假身份证溜进迪斯科舞厅一样。

我把要随身携带的几件东西都打包好。衣服，鞋子，西装，来复枪和望远镜。云层还没降下一滴雨，但已经撑不住了。

约翰尼会回来的。显然，他不信任马蒂斯。而对马蒂斯来说，那么做显然是正确的。绕过整个山脊。狼群。肉毒杆菌中毒。看到我开船跑了。威廉·斯瓦茨坦的葬礼。

我不大记得在大学里虚度的岁月了，但我记得威廉·布莱克斯通，那位十八世纪的法学家，在正义和对上帝的信仰的十字路口，他和马蒂斯做出了几乎一样的选择。我之所以记得他，是因为外公曾用他、牛顿、伽利略和索伦·克尔恺郭尔作为例子，来证明如果他们认为信仰提供了一个逃避死亡的机会，即使是最敏锐的头脑也准备相信基督教的胡言乱语。

马蒂斯并没有背叛我。相反，他救了我。那么是谁联系了约翰尼，告诉他我根本没有离开考松？

又刮了一阵风，天气仿佛也在催促我赶紧行动。西方隆隆作响。好了，好了，我准备好离开了。现在是夜里。如果约翰尼和其他人还没有离开考松，他们肯定正在某个地方睡觉。

我在小木屋的墙壁上摁熄了香烟，拿起皮箱，把来复枪挂在肩上。我头也不回地沿着小路走了。只向前。从现在开始就是如此。身后的便永远留在了身后。

当我踏上碎石路时，天空中隆隆作响，马上要下雨了。天太黑了，我只能看到房子的轮廓和几扇亮着的窗户。

我不相信、不期待、不希冀任何事情。我只是上门把来复枪和望远镜还给她，并感谢她把东西借给我。感谢她救了我的命。并顺带问一下她是否愿意和我共度余生。然后离开，不管有没有她同行。

我路过教堂。阿妮塔家的房子。祈祷殿。然后我就站在莱亚的房子前了。

一根闪闪发光的弯曲的女巫手指突然从天上指着我。房子、车库和报废的沃尔沃汽车瞬间被一道幽灵般的蓝光照亮。先是雷鸣作为序曲，然后，暴风雨向人间迸发。

他们在厨房里。

我透过窗户看到了他们，里面的灯亮着。她靠在操作台上，身体后仰，姿势僵硬而不自然。奥韦站在那里，头向前伸，手里拿着一把刀。比他用在我身上的那把刀大。他在她面前挥舞着它。他在威胁她。她进一步后仰，远离刀子，远离她的小叔子。他用另一只手掐住了她的脖子，我看到她在大喊。

　　我把枪抵在肩上。瞄准他的头。他侧身对着窗户，所以我可以打在他的太阳穴上。但是一个关于光线通过玻璃会发生折射的模糊概念在我的脑中打转，我稍稍降低了瞄准点。胸部高度。我抬起双肘，深吸一口气——没时间多呼吸了——再次放下手肘，呼气，慢慢扣动扳机。我感到出奇地平静。这时，另一道光划破了天空，我看到他的头自动转向了窗户。

　　我周围的一切恢复了一片漆黑，但他仍然盯着窗户。盯着我。他见过我。他看上去比上次更憔悴了，他一定是喝了好几天的酒。因为缺乏睡眠而精神错乱，或者为了爱而发疯，为他的兄弟悲伤而发疯，为被困在他不想要的生活中而发疯。是的，也许就是这样，也许他和我一样。

　　你会射影子。

　　所以这就是我的命运：射杀一个人，被警察逮捕，被定罪后关进监狱，费舍曼的手下很快就会出现在那里，并彻底结束这一切。也好。我可以接受。这不是问题所在。问题是我看到了他的脸。

　　我能感觉到我的食指开始变得虚弱，因为扳机里的弹簧占了上风，正迫使我无力的手指后退。我做不到。这次还是做不到。

　　我头顶上又响起一声雷，像是在下达命令。

　　克努特。

　　即使是双叶山，在他开始赢之前也一直输。

　　我又深吸了一口气。我已经摆脱了心理障碍。我瞄准了奥韦丑陋的脸，开枪了。

　　枪声在屋顶上回荡。我放下枪。透过破碎的玻璃往里看。莱亚双手捂着嘴，低头盯着什么东西。似乎有人在她身旁上方的白墙上画了一朵怪诞的玫瑰。

　　最后的回声也消失了。整个考松肯定都听到了；很快村子里就会挤满了人。

　　我走上台阶。敲门——我不知道为什么。我进去了。她仍然站在厨房里，一动不动，低头看着地板上躺在血泊中的尸体。她没有抬头，我不知道她知不知道我在那里。

"你没事吧，莱亚……"

她点点头。

"克努特……"

"我把他送到我父亲那儿去了，"她低声说，"我想如果他们弄清楚了我为什么要敲教堂的钟，他们就会来这里……"

"谢谢你，"我说，"你救了我的命。"

我歪着头，低头看着那个死人。他瞪着破碎的眼睛。他比上次晒得更黑了，脸完好无损。只是他额头上有一个看上去很无辜的洞，就在金色的刘海下面。

"他回来了，"她低声说，"我就知道他会回来的。"

就在那时我突然意识到了。他的左耳没有受伤。上面一点疤痕都没有。应该是有的，耳朵才被咬伤没几天。然后我慢慢明白了。莱亚说他回来了，她指的是……

"我就知道没有大海和陆地能困住这个魔鬼，"她说，"不管我们把他埋得多深。"

是雨果。双胞胎哥哥。我射了影子。

我紧闭双眼。又睁开。但一切都没变，我没有做梦。我杀了她的丈夫。

我清了清嗓子才让她听到我的声音："我以为是奥韦。看起来他想杀了你。"

终于，她抬头盯着我看了。

"你杀了雨果总比杀了奥韦强。奥韦永远不敢碰我。"

我朝尸体点点头。"但是他敢？"

"他马上就要用刀刺我了。"

"因为？"

"因为我告诉他了。"

"什么？"

"说我想离开这里。我想带上克努特。我再也不想见到他了。"

"你也不想再见到他？"

"我告诉他我……我爱上了别人。"

"别人。"

"是你，乌尔夫，"她摇了摇头，"我控制不了自己。我爱你。"

这些话像圣歌一样在墙上回荡。她眼睛里的蓝光太强了，我不得不把目光移开。她的一只脚正踩在血泊中。

我朝她走了一步。两步。两只脚都踩进了血泊里。轻轻地把双手放在她的肩上。我想先确保把她拉向我没有问题。但在我弄清楚之前，她已经朝我扑了过来，把脸埋在了我的下巴底下。她抽泣了一次，两次。我感觉到她温热的泪水从我的衬衫领子下面流下来。

"来。"我说。

我把她领进客厅，一道闪电照亮了房间，给我指明了沙发的位置。我们躺在上面，紧紧地靠在一起。

"他突然站到了厨房门口，把我吓了一跳，"她低声说，"他说他在船上喝醉了，引擎还在运转。当他醒来时，已经离陆地很远了，汽油也用完了。他有桨，但风一直把船吹得越来越远。最初几天他认为这样可能最好。毕竟，我们让他觉得一切都是他的错，在他伤害了克努特之后，他已经毫无价值了。但是后来下雨了，他活了下来。然后风向也变了。那时他认定那不是他的错。"她苦笑了一声，"他站在那里，说他要把事情都处理好，要把我和克努特处理好。当我跟他说我要和克努特离开这里时，他问是否还有其他人。我就说我们会独自离开，但是，是的，我确实爱着别人。我觉得让他知道这点很重要。让他知道我能够爱一个男人。因为这样的话，他就会意识到他再也无法让我回头了。"

她说话的时候，房间里的温度下降了，她朝我靠得更近了。到目前为止，还没有人来看来复枪为什么会发射。当雷声再次响起时，我意识到了原因。没有人会来。

"还有人知道他回来了吗？"我问。

"我觉得没有，"她说，"他今天下午看到了一些熟悉的地标，就划着船回家了。他把船系在码头上，就径直来了这里。"

"那是什么时候？"

"半小时前。"

半小时前。当时一切都还在黑暗中，电闪雷鸣的天气会让所有人都待在家里。没人见过雨果，没人知道他还活着。一直活着。除了一个喜欢在晚上到处走动的人。对其他人来说，雨果·埃利亚森只是一个被大海吞没了的渔民。一个他们再也不会寻找的人。我真希望那是我。他们不再寻找我。但是，正如约翰尼所说的那样：费舍曼会一直寻找欠他债的人，直到他看到尸体。

又一道闪电照亮了房间。接着又是一片漆黑。但我看到了。看得很清楚。就像我说的，大脑是个奇怪而不同寻常的东西。

"莱亚？"我说。

"嗯？"她靠着我的脖子小声说。

"我想我有了个计划。"

焦土战术。

我就是这么看待我的计划的。我会像德国人那样撤退。然后我就消失了。彻底消失。

我们做的第一件事就是用塑料袋把尸体包起来，然后用绳子绑好。然后我们彻底清洗了地板和墙壁。从厨房的墙上把子弹挖出来。莱亚把手推车的轮圈卸掉，把车推到车库里，我和尸体在那里等着。我把尸体搬到手推车上。把来复枪插到尸体下面。我们在手推车前面系了一根绳子，好让莱亚帮忙拉。我走进工作间，找来一把小钳子。然后我们出发了。

外面一个人也没有，仍然黑得让人放心。我估计还要三四个小时人们才会起床，但我们在手推车上盖了一块防水布以防万一。事情比我预料的容易。等我的胳膊累了，莱亚就换到手推车后面，我就到前面拉。

是克努特看到他们把一辆挂着奥斯陆牌照的汽车停在了路边。

"他跑进来告诉我有三个人和两只狗，"莱亚说，"他想跑过去提醒你，但我说太危险了，因为有狗，它们会闻到他的气味，也许还会追他。所以我就跑去找马蒂斯，跟他说他必须帮帮我。"

"去找马蒂斯？"

"当你说他向你要钱来换取各种服务时，我很清楚可能是些什么服务。他得到了报酬，就没有跟奥斯陆联系告发你。"

"可你怎么知道他还没那么做呢？"

"因为是阿妮塔告发的。"

"阿妮塔？"

"她不是来转达慰问的。她来是想知道我为什么和你一起坐在车里。看得出我的解释不够好。她知道我不会和一个来自南方的陌生人去阿尔塔购物。我知道一个被轻视的女人能干出什么事……"

阿妮塔。没有人不遵守向阿妮塔许下的诺言。

她有我的灵魂作为赌注，还有约翰尼的电话号码，以及根据事实推理的能力。毕竟她传播的信息都是准确的。

"但你信任马蒂斯？"我说。

"是的。"

"他是个骗子和敲诈者。"

"还是一个愤世嫉俗的商人，他不会多给你一滴酒。但他遵守协议。他还欠着我几个人情。我让他把他们从你身边引开，或者至少拖慢他们的步伐，而我到教堂去敲钟。"

我告诉她马蒂斯是如何信誓旦旦地说他看到我乘船离开了考松。当他们仍然坚持检查小木屋时，他又带他们绕道走了很长一段路。如果没有绕弯路，可能在风向改变、我听到教堂的钟声之前，他们就赶到了。

"一个奇怪的人。"我说。

"一个奇怪的人。"她笑着说。

我们花了一小时才到小木屋。天气明显更冷了，但云层依然很低。我祈祷天不要下雨。暂时不要下。我在想这种祈祷是否会成为一种习惯。

当我们走近时，我想我看到一些黑影无声无息地消失了，以极快的速度跑上山脊。驯鹿的肠子被扯开了，尸体完全张开了。

他们对小木屋进行了彻底搜查，找钱和毒品，床垫被割开了，壁橱被推倒了，炉子被打开了，灰烬也被扒过。剩下那瓶酒躺在桌子下面，地板被掀了起来，墙板也被撕了下来。这意味着，如果他们想到去那里找的话，藏在托拉夫公寓里的毒品其实是不安全的。但这没关系，我没想去取。实际上，从现在起，我不打算和毒品发生任何关系。有各种各样的原因。其实，也不是很多，但都是很好的理由。

莱亚在外面等着，我把尸体外面的塑料袋割掉。我在床上铺了几层油毡，然后把尸体抬到了床上。我摘下他的结婚戒指。也许他在海上的时候体重减轻了，又或者戒指一直都有点松。我摘下有身份信息的狗牌项链，挂在他的脖子上。我用舌尖在嘴里摸索，看看是哪颗牙掉了，然后拿出钳子，夹住他嘴里相应位置的那颗牙齿，把它从牙龈处掰下。我把来复枪放在他的肚子上，把那颗变形的子弹放在他的头下面。我瞥了一眼手表。时间不早了。

我在尸体上又盖上一层油毡，打开酒瓶，把床、毛毡和小木屋的其他地方都浇湿。瓶子里还剩下一点酒。我犹豫了一会儿。然后，我把瓶子倒过来，看着马蒂斯罪恶的酒渗入干枯的地板。

我从盒子里拿出一根火柴，听到硫黄摩擦盒子的侧面，看到火焰燃烧起来时，我浑身发抖。

就是现在。

我把火柴丢到油毡上。

我读过，说尸体不易燃烧。我们身体的百分之六十都是水，也许是因为这个。但当我看到被焦油覆盖的毛毡快速燃烧时，我想之后不会剩下多少肉了。

我走到外面，让门开着，好让第一波火苗能真正地燃烧起来。

我不必担心。

火焰仿佛在跟我们说话。先是含混的低语，继而音量逐渐增大，变得狂野起来，最后变成了刺耳的吼声。连克努特也会对这场大火感到高兴的。

她仿佛知道我在想谁似的，她说："克努特总是说他父亲会被烧死。"

"我们呢？"我说，"我们会被烧死吗？"

"我不知道，"她握着我的手说，"我试图弄明白，但奇怪的是我什么感觉都没有。雨果·埃利亚森。我和这个人在同一个屋檐下生活了十多年，但即便这样，我也不感到难过，我一点都不同情他。我不再生他的气，但我也不觉得高兴。我不害怕。我已经很久没有不害怕了。为了克努特而害怕，为了我自己。我甚至害怕过你。但是你知道最奇怪的是什么吗？"

她咽了一口唾沫，凝视着变成了一团大火苗的小木屋。她在火红的光中显得异常美丽。

"我不后悔。至少现在是这样，以后我也不会后悔。所以，如果我们所做的是个致命的罪过，那么我会被烧死，因为我不会请求宽恕。这几天我唯一后悔的事情是让你走了。"

夜间温度骤降。一定是小木屋燃烧的热气让我的脸颊和额头发烫。

"谢谢你没有放弃，乌尔夫。"她用手抚摸着我火辣辣的脸颊。

"嗯。不是约恩吗？"

她靠在我身上。她的嘴唇几乎碰到了我的嘴唇。"考虑到这个计划，我们最好还是继续叫你乌尔夫。"

"说到名字和计划，"我说，"你愿意嫁给我吗？"

她用锐利的目光看着我。"你现在要求婚吗？我丈夫正在我们面前被烧成灰烬的时候？"

"这是个实用的解决办法。"我说。

"实用！"她哼了一声。

"实用。"我交叉双臂。仰望天空。就是这个时候。"再加上我爱你胜过爱任何一个女人，而且我听说莱斯塔迪教的女人甚至不被允许在婚前接吻。"

当小木屋的屋顶和墙壁倒塌时，一阵火星飞了起来。她往我身上靠得更紧了。我们的嘴唇相遇了。这一次毫无疑问。

她在吻我。

当我们急急忙忙朝村子走去时，身后的小木屋已变成了一片冒烟的废墟。我们商定我应该躲到教堂里，她去收拾行李，从外公那里接回克努特，然后再开着大众汽车来接我。

"你不用打包太多东西，"我边说边拍着腰包，"我们需要什么可以买。"

她点点头。"别在外面露面。我晚点来接你。"

我们在碎石路上分手，就在我到达考松的那晚遇见马蒂斯的地方。感觉像是上辈子的事了。此刻，像那时一样，我推开沉重的教堂大门，走向祭坛。我停下来看着十字架。

外公说他不能拒绝免费的东西，他是认真的吗？这就是他屈服于迷信的唯一原因吗？还是上帝真的听到了我的祈祷，十字架上的那个人救了我的命？我欠他什么吗？

我深吸了一口气。

他？他只是一个用木头刻出来的人。在岸边，他们还会对着石头祈祷，也一定能起作用。

但都一个样。

该死。

我坐在前排长椅上。思考。说我在思考生与死也不算太自命不凡。

二十分钟后，门砰的一声关上了。我转过身去。天太黑了，我看不清是谁。但不是莱亚，脚步声太重了。

约翰尼？奥韦？

我的心怦怦直跳，我努力回忆为什么要把手枪扔进海里。

"所以——"最后一个音被拉长了。声音低沉而熟悉。"你在和上帝对话吗？我想你是在问你是不是做对了吧？"

出于某种原因，我从莱亚的父亲身上能更清楚地看到她的容貌特征，因为他刚起床。他那短短的头发不像我前几次见他时梳得那么整齐，衬衫的扣子也扣错了。这使他不再那么吓人，但除此之外，他的语调和面部表情告诉我，他是为了和平而来。

“我还算不上信徒，”我说，“但我不再否认自己有疑问。”

“每个人都有疑问。信徒的疑问比任何人都多。”

“真的吗？你也是？”

“我当然也有疑问。”雅各布·萨拉呻吟着坐在我旁边。他并不肥胖，但即便如此，长椅似乎还是晃了一下。“所以它才叫信仰，而不是知识。”

“哪怕是牧师？”

“尤其是牧师。”他叹了口气，“他每次讲道时都要直面自己的信念。他必须感受到它，因为他知道怀疑和信仰都可以从他的声音中听出来。我今天相信吗？我今天足够相信吗？”

“嗯。当你并不足够相信却必须走上讲坛的时候呢？”

他揉了揉下巴。“那么你必须相信，生为一个基督徒本身就是好的。克己、不屈服于罪过，哪怕在这尘世间，对人类也有价值。关于类似的主题，我读到过，说运动员发现训练中的痛苦和努力本身就有意义，即使他们从未赢得任何东西。如果天堂真的不存在，那么作为基督徒，我们至少拥有体面、安全的生活，我们工作，快乐地生活，接受上帝和大自然给予我们的可能性，并互相关照。你知道我的父亲——他也是一个传教士——过去常怎么说莱斯塔迪教吗？他说，如果你计算一下这项运动从酗酒和破碎的家庭中拯救出来的人，单这一点就足以证明我们所做的是正确的了，尽管我们在说谎。”他停顿了一下，“但情况并非总是这样。有时候，按照经文的指示生活要付出更多的代价。就像莱亚……就像我，因为自己的错觉而强加给莱亚的生活一样。”他的声音里透着微弱的颤抖，“我花了很多年才意识到这一点，任何女人都不应该被她们的父亲强迫生活在那样的婚姻中，和她们憎恨的男人一起生活，用强力占有了她们的男人。”他抬起头，看着我们头顶上的十字架，“是的，我仍然相信，根据《圣经》这没错，但有时救赎会付出太高的代价。”

“阿门。”

"而你们两个，你和莱亚……"他转过身看着我，"我在祈祷室看到了。你们这样两个年轻人望着对方，就像你和莱亚在后排那样望着对方，你们以为别人看不到。"他摇了摇头，露出伤感的笑容，"当然，《圣经》中对再婚的描述是有争议的，更不用说嫁给异教徒了。但我从没见过这样的莱亚。我从来没有听她像刚才来接克努特时那样说过话。你让我女儿又变漂亮了，乌尔夫。我只是实话实说，看起来你已经开始治愈我造成的伤害了。"他把一只布满皱纹的大手放在我的膝盖上，"而且你做的是对的，你需要离开考松。埃利亚森一家势力非常大，比我还强大，他们永远不会让你和莱亚生活在这里的。"

现在我明白了。大厅里的祈祷会结束后，当他问我是否考虑带莱亚离开……他不是在威胁我。那是一个请求。

"另外……"他拍了拍我的膝盖，"你死了，对吧，乌尔夫？我收到了莱亚的指示。你是一个孤独、沮丧的人，你放火烧了狩猎小屋，然后躺在床上用来复枪对着头开了一枪。烧焦的尸体上会有一个金属狗牌，上面有你的名字，我和奥韦·埃利亚森都会向警方发誓，说你少了一颗门牙。我会通知你的家人，向他们解释你曾表达过被葬在这里的愿望，然后整理好文件，和牧师交谈后迅速而高效地把你的遗体埋到地下。你有什么特别喜欢的圣歌吗？"

我扭头看着他。看到他的一颗金牙在半明半暗中闪闪发光。

"我将是这里唯一知道真相的人，"老人说，"而且连我都不知道你要去哪里。我也不想知道。但我希望有一天能再见到莱亚和克努特。"他站起来，膝盖嘎吱作响。

我也站起来，向他伸出手。"谢谢。"

"是我应该感谢你，"他说，"因为你给了我机会，至少让我为对女儿所做的一切做出一些弥补。愿上帝安康，再见，愿所有的天使与你们同行。"

我目送他离开。门打开又关上了，一阵冷风吹了进来。

我等着。看了看时间。莱亚花的时间比我预料的要长。我希望她没有遇到什么麻烦。或者改变了主意。或者……

我听到外面有一台四十马力的发动机发出的声音。那辆大众汽车。我正要朝教堂门走去，突然门开了，进来了三个人。

"待在原地别动！"一个声音咆哮道，"这用不了多长时间。"

那人从长椅中间的通道快步走过来。克努特跟着他，但引起我注意的是莱亚。她穿着白色的衣服。那是她的婚纱吗？

马蒂斯在祭坛前停了下来，戴上一副滑稽的小眼镜，翻着他从夹克口袋里掏出的一些文件。克努特跳到了我背上。

"我背上有东西！"我说着，扭动着身子。

"是的，我是芬马克的摔跤手克努特！"克努特一边紧紧地抓着我一边尖叫。

莱亚走到我旁边，把手放在我的胳膊下面。

"我觉得最好马上把事情办了，"她说，"实用。"

"实用。"我重复道。

"让我们直奔主题，"马蒂斯说，然后清了清嗓子，把文件拿到眼前，"在造物主上帝的见证下，以挪威司法机构代表的身份所赋予我的权力，请容许我问，乌尔夫·汉森，你愿意娶莱亚·萨拉为你的合法妻子吗？"

"愿意。"我大声而清晰地说。莱亚捏了捏我的手。

"你愿意无论是疾病还是健康——"他翻着文件，"——都爱她、尊重她、忠于她吗？"

"愿意。"

"现在我问你，莱亚·萨拉，你愿意——"

"愿意！"

马蒂斯在眼镜上方抬起眼睛。"什么？"

"是的，我接受乌尔夫·汉森为我的合法丈夫，我保证爱他、尊重他、忠于他，至死不渝。如果我们不加快节奏，死期就不远了。"

"当然，当然，"马蒂斯说着又看了看他的文件，"我看看，我……找到了！抓住对方的手。啊，我看你们已经做到了。这样的话……对了！在上帝和作为挪威当局的代表的我的见证下，你们已经保证了……很多东西。你们把手交给了对方。因此，我宣布你们成为合法夫妻。"

莱亚抬起头看着我。"快松手，克努特。"

克努特松开手，从我背上滑了下来，落到我身后的地板上。然后莱亚快速地吻了我，又转身看着马蒂斯。"谢谢。你能在文件上签字吗？"

"当然。"马蒂斯说。他在胸前按了一下圆珠笔，在其中一张纸上签上名字，然后递给她。"这是一份官方文件，无论你去哪儿都应该有效。"

"能作为获得新身份证的依据吗？"我问。

"你的出生日期在这儿，这是我们的签名，你妻子可以确认你的身份是乌尔夫·汉森，所以是的，至少足够从挪威大使馆获得一本临时护照了。"

"这正是我们需要的。"

"你们要去哪儿？"

我们默默地看着他。

"当然，"他咕哝着摇了摇头，"祝你们好运。"

就这样，我们作为一对已婚夫妇，半夜走出了教堂。我结婚了。如果外公说的没错，第一次总是最糟糕的。现在我们只需要跳上大众汽车，在有人醒来看到我们之前离开考松。但我们停在了台阶上，惊讶地抬起头来。

"五彩纸屑！"我说，"就缺这个了。"

"下雪了！"克努特喊道。

大而蓬松的雪花从空中缓缓飘落下来，落在莱亚的黑发上。她放声大笑。然后我们跑下台阶，跑到汽车旁，上了车。

莱亚转动点火开关上的钥匙，发动机启动了，她松开离合器，我们出发了。

"我们要去哪儿?"克努特在后座上问道。

"绝密,"我说,"我只能说,是一个国家的首都,在那里我们不需要护照就可以穿越国境。"

"我们去那里干什么?"

"我们要住在那里。试着找份工作。还有玩耍。"

"我们要玩什么?"

"很多东西。例如,秘密躲藏。顺便说一下,我想到了一个笑话。你怎么把五头大象装进一辆大众汽车?"

"五……"他喃喃自语。然后他身体前倾靠在前排座位中间。"告诉我!"

"前面两头,后面三头。"

片刻的沉默。然后他坐回到座位上,放声大笑。

"怎么样?"我说。

"你越来越厉害了,乌尔夫。但这不是个笑话。"

"不是?"

"这是个谜语。"

他在我们离开芬马克县之前睡着了。

我们穿过瑞典边境时已经是白天了。单调的景色慢慢地改变了,呈现出更多的色彩和变化。山上零星点缀着雪白的糖霜。莱亚哼着一首最近才学会的歌。

"厄斯特松德郊外就有一家旅馆,"我一边说,一边翻着我在杂物箱里找到的地名录,"看起来挺不错的,我们可以在那里订几间房。"

"在我们的新婚之夜。"她说。

"怎么了?"

"那就是今晚,不是吗?"

我思考着。"是的,我想是的。听着,我们有很多时间,我们不需要着急。"

"我不知道你需要什么，亲爱的丈夫，"她一边低声说，一边看着镜子，确定克努特还在睡觉，"但你知道他们是怎么说莱斯塔迪教徒和新婚之夜的。"

"不知道。怎么说的？"

她没有回答。只是坐在那里开车，沿着马路开，红唇上带着莫名其妙的微笑。因为我觉得她知道我需要什么。我想她从那天晚上在小木屋里问我那个问题的那一刻起就知道了，那个我没有回答的问题：当她说我是火她是空气时，我想到的第一件事是什么？因为，正如克努特所说的，每个人都知道这个谜语的答案。

火需要空气才能存在。

天啊，她可真漂亮。

所以，我们怎么结束这个故事？

我不知道。但我要在这里停止讲述了。

因为这里很好。也许之后会发生不太好的事情。但我不知道。我只知道此时此刻一切都很完美，我正在我一直想去的地方。还在路上，但已经到达。

我准备好了。

敢再失去一次。

鸣谢

书中对芬马克——即使对挪威人来说也是相当陌生的地方——的描述，部分来自我自己在二十世纪七十年代和八十年代初在该地区旅行和生活的经历，部分来自其他人对萨米文化的描述，其中包括厄于温·埃根（Øyvind Eggen），他好心地允许我引用他关于莱斯塔迪教派的论文中的片段。

尤·奈斯博作品

Harry Hole Thrillers "哈利·霍勒警探" 系列　　**博集天卷
已出版**

Flaggermusmannen　(*The Bat*)　　　(1997)　《蝙蝠》

Kakerlakkene　　(*Cockroaches*)　　(1998)　《蟑螂》

Rødstrupe　　　(*The Redbreast*)　(2000)　《知更鸟》

Sorgenfri　　　(*Nemesis*)　　　(2002)　《复仇者》

Marekors　　　(*The Devil's Star*)　(2003)　《五芒星》

Frelseren　　　(*The Redeemer*)　(2005)　《救赎者》

Snømannen　　(*The Snowman*)　(2007)　《雪人》

Panserhjerte　　(*The Leopard*)　(2009)　《猎豹》

Gjenferd　　　(*Phantom*)　　　(2011)　《幽灵》

Politi　　　　(*Police*)　　　　(2013)　《警察》

Tørst　　　　(*The Thirst*)　　(2017)　《焦渴》

Kniv　　　　(*Knife*)　　　　(2019)　《刀锋》

Other Thrillers 其他独立作

Hodejegerne　　(*Headhunters*)　(2008)　《猎头游戏》

Sønnen　　　　(*The Son*)　　　(2014)

Blod på snø　　(*Blood on Snow*)　(2015)　《雪地之血》⎤合并为
Mere blod　　　(*Midnight Sun*)　(2015)　《午夜阳光》⎦一本出版

Macbeth　　　　　　　　　　　(2018)

著作权合同登记号：图字 18-2021-182

图书在版编目（CIP）数据

雪地之血 /（挪威）尤·奈斯博 （Jo Nesbo）著；车家媛，鲁锡华译 . -- 长沙：湖南文艺出版社，2022.7
ISBN 978-7-5726-0695-3

Ⅰ . ①雪… Ⅱ . ①尤… ②车… ③鲁… Ⅲ . ①中篇小说－小说集－挪威－现代 Ⅳ . ① I533.45

中国版本图书馆 CIP 数据核字（2022）第 081299 号

上架建议：畅销·悬疑小说

XUEDI ZHI XUE
雪地之血

著　　　者：[挪威] 尤·奈斯博
译　　　者：车家媛　鲁锡华
出 版 人：曾赛丰
责任编辑：刘雪琳
监　　　制：吴文娟
策划编辑：董　卉
特约编辑：吕晓如
版权支持：张雪珂
营销编辑：闵　婕　傅　丽
封面设计：利　锐
出　　　版：湖南文艺出版社
　　　　　　（长沙市雨花区东二环一段 508 号　邮编：410014）
网　　　址：www.hnwy.net
印　　　刷：三河市天润建兴印务有限公司
经　　　销：新华书店
开　　　本：875mm × 1270mm　1/32
字　　　数：242 千字
印　　　张：8.75
版　　　次：2022 年 7 月第 1 版
印　　　次：2022 年 7 月第 1 次印刷
书　　　号：ISBN 978-7-5726-0695-3
定　　　价：49.00 元

若有质量问题，请致电质量监督电话：010-59096394
团购电话：010-59320018